DOROTHEA BÖHME / ALEXANDRA BLEYER

Wer mordet schon in Kärnten?

SKURRILES AUS KÄRNTEN Irene Weratschnig ist Kettenraucherin und Polizistin. Mit Kurzhaarschnitt und Lederjacke fühlt sie sich wie Lena Odenthal und löst dabei mit Raucherhusten den einen oder anderen Fall. Wilma Brandstätter ist eine ehemalige Kleinkriminelle, die über so manche Leiche stolpert. Dr. Franz-Josef Hahn, seit 13 Jahren verwitwet, ist fest entschlossen, seinen 80. Geburtstag nicht allein zu feiern. Dabei trifft er bei seinen Unternehmungen durch Österreichs südlichstes Bundesland nicht immer nur Frauen, die es gut mit ihm meinen.

Die 11 Kurzkrimis vereinen skurrile Figuren, die nur auf der Suche nach dem persönlichen Glück sind und dabei die wunderschönen Facetten und Möglichkeiten ihrer Heimat aufzeigen.

Dorothea Böhme, geboren 1980, zieht es immer wieder in die weite Welt hinaus: Italien, Ungarn und Ecuador waren unter anderen Stationen in ihrem Leben. Einige Jahre verbrachte sie auch im wunderschönen Kärnten, das sie schnell in ihr Herz schloss und zum Schauplatz ihrer skurrilen Kriminalromane um den Chefinspektor Fritz Reichel machte.

Die promovierte Historikerin Alexandra Bleyer, geboren 1974, ist Sachbuchautorin, Kulturjournalistin und leidenschaftliche Krimileserin. Die gebürtige Klagenfurterin lebt in Seeboden am schönen Millstätter See und ist auch für die Freizeittipps dieses Bands verantwortlich.

Bisherige Veröffentlichungen im Gmeiner-Verlag:
Meuchelbrut (2014)
Sauhaxn (2012)

DOROTHEA BÖHME /
ALEXANDRA BLEYER

Wer mordet schon in Kärnten?

11 Krimis und 125 Freizeittipps

GMEINER SPANNUNG

Personen und Handlung sind frei erfunden.
Ähnlichkeiten mit lebenden oder toten Personen
sind rein zufällig und nicht beabsichtigt.

Besuchen Sie uns im Internet:
www.gmeiner-verlag.de

Im Ehnried 5, 88605 Meßkirch
Telefon 07575/2095-0
info@gmeiner-verlag.de

1. Auflage 2015

Lektorat: Sven Lang
Herstellung: Julia Franze
Umschlaggestaltung: U.O.R.G. Lutz Eberle, Stuttgart
unter Verwendung der Fotos von:
© mg1708 / Fotolia.com
© Autorin Alexandra Bleyer
Druck: GGP Media GmbH, Pößneck
Printed in Germany
ISBN 978-3-8392-1654-5

INHALT

Großglockner
Winklern
Gmünd
Spittal
Millstätter See
Weißensee
Hermagor
Nassfeld
Ossiacher See
Villach
Gurk
Friesach
St. Veit
Burg Hochosterwitz
Maria Saal
Klagenfurt
Wörther-see
Keutschach
Ferlach
St. Paul im Lavanttal

SCHIACHPERCHTEN

REGION MITTELKÄRNTEN/ST. VEIT/BURG HOCHOSTERWITZ

Dorothea Böhme

Der Tote baumelte im zweiten Torbogen. Später würde Wilma von einer Krähe erzählen, die sich schon bereit gemacht hatte, ihm ein Auge auszuhacken, als sie kurz vor ihrem Arbeitsbeginn als Kassiererin auf ihn gestoßen war. Tatsächlich hing er allein hier, über dem Gehweg, der zur Burg Hochosterwitz **1** hinaufführte, und bewegte sich leicht im Luftzug des kühlen Morgens. Das Seil war durch die Fenster oben im Wächtertor geschlungen und dann um den Hals des Mannes geknüpft worden.

Der Tote hieß Herbert Aschenwalder und war 67 Jahre alt. Das wusste Wilma deshalb so genau, weil sein Portemonnaie inklusive Führerschein in ihrer Handtasche steckte.

Wilma lehnte sich an die Steinmauer und blickte zum Magdalensberg **2** hinüber. Um diese Zeit war es richtig schön hier. Dann zog sie ihr Handy aus der Tasche, machte sich auf den Weg zurück zum Parkplatz und rief die Polizei.

Sie musste nicht lange warten, zwei Streifenwagen aus St. Veit schafften es in 13 Minuten zur Burg. Wilmas Kollegen, Clara und Bernhard, die oben in der Burggaststätte arbeiteten, erschienen weitere fünf Minuten später.

»Ach du liebe Zeit!« Claras Stimme zitterte, während sie sich an Bernhard klammerte.

Der Polizist, der Wilmas Personalien aufgenommen hatte, ignorierte die beiden. Ein kaugummikauender Kollege von der Kriminalpolizei, der gerade angekommen war, ließ sich auf den neuesten Stand bringen. So hatten Clara und Bernhard freie Bahn, Theorien zu spinnen.

»Vielleicht hatte er eine Geliebte, mit der er sich heimlich getroffen hat. Und seine Ehefrau ist ihm auf die Schliche gekommen«, schlug Clara vor.

»Illegale Drogengeschäfte«, war Bernhards Beitrag.

Wilma schwieg.

Schließlich kam der Polizist mit Kaugummi auf sie zu. Aus der Nähe betrachtet, sah er gar nicht einmal schlecht aus. Schade, dass er Polizist war. »Wilma Brandstätter? Interessant. Eine Kriminelle.«

»Ehemalige.« Sie hob die Hände. »Ehrenwort.«

»Jedenfalls ein schönes Vorstrafenregister.«

»Alles Jugendsünden.«

»Sie sind erst seit einem halben Jahr draußen. Und 33 Jahre alt.«

Wilma schob sich eine dunkle Locke hinter das Ohr. »Wollen S' eine Zeugenaussage?«

»Das wär' nett.«

»Vor einer knappen halben Stunde bin ich zur Arbeit gekommen.« Sie deutete auf das Kassenhäuschen. Ihre Chefin war großer Fan davon, Exkriminelle zu resozialisieren, und hielt auch nichts von alten Redensarten. Wilma erklärte weiter: »Da schon ein Auto auf dem Parkplatz stand, ich aber niemanden gesehen habe, bin ich ein Stückchen den Weg hinaufgelaufen. Und dann hing er da. Im Torbogen.«

»Kannten S' den Toten?«

»Er hat gestern eine Eintrittskarte bei mir gekauft. Bis halb fünf ist Einlass, etwa um die Zeit kam er und wanderte nach oben.«

»Besondere Vorkommnisse?«

»Er war unfreundlich.« Wilma zuckte mit den Schultern. Das war der Grund gewesen, weshalb sie ihm das Portemonnaie geklaut hatte, Kompensation für erlittenes Unrecht. Nette Menschen versuchte Wilma nicht mehr zu bestehlen, das war ihre Interpretation der Bewährungsauflagen.

»Unfreundlich, so, so. Und was haben S' dann gemacht?«, nuschelte er.

Beamten sollten Kaugummis verboten werden, fand Wilma. »Feierabend.«

»Das können wir bezeugen«, mischte Clara sich ein, die inzwischen Bernhards Hand fest gedrückt hielt. »Wir arbeiten oben im Burgrestaurant, Wilma hat Bescheid gesagt. Und als wir um halb sieben etwa am Parkplatz waren, war ihr Auto schon weg.«

»Haben S' den Toten gesehen?«

Beide schüttelten den Kopf. In diesem Augenblick wurde der Leichnam von einem Team Beamter, vermutlich Forensiker, vorbeigetragen. Aber so genau kannte Wilma sich bei der Polizei nicht aus, von der hielt sie sich lieber fern. Clara klammerte sich weiterhin an Bernhard, dem die Farbe aus dem Gesicht gewichen war.

Der Polizist deutete mit seinem Zeigefinger auf Wilma. »Halten Sie sich bereit für weitere Befragungen.« Damit war Wilma offenbar entlassen, denn er wandte sich wieder seinem Kollegen zu, der mit den Forensikern sprach.

Inzwischen war Wilmas Chefin von der Tourismusbehörde eingetroffen und stöckelte aufgeregt auf sie zu. »Und dabei soll heute Abend doch das Akkordeonfestival stattfinden! Um Himmels willen!« Was es die Akkordeonspieler stören sollte, dass am Morgen noch eine Leiche im Wächtertor gehangen hatte, verstand Wilma zwar nicht, aber bevor sie nachfragen konnte, sprach ihre Chefin schon hektisch ins Handy.

Wilma ging zu ihrem Kassenhäuschen, vor dem sich die ersten Touristen versammelt hatten, die allerdings die Polizei und den Leichenwagen faszinierender fanden als die Burg. Das war für den Augenblick gut so, denn Wilma durfte nur Karten für den Aufzug verkaufen, nicht für den Fußweg, solange die Polizei den Tatort noch untersuchte. Während sie die Kasse einräumte, die Kleingeldrollen überprüfte und hin und wieder zur Polizei hinüberschielte, war sie trotz allem zufrieden mit dem bisherigen Tagesverlauf. Nicht, dass sie ihre Arbeit gehasst hätte, aber etwas langweilig war der Job für eine ehemalige – Ehrenwort! Meistens jedenfalls – Kriminelle schon. Da brachte ein toter Unsympathler gerade die richtige Abwechslung.

Bis Wilma um halb fünf Feierabend machte, hatte sie Herbert Aschenwalders Portemonnaie schon mehrmals durchwühlt. Auch wenn sie sich immer wieder sagte, dass der Mann nicht nett gewesen war, ihr schlechtes Gewissen blieb: Erst beklaute sie ihn, dann hing er tot von ihrem Burgtor. Wilma Brandstätter, ehemalige Kleinkriminelle, stahl vielleicht hin und wieder Geldbörsen, aber Mord, das war doch etwas anderes. Und die Kieberei? Der würde sie zwar keine Träne nachweinen wegen der Extra-Arbeit. Dass sie aber wertvolle Ermittlungszeit vergeudete, damit die Identität des Mannes geklärt würde, lag an ihr. Wilma schürzte die Lippen. Der Polizei helfen, nein, das war zu viel gesagt, das würde sie nicht tun. Aber ein klitzekleines bisserl nachfragen am richtigen Ort … Sie klappte das Portemonnaie zum vierten Mal auf. Der Führerschein half ihr nicht weiter, genauso wenig die BIPA-Kundenkarte. Interessanter war der Flyer der Perchtengruppe 3 der St. Veiter Höllenhunde und der inoffizielle Mitgliedsausweis, der auf Herbert Aschenwalder, Kassenwart, ausgestellt war. Nun hatte Wilma einen Hinweis auf ein Privatleben. Dazu passend gab es zwei Bankomatkarten, eine für Aschenwalder persönlich, eine für die St. Veiter Höllenhunde. Sie drehte den Mitgliedsausweis ein paarmal hin und her. Perchten, Wilma mochte Perchten. Bei den Schauläufen im November und Dezember gab es immer so ein Gedränge, dass niemand bemerkte, wenn ein bisserl Kleingeld aus einer Jackentasche in Wilmas geöffnete Handfläche fiel.

»Sag, Wilma, du hast mit der Sache nichts zu tun, oder?« Wie aus dem Nichts war ihre Chefin aufgetaucht. Noch gerade rechtzeitig konnte Wilma die Karte in der Hosentasche verschwinden lassen.

»Wieso sollte ich einen Touristen ermorden?«

Die Chefin zuckte zusammen.

»Wir hatten heute mehr Besucher als in der ganzen letzten Woche.« So etwas munterte sie immer auf.

»Aber das ist ja fantastisch! Da haben die Besucher vom Morgen gleich alle ihre Bekannten angerufen. Was passiert, wenn es erst in der Zeitung steht?« Die Chefin legte ihr eine Hand auf die Schultern. »Ich bin immer dafür, Menschen eine zweite Chance zu geben.«

Wenn Wilma genau nachrechnete, war dieser Job ihre sechste oder siebte Chance, auf den Pfad der Tugend zurückzukommen. »Ich habe ihn trotzdem nicht ermordet.«

»Ganz egal, wer's war, er ist ein Schatz! Mehr Besucher als in der letzten Woche!« Die Chefin drückte noch einmal Wilmas Schulter, dann holte sie ihr Handy hervor. »Wir müssen unbedingt einen Gruselabend mit Mordgeschichten veranstalten!«

Wilma machte sich auf den Weg über den Parkplatz zu ihrem Golf, der neben Claras Wagen stand. Wer hatte diesen Aschenwalder ermordet? Ein Eifersuchtsdrama, wie Clara vermutete? Bernhards Theorie mit den Drogen schloss Wilma aus, der Mann hatte wie ein Steuerberater gewirkt, der sogar seinen Alkoholgenuss rationierte. Sie sah auf die Uhr, in einer halben Stunde fing ihr Yogakurs an. Seit der Entlassung aus der Justizanstalt Klagenfurt hatte der Bewährungshelfer ihr einen harmlosen, gesunden und extrem langweiligen Freizeitplan vorgeschlagen. Kontaktabbruch zu alten Freunden, neue im bürgerlichen Milieu suchen. Sie schulterte ihre Handtasche und beschloss, stattdessen in St. Veit 4 nach den Höllenhunden zu fragen. Völlig unverbindlich.

Sie parkte ihr Auto auf dem Parkplatz am Burggraben und machte sich von da aus auf den Weg in die Innenstadt. Auf dem Hauptplatz 5 mit den alten Bürgerhäusern gönnte sie sich ein Eis, setzte sich auf die Treppenstufen des Walther-von-der-Vogelweide-Brunnens und kramte nach dem Flyer der Perchtengruppe. Das Eis in der einen, das Handy in der anderen Hand, wählte sie die Nummer des Vorstands.

»Grüß Gott, Brandstätter mein Name, Kleine Zeitung. Hätten S' vielleicht Zeit für ein Interview?« Lügen war

Wilmas Spezialität. Eine ihrer Spezialitäten. Die anderen waren Taschendiebstahl und Küssen. Singen und Schlösser knacken konnte sie nicht so gut.

Walter Grim, wie der Perchtenvorstand hieß, war begeistert von einem Interview, hatte Zeit und würde sie in zehn Minuten im Café Central treffen. Zufrieden steckte Wilma das Telefon weg. Wenn sie es schaffte, charmant zu sein, sprang vielleicht ein Gratis-Verlängerter heraus. Wie versprochen musste sie nicht lange warten, bis Walter Grim auf dem Hauptplatz erschien. Er war ein gar nicht übel aussehender Kerl mit dunklen Haaren und Dreitagebart. Wilma schätzte ihn auf Mitte bis Ende 30, also ein paar Jahre älter als sie.

»Griaß di«, ging Walter gleich zum Du über, als er ihr ein Küsschen auf die Wange hauchte. »Was willst denn wissen?«

»Vielleicht fangst erst einmal an, mir etwas über euch zu erzählen?«

Während Walter ihr erklärte, dass es die St. Veiter Höllenhunde seit etwas mehr als einem Jahr gab, aber alle 14 Mitglieder begeistert bei der Sache wären, schlürfte Wilma ihren Verlängerten und fragte sich, wie sie das Gespräch unauffällig auf Herbert Aschenwalder bringen konnte.

»Heuer treten wir natürlich in St. Veit auf, dann in Villach und bei den Klagenfurtern. Unsere Masken haben wirklich etwas von Höllenhunden.« Er suchte ein Foto heraus, offenbar bei einem der letztjährigen Perchtenläufe geschossen, und reichte es Wilma. Er erzählte ihr von der Anfangsgeschichte der Gruppe und ihren bisherigen Showläufen, wobei er besonders begeistert von sich selbst berichtete.

»Servas, Walter«, grüßte da ein junger Bursche, der

auf ihren Tisch zukam. Er nickte Wilma zu, bevor er einen wahren Redeschwall über Walter ergoss, der verzweifelt versuchte, ihn zu unterbrechen. Es ging um den Perchtenverein, und bei dem Namen »Herbert« spitzte Wilma die Ohren.

»Hast du das endlich mit ihm geklärt?«, wollte der junge Mann wissen.

»Oh, gab es Probleme?«, hakte Wilma nach.

»Nur eine kleine Unstimmigkeit. Etwas Privates«, sagte Walter, und als der Bursche protestieren wollte, stellte er schnell Wilma vor, mit der er »ein wichtiges Gespräch führe«. Der Bursche klappte den Mund wieder zu.

Jetzt war Wilma erst recht interessiert. Als professionelle Lügnerin erkannte sie sofort, wenn ihr jemand Märchen erzählen wollte, und der Perchtenverein hatte offenbar Probleme mit Herbert Aschenwalder gehabt. Dummerweise verabschiedete sich Walters Gesprächspartner so schnell, wie er gekommen war, ohne dass Wilma seinen Namen erfahren konnte. Und Walter selbst war nicht bereit, mehr auszuplaudern.

»Da hast du wohl eh genug für einen Artikel«, sagte er abrupt, stand auf und ließ Wilma mit der Rechnung sitzen. Na, herzlichen Dank. Missmutig zahlte sie mit dem Geld aus Aschenwalders Portemonnaie. Bevor sie es wieder zurück in ihre Handasche steckte, zögerte sie kurz. Vom Hauptplatz zur Filiale der Raiffeisenbank in der Ossiacher Straße brauchte sie keine fünf Minuten. Der Bankomat war zwecklos, Herbert hatte im Gegensatz zu einigen anderen Rentnern leider keinen Zettel mit der PIN-Nummer neben der Karte stecken. Aber Wilma ließ sich die Kontoauszüge für die

Bankomatkarte der St. Veiter Höllenhunde ausdrucken. Erstaunlicherweise spuckte der Automat einen ganzen Stapel Papiere aus, die Wilma auf einer Bank am Kirchplatz 6 durchging. Es gab eine Menge Überweisungen, hin und her, von einem anderen Konto, das Wilma sofort als Aschenwalders persönliches Konto identifizierte. Zudem gab es mehrere Abhebungen in Klagenfurt. Die St. Veiter Höllenhunde hatten einen unglaublichen Zahlungsverkehr.

Wilma steckte die Dokumente in die Handtasche und machte sich auf den Weg zu ihrem Auto. Für heute hatte sie genug Nachforschungen angestellt. Morgen würde sie mal schauen, ob sie den jungen Bekannten von Walter ausfindig machen konnte.

Als sie am nächsten Tag zur Arbeit kam, warteten bereits einige Touristen vor ihrem Kassenhäuschen, ein paar von ihnen mit der Zeitung in der Hand. Die Krone hatte sich wieder einmal selbst übertroffen, ›Schauriger Burgmord: Wer erhängte Herbert A.?‹ stand in riesigen Lettern auf der ersten Seite. Zumindest ihre Chefin würde es freuen, dachte Wilma, während sie ihr Kassenhäuschen aufschloss.

»Ist das nicht eine schreckliche Geschichte?«

»Haben S' die Leich' selbst gesehen?«

Jeder hatte einen Kommentar, jeder wollte über den Toten sprechen. Wilma hatte etwa 50 Eintrittskarten verkauft, da kam die Chefin zu ihr ins Kassenhäuschen.

»Du, Wilma, der Tote ist gar nicht erhängt worden.« Sie ließ sich auf den zweiten kleinen Hocker fallen. »Der hat Knochenbrüche gehabt noch und nöcher, und erst danach haben s' ihn da hingehängt. Grauslich, oder?« Sie hielt Wilma die Kleine Zeitung hin, die etwas sachlicher getitelt hatte. »Aber das Geschäft läuft gut, wie ich sehe«, kommentierte sie Wilmas unablässiges Kartenverkaufen.

Wilma nickte. »Hat die Polizei schon eine Spur?« Die Chefin schien ja bestens informiert zu sein.

»Na. Nicht, dass ich wüsst'. Sie haben gesagt, meist findet sich der Täter im engeren Umfeld. Also, die Ehefrau zum Beispiel. Es soll getarnt worden sein als Raubüberfall. Sein Portemonnaie haben s' nirgends gefunden, dabei hat er ja vorher noch bei dir seine Karte gekauft.«

Wilma kaute auf ihrer Unterlippe. Wusste die Polizei von den Perchten? Dem kaugummikauenden Kieberer wollte sie nicht noch einmal in die Arme laufen.

»Du, ich muss weiter tun.« Die Chefin stand auf. »Es gibt ja noch so viel zu organisieren. Vielleicht geh ich auch zur Beerdigung von diesem Aschenbach.«

»Aschenwalder.«

Die Chefin winkte ab, warf Wilma eine Kusshand zu, die diese mit einer hochgezogenen Augenbraue quittierte, und entschwebte, mit dem unvermeidlichen Handy am Ohr, in Richtung Burg.

Als Wilma um halb fünf ihre Kasse schließen wollte, kamen nach wie vor Leute über den Parkplatz. Kurz überlegte sie, erhöhte Eintrittspreise einzuführen und bis fünf Uhr zu kassieren, dann entschied sie sich doch dagegen und für den Feierabend. Clara und Bernhard oben auf der Burg wollten schließlich auch irgendwann heim. Sie vertröstete die Touristen auf den nächsten Tag und während sie ihr Kassenhäuschen abschloss, rief sie einen Freund an.

Einen von früher, der dank seiner ehrenamtlichen Tätigkeit bei der ›aidsHilfe Kärnten‹ ihrem Bewährungshelfer Freude machte.

»Sag mal, Toni, kennst du die St. Veiter Höllenhunde?«

»Die Perchtengruppe? Ich nicht, aber ich glaub, der Roland hatte mal ein Aug' auf einen von denen geworfen.« Aus genau dem Grund hatte Wilma Toni angerufen. Er kannte einfach alle und jeden in Kärnten.

»Die haben eh nur 14 Mitglieder«, erklärte Wilma. »Kannst du vielleicht aussafinden, wer von denen ein blonder Bersch so um die 20 ist? Ich bräuchte Namen und Adresse, bitte, das wär ganz lieb.«

»Das sollt kein Problem sein, auf der Arbeit ist grad eh nix zu tun. Aber wieso brauchst du den? 20, geh Wilma, du hast dich gut gehalten, aber das ist doch zu jung!«

»Ist was Geschäftliches.« Mehr würde Wilma ihm erzählen, wenn sie überhaupt wusste, was sie da gerade tat.

»Ich ruf dich gleich zurück«, versprach Toni.

Während sie auf seinen Rückruf wartete, untersuchte Wilma ihr Auto und das von Clara auf Kratzer. Die Chefin war eine katastrophale Autofahrerin, die nicht einmal bemerkte, wenn sie andere Autos streifte. Zum Glück war ihr Wagen heil, und auch bei Clara konnte sie nur eine bereits ausgebesserte Stelle finden. Sie hatte ihre Inspektion gerade abgeschlossen, als ihr Handy klingelte.

Moritz Prigl hieß der junge St. Veiter Höllenhund, und er wohnte in St. Georgen am Längsee 7. Von der Burg waren es nur ein paar Autominuten bis zur malerischen Gemeinde zwischen Krappfeld und Zollfeld. Moritz Prigl lebte in einem Einfamilienhaus nicht unweit vom Stift St. Georgen. Wilma vermutete, dass der Bursche dort bei seinen Eltern wohnte. Während sie mit sich rang, ob sie aus dem Auto aussteigen und klingeln sollte, kam Moritz mit dem Fahrrad von der Schlossallee hinunter.

»Hey.« Wilma stellte sich ganz locker neben ihre Autotür. Gut, dass sie in jungen Jahren schon geübt hatte, unverfänglich Männer anzusprechen, um sie dann um ihr Bargeld zu erleichtern. Oder in diesem Fall um Gerüchte über ein Vereinsmitglied. »Wir haben uns gestern doch in St. Veit gesehen, oder? Du bist der Freund vom Walter.«

Moritz blinzelte sie an.

»Ich wollt' gern bei euch mitmachen, weißt schon, den Höllenhunden. Aber du hast gestern was gesagt, und wenn's bei euch Probleme gibt, dann wüsst' ich das lieber vorher.«

»Ach so.« Moritz schob sein Fahrrad zur Garage, stellte es ab und wandte sich Wilma zu. »Na, Probleme gibt's keine.«

Oh je, da war ja sogar der Vorstand Walter Grim ein besserer Lügner. Wilma beschloss, ihr Halbwissen aus den Kontoauszügen preiszugeben. »Der Walter hat mir eh von dem Geld erzählt. Was der Herbert da für einen Mist angestellt hat.«

Die Erleichterung war Moritz anzusehen. »Ma, echt, so ein deppertes Arschloch. Hätt uns fast reingerissen mit seinen Mauscheleien. Erst Geld klauen, dann alles für die Steuer abschreiben. Fast hätten sie uns gehabt, und dann, was wär aus uns geworden? Aufgelöst hätten sie uns. Und das, wo wir dieses Jahr so an unseren Kostümen gearbeitet haben.«

»Die sind echt toll geworden. Eine Schande wär das, nicht aufzutreten mit denen.«

»Ja, nicht wahr? Ich war so irre sauer auf den Herbert, als ich das mitbekommen hab! Walter hat ihn zur Rede gestellt, nach unserem letzten Treffen. Die anderen waren schon weg, aber ich musst noch mal zurück, weil ich mein iPhone hab liegen lassen. Jedenfalls erzählt der Herbert, er hätt das Geld nur wegen der Steuer genommen und immer schon vorgehabt, es zruckzuzahlen. Das musst du dir reinziehen! Der Walter war fuchsteufelswild. Ich hab mich dann natürlich auch eingemischt und den Walter unterstützt.«

»Das kann ich mir vorstellen.« Interessant. Ob die Polizei vom fuchsteufelswilden Walter wusste?

»Aber dann hat er die Sache klären können mit'n Herbert. Geld ist zurückgezahlt und Stress mit'n Finanzamt gibt's auch keinen mehr. Walters Cousin arbeitet da, der hat mal mit seinem Kollegen gesprochen. Brauchst dir also keine Sorgen machen, kannst ruhig zu uns kommen.« Er lächelte. »Die besten Partys gibt's eh bei uns.«

»Werd' ich machen. Dank dir.« Wilma winkte und stieg in ihr Auto. Hatte sie es sich doch gedacht, es ging ums Geld. Wo Herbert Aschenwalder und das Finanzamt sich bereichern wollten, da blieb doch sicherlich auch ein kleines Stückchen für die arme Wilma übrig … Sie blickte auf die Uhr, nicht einmal sechs. Sie würde es sogar noch rechtzeitig zum Yoga schaffen. Du liebe Zeit, sie musste wirklich einen neuen Freizeitplan erstellen, dreimal in der Woche Yoga, und das direkt hintereinander, das war zu viel für jede noch so ehrliche Kleinkriminelle.

Kaum am nächsten Morgen bei der Arbeit angekommen, war der Touristenstrom kein bisserl weniger geworden. Überall ein Gedränge. Auf dem Parkplatz, auf dem Weg, im Aufzug, und vor allem: vor Wilmas Kassenhäuschen.

»Du, ich hab mir gedacht, wir könnten ein Zeitungsinterview geben«, kündigte ihre Chefin gegen Mittag an. »Die wären doch sicher interessiert! ›Er hat schon ganz blau ausgeschaut‹, oder hattest du nicht was von einer Krähe erzählt?«

»Die passte gut ins Landschaftsbild.«

»Eben. Und noch viel besser in die Krone.«

Begeistert war Wilma davon nicht. »Was, wenn die über meine Vergangenheit schreiben?«

»Umso besser, ›geläuterte Kriminelle auf dem Pfad der Tugend‹ und dann dieses schreckliche Erlebnis.« Die Chefin tippte schon eine Nummer auf dem Handy ein. »Ich besprech' das mal mit Bernhard.« Sie schaute kurz zu Wilma hoch. »Das wär auch eine Idee. Die Clara ist ganz unglücklich, die Arme. Vielleicht kann sie weinen, das macht sicher Eindruck.«

›Unglücklich‹ war kein Wort, das auf die Chefin zutraf, die durch den Mord regelrecht aufblühte. So gut gelaunt hatte Wilma sie noch nie erlebt.

Da Clara zu den Personen gehörte, deren Dunstkreis ihr Bewährungshelfer befürwortet hatte – lieb, langweilig und nicht kriminell –, beschloss Wilma, nach Feierabend noch oben in der Burg vorbeizuschauen, um sie vor einem möglichen Interview zu warnen. Um kurz nach halb fünf verließ sie ihr Kassenhäuschen und machte sich zu Fuß auf den Weg, der sich um den Bergkopf schlängelte, gut gesichert durch die 14 Tore, die alle mit unterschiedlich Hinterlistigem auf etwaige Angreifer warteten. Da sie heute wieder vorhatte, das Yoga zu schwänzen, würde ihr die Bewegung guttun. Den Rückweg, wenn sie die Tore und den wunderschönen Ausblick, von dem sie den Touristen vorschwärmen musste, satt hatte, würde sie mit dem Aufzug antreten.

Oben auf der Burg befanden sich ganze Heerscharen von Menschen, die sich durchs Museum drängelten oder bei Clara und Bernhard Bier und Cola bestellten. Der größte Auflauf allerdings war an den einzelnen Toren zu finden, allen voran am Wächtertor, wo jemand fachkundig erklärte, wie man von außen das Seil durch die Fenster hätte schlingen können.

Wilma setzte sich mit einem gespritzten Apfelsaft auf eine der Bänke und schrieb Toni eine SMS, bis Clara sich sichtlich erschöpft für einen Augenblick neben ihr niederließ.

»Du, das macht mich alles ganz fertig«, jammerte sie. »Der arme Mann ist tot und hier wird ein Tourismusspektakel draus.« Sie knabberte an ihren Fingernägeln, der rote Lack war schon ganz abgeblättert.

»Ich glaube, er war nicht besonders nett.«

»Wer weiß, ob er's nicht verdient hat«, mischte sich Bernhard ein, der ein Bein über die Bierbank schwang, um sich neben Clara zu setzen.

»Ach, lasst's mich doch in Ruh', ihr herzlosen Deppen!« Clara sprang auf und flüchtete aufs WC.

»Der Mord hat sie echt mitgenommen.« Bernhard lächelte entschuldigend und stand ebenfalls auf. »Wir sehen uns morgen.«

Wilma erzählte ihm schnell von den Interviewplänen der Chefin, trank einen letzten Schluck und nickte zum Abschied. Dann machte sie sich auf den Weg zurück zum Parkplatz, diesmal wie geplant mit dem Aufzug. Gerade als sie ihr Auto aufschloss – wie immer hatte sie neben Clara geparkt –, kam Tonis Antwort-SMS mit Walter Grims Adresse in St. Veit. Die hätte Wilma zwar auch selbst googeln können, aber Toni war auf der Arbeit ohnehin immer fad. Eine gute Tat für den Tag war getan, da musste sie den Rest des Nachmittags nicht mehr nett sein.

Der Vorstand der Höllenteufel wohnte in Treffelsdorf am Waldrand, sehr hübsch, wie Wilma fand. Sie stellte ihr Auto ab und klingelte.

Walter öffnete, und Wilma konnte den Moment in seinen Augen sehen, in dem er überlegte, die Tür einfach wieder zuzuschlagen. Schnell schlängelte sie sich ins Innere.

»Ich hätt' auch nur ein paar ganz kurze Fragen.« Sie lächelte ihm zu und fand allein den Weg ins Wohnzimmer. Auf ihrem Sterbebett würde sie noch die zwei, drei Hilfestellungen bei den Wohnungseinbrüchen leugnen. Hier würde sich ein Einbruch sogar lohnen, fand Wilma. Walter besaß eine ganze Menge Hi-Fi-Zeug. Sie setzte sich in den Sessel einer Sitzecke, von dem aus sie sowohl die Terrassen- als auch die Wohnzimmertür im Blick hatte. Alte Reflexe.

»Was willst denn wissen?« Walter seufzte und holte zwei Gläser Hollersaft, bevor er ihr gegenüber auf der Couch Platz nahm. Manieren hatte der Mann, das musste sie ihm lassen. Schade, ihre Chancen bei ihm würde sie gleich endgültig verspielen.

»Es geht um Herbert.« Wozu um den heißen Brei herumreden? Wilma zog die Kontoauszüge aus ihrer Handtasche und legte sie auf den Couchtisch. »Die sind mir anonym zugeschickt worden. Gemeinsam mit einer Erklärung, was Herbert im Namen eures Vereins so alles angestellt hat.«

Walter, der gerade von seinem Saft getrunken hatte, verschluckte sich. Er hustete, räusperte sich und fragte dann betont gleichgültig: »Was soll er denn angestellt haben?«

»Genug.« Wilma lehnte sich zurück. »Und ich würd gern deine Sicht der Dinge wissen.«

»Ich hab keine Ahnung, wovon du sprichst.«

»Ich nenne dir mal ein paar Stichworte.« Damit war Wilma auf der sicheren Seite, falls doch nicht alles so war, wie sie es sich dachte. »Finanzamt, Steuerbetrug, Veruntreuung von Vereinsgeldern. Herbert hat sich bereichert, du hast's herausbekommen. Und bevor du das jetzt leugnest: Moritz hat euch gehört.«

Walter fluchte lautlos, bevor er einen Rettungsversuch startete: »Der Moritz muss da was falsch verstanden haben. Es ging um ganz harmlose Rechnungen, die der Herbert vergessen hatte einzureichen.«

»Rechnungen über, Augenblick«, Wilma schaute demonstrativ in den Kontoauszügen nach, »750 Euro, zum Beispiel, am 12. August. Ich nehm an, das war ein Cola für jedes Mitglied?«

Walter sank in sich zusammen. »Okay, ja«, gab er schließlich zu. »Du hast recht, es war Mist. Aber es war Herberts Idee!«

»Das Finanzamt zu bescheißen?«

»Ja, nein. Alles halt. Den Verein zu nutzen, um privates Geld abzuschreiben, und es sich später wiederzuholen. Ich dachte an erhöhte Mitgliedsbeiträge. Spenden. Mal hier ein paar Hunderter, dort ein paar, was dem Verein zugutekommt. Aber Herbert ... der ist gleich aufs Ganze gegangen. Hat seinen kompletten Nebenjob auf uns abgewälzt, vor dem Finanzamt keinen Schilling gehabt, aber in Wirklichkeit alles bei uns auf dem Konto. Als ich das rausgekriegt hab ... ja, das hat mir gestunken.« Er seufzte. »Wann erscheint dein Artikel?«

Mit der Frage hatte Wilma zwar nicht gerechnet, aber eine Antwort konnte sie geben: »Morgen, wegen Aktualität hat die Chefredaktion mir die Titelseite eingeräumt.«

»Skandal bei den Höllenhunden«, murmelte Walter. »Und wir sind im Fokus der Mordermittlungen.«

»Ein Motiv zumindest hättet ihr.«

»Nein, nein, nein!« Walter stand auf und fuhr sich mit den Händen durch die Haare. »Damit haben wir nichts zu tun, absolut nicht. Ich nicht, der Moritz nicht, und die anderen wussten ja nicht einmal Bescheid!«

»Das ist hart.«

Walter schien ihr nicht zuzuhören. »Erst das Finanzamt, jetzt die Kripo, die machen uns doch den Verein zua!« Er ließ sich zurück auf die Couch fallen. »Wie viel zahlt dir deine Zeitung?«

»Sagen wir mal so.« Wilma überschlug ein paar Zahlen. »Mit dem Mordfall, der an der Sache dranhängt, ist sicher auch die Krone interessiert. Vielleicht fragen noch ein paar Zeitungen nach. Da ist ein Tausender sicher drin. Ganz zu schweigen vom Karriereschub.«

Sie machte eine Kunstpause. Vermutlich lag sie völlig daneben, was die Bezahlung von freien Journalisten anging, aber Walter schien genauso wenig Ahnung zu haben wie sie.

»Okay.« Er schluckte. »Wie wäre es, wenn der Verein … Sonderausgaben hat?«

»Du willst mich doch nicht etwa bestechen?« Wilma öffnete den Mund und riss die Augen auf. Beim Ladendetektiv in den City-Arkaden in Klagenfurt hatte der Unschuldsblick funktioniert.

»Hör zu.« Walter rutschte auf der Couch nach vorn. »Das mit dem Geld ist kein Problem bei uns. Deshalb ja auch die ganze Finanzamtsgeschichte.«

So etwas hatte Wilma vermutet. Wenn sie sich in Walters Haus mit der schicken Einrichtung umsah, musste allein der Fernseher mehr als Wilmas Auto gekostet haben.

»Aber der Verein ist uns wichtig«, fuhr Walter fort. »Du würdest uns damit einen wahnsinnigen Gefallen tun.«

Gefallen tat Wilma gern. Das sollte sie ihrem Bewährungshelfer erzählen. Eine weitere gute Tat für die St. Veiter Höllenhunde.

»Sonderausgaben klingt gut«, nickte sie. »Sind auch hundertprozentig von der Steuer absetzbar.«

»Als Scheck oder in bar?«

So viel hatte der Mann bar bei sich herumliegen? Wilma kniff sich in den Arm. Einbrüche waren wirklich nicht mehr drin.

Sie nahm die Scheine in Empfang – und merkte sich nicht die Schublade, in der er sie liegen hatte –, dann gab sie Walter ein Küsschen auf die Wange. »Ich wünsch deinen Höllenhunden alles Gute.«

Er lächelte schief, als er die Haustür hinter ihr schloss.

Zurück im Auto verstaute Wilma das Geld im Geheimfach ihrer Handtasche und schickte Toni eine SMS. ›Hast was gut bei mir! Und ein Glaserl Aperol ist auch drin!‹ Dann startete sie den Motor und fuhr zurück zur Burg Hochosterwitz. Es war kurz nach sechs, Clara und Bernhard würden gleich Feierabend machen.

Sie hatte recht. Claras Auto stand noch auf dem Parkplatz und gerade, als sie daneben eingeparkt hatte, kamen die beiden Arm in Arm auf sie zugeschlendert.

»Was machst du denn noch hier?«, fragte Clara, nur um sich gleich darauf zu entschuldigen, dass sie vorher so empfindlich gewesen war. »Aber weißt, es ist ganz schlimm zu wissen, dass da einer gestorben ist.«

Wilma nickte und drückte ihren Arm. »Ist schon okay, Clara«, sagte sie leise. »Wie ist es denn passiert?«

»Was?« Clara riss die Augen auf.

»Ich weiß ganz sicher, dass du es warst. Genickbruch, hätt auch von einem Unfall herstammen können. Nach der Information ist mir dein Auto aufgefallen: Dein Nagellack hat nicht ganz den Rotton von deinem Wagen.« Wilma deutete auf die Stelle oberhalb der Stoßstange, die in einem anderen Rotton überlackiert worden war. »Als ich heute deinen Nagellack gesehen habe und wie sehr dich die Geschichte mitnimmt, hat alles einen Sinn ergeben.«

»Oh Gott, ich wollte das doch nicht!« Clara schlug die Hände vor das Gesicht, Bernhard nahm sie schützend in den Arm.

»Es war nicht ihre Schuld, wirklich nicht«, verteidigte er seine Freundin. »Wir waren die letzten und sind losgefahren und auf einmal springt dieser depperte Kerl aus den Büschen uns direkt vor die Motorhaube!«

»Ich bin doch ganz langsam gefahren«, weinte Clara. »Er hätt' höchstens einen verstauchten Knöchel haben sollen.«

»Aber dann ist er unglücklich gefallen«, ergänzte Bernhard.

»Und wer von euch beiden hatte die Idee mit dem Seil?«

»Ich«, gab Bernhard zu. »Damit dachte ich, könnten wir sie auf eine falsche Fährte locken. Wenn es aussieht wie ein Mord, kommen sie nicht drauf, dass es ein zufälliger Unfall war.«

Da hatte Bernhard tatsächlich Nerven bewiesen. Wilma machte sich eine mentale Notiz, beim nächsten Notfall Bernhard anzurufen.

»Und was passiert jetzt?« Clara schnäuzte sich lautstark in ein Taschentuch und sah Wilma aus tränennassen Augen an.

»Folgendes.« Wilma holte ein Stück Papier und einen Stift aus ihrer Handtasche. »Ich schreibe euch eine Adresse auf, da werden keine Fragen gestellt, da lasst ihr Claras Wagen ordentlich lackieren. Und dann werdet ihr den Rest eures Lebens anständige und gute Menschen sein. Waisenkinder adoptieren. Ehemaligen Kriminellen eine zweite Chance geben. So etwas.« Wilma drückte Bernhard den Zettel in die Hand, gab Clara noch einen flüchtigen Kuss auf die Wange und stieg in ihr Auto. Schon war die Welt wieder ein besserer Ort. Hochzufrieden mit sich selbst machte Wilma sich auf den Weg zum Termin mit ihrem Bewährungshelfer. Noch ehemaliger als sie konnte eine ehemalige Kleinkriminelle gar nicht sein. Ehrenwort.

FREIZEITTIPPS:

1 **Burg Hochosterwitz**: Weithin sichtbar eine der eindrucksvollsten Burganlagen und Hauptattraktion Kärntens im Privatbesitz der Familie Khevenhüller. Erste urkundliche Erwähnung als *castrum* (Burg) um 1200. Ein Erlebnis ist der Aufstieg zur Burg über den um den Felskegel geschlungenen Fußweg durch 14 individuell gestaltete, wehrhafte Torbauten hindurch (alternativ Schrägbahn), wobei jedes Tor einen Namen und seine Besonderheit hat. Nahezu uneinnehmbar bot sie der Bevölkerung beispielsweise in den Türkenkriegen Zuflucht. Hochburg mit Söller, Bergfried und Zisterne. Sehenswerte Wand- und Deckenmalereien in der Burgkapelle. Burgmuseum. Gaststätte im Burghof. Zahlreiche kulturelle Veranstaltungen wie das Akkordeonfestival im Juli und August.

2 **Magdalensberg**: Mittelalterliche Filialkirche der Heiligen Helena und Maria Magdalena am Gipfel des Aussichtsberges mit eindrucksvollem Fernblick über das Zollfeld und das Klagenfurter Becken.

Gipfelhaus Magdalensberg mit Hotel und empfehlenswertem Restaurant. Ideal auch als Familienausflugsziel mit großem Erlebnisspielplatz, Kinder-Gokarts, Tiergehege. Im Winter Rodelbahn.

3 **Perchtenläufe und Krampusumzüge**: Die Perchten (Schicksalsfrauen, weibliche Masken- und Sagengestalten) trieben ursprünglich zum Jahreswechsel, meist Anfang Januar, den Winter aus, verschmolzen

aber zunehmend mit den Krampussen als Begleiter des Nikolaus. Ab Anfang November bis Dezember finden in verschiedenen Orten Kärntens zu fixen Terminen spektakuläre Schauläufe statt, wobei meist mehrere schaurige Perchtengruppen mit tollen Showeinlagen (Feuer etc.), Riesenglocken, Ketten und Ruten für den nötigen Nervenkitzel sorgen. Als Besucher ist man hinter den Absperrungen recht sicher – nur werden die am Ende des Laufes gerne aufgehoben … Rette sich, wer kann!

Hinweis: Kleinen Kindern gegenüber zeigen sich die meisten Perchten sehr freundlich, lassen sich streicheln und nehmen selbstverständlich auch ihre furchterregenden Kopfbedeckungen ab, um zu beweisen: Alles nur Verkleidung!

4 **St. Veit an der Glan**: Residenzstadt der mittelalterlichen Herzöge, bis 1518 Landeshauptstadt von Kärnten. Altstadt mit mittelalterlichem Kern, Reste der Stadtmauer, Herzogburg. Außerhalb der alten Stadtmauern ehemaliges Bürgerspital mit Spitalskirche (Oktoberplatz 5) aus dem 14. Jahrhundert.

Ausflugsziele und Freizeittipps:

Ca. *40 Wander- und Rundwanderwege* im Raum St. Veit. Besonders lohnenswert ist eine Wanderung zum Schloss Frauenstein (spätgotische Wasserburg, Privatbesitz), zu den Kraiger Schlössern (Burgruinen, mittelalterliches Aquädukt zwischen Hoch- und Niederkraig), zur Burgruine Nussberg und zur Feste Freiberg.

Heilige Dreifaltigkeit (Schaumboden, Gemeinde Frauenstein): Wallfahrtsort. Einzige Holzblockbaukirche Kärntens. Kräutergarten mit mehr als 300 Kräutern mit Führungen zur Volksheilkunde.

Kraigerberg: In der Zeit der Gegenreformation zogen sich viele Protestanten nach Eggen (Gemeinde Frauenstein) am Kraigerberg zurück, sehenswert sind ein altes Gehöft und die evangelische Kirche. Wanderwege, Aussichtslage. Empfehlenswert ist die Buschenschenke Zietner mit schönem Gastgarten und Kinderspielplatz, Zwein 4.

Wimitztal – Goggausee: Der idyllische, kaum besiedelte Wimitzgraben mit Moorlandschaft, ideal für einen Ausflug mit dem Fahrrad oder als Wanderung, führt ausgehend von St. Veit (über die Ortschaft Kraig mit mittelalterlicher Pfarr- und Propsteikirche, wehrhafter Friedhofsmauer, Wehrturm, gotischem Propsteihof) zum kleinen Goggausee (Badesee im Landschaftsschutzgebiet).

Frei- und Hallenbad mit sehr schöner Saunalandschaft.

St. Veiter Wiesenmarkt, traditionelles Volksfest (Michaelimarkt) Ende September/Anfang Oktober. Turbulenter Jahrmarkt mit Vergnügungspark. Freier Eintritt.

5 **Hauptplatz**: mit spätgotischem Rathaus, Walther-von-der-Vogelweise-Brunne, Pestsäule sowie einem Museum für Verkehrs- und Stadtgeschichte.

6 **Kirchplatz**: nahezu quadratischer Kirchplatz. Urkundlich ab 1131 erwähnte Stadtpfarrkirche mit einem romanischen Karner (Beinhaus).

7 **St. Georgen am Längsee**: Stift St. Georgen (1002 gegründet) – wird heute als Bildungshaus, Seminarzentrum, Hotel und für kulturelle Veranstaltungen genutzt. Strandbad, zusätzlicher FKK-Bereich. Wanderwege.

KALTES SCHICKSAL
REGION OBERKÄRNTEN/WEISSENSEE

Dorothea Böhme

»Und nimm ja genug Teelichter mit!«, rief seine Mutter ihm hinterher, als Robert schon fast aus der Tür war. Als ob er Teelichter vergessen würde. Seit Jahren, ach, Ewigkeiten war er in Eva verliebt, jetzt hatte er endlich ein Date mit ihr und natürlich alles bis ins kleinste Detail geplant. Gut, dass seine Mutter von dem Date erfahren hatte, war nicht geplant gewesen, aber die kriegte einfach alles raus, und als er sie nach ihrem Kuchenrezept gefragt hatte, hatte sie nur die Augenbrauen hochgezogen und gesagt: »Eva gibt dir eine Chance?« Woher zum Kuckuck sie das wusste … Egal. Robert schnallte den Picknickkorb auf dem Beifahrersitz seines Golfs an, blies sich auf die kalten Finger und startete dann den Wagen.

Heute war der große Abend, und es musste romantisch werden. Als Mitglied im Eislaufverein und begeisterter Hockeyspieler fand er, dass ein Picknick auf dem jetzt endlich vereisten Weißensee 8 – natürlich auf einer dick isolierten Decke – genau das Richtige war, um Evas Herz zu erwärmen. Von Winklern 9 bis zum Westufer des Weißensees dauerte es durch das obere Drautal 10 eine knappe Stunde, in der Robert leise Rockmusik aus dem Autoradio laufen ließ.

Er parkte seinen Wagen, führte Eva hinaus auf die Eisfläche – die größte Eisfläche der Alpen! – und packte seinen Picknickkorb aus: Teelichter, Rosen und Glühwein aus der Thermoskanne, dazu der leichte weiße Schneeschimmer auf der Eisfläche, gemütlich eingebettet zwischen den bewaldeten Anhöhen, perfekt. Wenn das nicht romantisch war.

»Wow, Robert, das ist ja megacool.« Eva strahlte ihn an. Das war fast schon Lohn genug. Er strahlte zurück.

»Bitte, setz dich doch.« Er breitete die Thermodecke aus und stellte den Picknickkorb daneben. Während Eva ihren Schal etwas enger um sich wickelte, stellte Robert die Teelichter auf, schenkte Glühwein ein und versuchte seine Nerven zu beruhigen. Fünf Jahre war er schon in Eva verliebt, die meiste Zeit davon hatte sie einen Freund gehabt, und jetzt hatte er seine Chance, die eine, die er nicht vermasseln durfte. So viel zum Thema ›Nerven beruhigen‹. Robert zündete das letzte Teelicht an und drehte sich zu Eva. Sie hatte den Schal übers Kinn nach oben gezogen, die Kapuze über die Stirn ins Gesicht, aber sie lächelte immer noch.

Er drückte ihr ein Häferl Glühwein in die Hand, legte seine Hände um den eigenen Becher und rutschte zu ihr hinüber.

»Du, Eva …«, begann er. »Was ich dir schon ganz lange sagen wollte …«

Jetzt oder nie. Die Stunde der Wahrheit. Eva sah ihm in die Augen, dann zur Seite aufs Eis.

»Also … ich … Weißt du, ich glaub, ich bin ganz, ganz furchtbar in dich … «

Eva schrie. Eva schrie auf, dann schrie sie weiter, sie schrie und schrie.

»Aber … also …« Robert fuhr sich durch die Haare. Was war denn jetzt los? War eine Liebeserklärung denn so schlimm?

Eva schnappte nach Luft, eine kurze Pause, dann schrie sie wieder. Erst jetzt bemerkte Robert, dass ihr Blick auf das Eis direkt neben ihrer Decke gerichtet war. Und dort, von zwei Teelichtern warm bestrahlt, war der Schnee geschmolzen und einer glänzenden Eisfläche gewichen, unter der ein Gesicht nach oben starrte.

»Oh mein Gott!« Jetzt schnappte auch Robert nach Luft. Geistesgegenwärtig zückte er sein Handy, um die Polizei zu rufen. Viel zu spät fiel ihm ein, dass er einen Arm um Eva legen könnte, um sie zu beruhigen, zu trösten, einen starken Freund abzugeben. Nur, wie sollte er das anstellen? Er rückte etwas näher an sie heran. Vorsichtig legte er eine Hand auf ihren Unterarm, doch bevor er sich überlegen konnte, den anderen Arm ganz um sie zu legen, konnte er schon die Polizeisirene hören.

»Was habt's denn ihr hier veranstaltet?«, fragte einer der beiden Streifenpolizisten, die als Erste am Tatort eintrafen.

Robert zuckte leicht verlegen die Schultern. Die Teelichter hatte er angelassen, damit man im Dunkeln etwas sehen konnte, die Decke und den Glühwein aber schon zurück zum Auto gebracht. Nach Romantik war ihm nicht mehr.

Eva zeigte mit zittrigen Fingern auf die Stelle einige Meter entfernt, die Robert mit drei Teelichtern markiert hatte. Der Polizist pfiff durch die Zähne, während sein Kollege auf dem Handy herumtippte, um Verstärkung anzufordern. Mit klaren Instruktionen an die Feuerwehr.

Herrje. Die Freiwillige Feuerwehr, da gehörte Robert ja auch dazu. Musste er nun bei einem Einsatz mitmachen? Sein Handy klingelte. Und wer kümmerte sich um Eva?

»Griaß Gott.« Ein noch recht junger und, soweit Robert das beurteilen konnte, gutaussehender Polizist in Zivil kam auf sie zu. »Martin Fleischhauer, Mordkommission, Sie haben die Leiche gefunden?«

Eva nickte. »Unter dem … unter dem Eis. Da hat mich sein Gesicht angestarrt. Es war so …« Mit einem kleinen Schluchzer brach sie ab, und Fleischhauer war sofort bei ihr, legte behutsam einen Arm um ihre Schulter und versprach ihr, die Polizeipsychologin zu rufen.

»Aber du kannst auch gern mit mir reden!« Robert drängte sich an Evas andere Seite und schubste den Polizistenarm von ihrer Schulter. Heute war *sein* Date mit Eva.

In diesem Augenblick kamen die Burschen von der Freiwilligen Feuerwehr. Wohl oder übel, er musste Eva los- und der Obhut des Kieberers überlassen. Es gab Arbeit.

»Na, dann sägen wir unsern Haberer mal aus dem Eis!«, rief Michi. Die anderen grölten zustimmend. Der ein oder andere hatte schon etwas getankt, kein Wunder, es war ja auch Freitagabend. Mit allen Vorsichtsmaßnahmen, um ja keinen Einbruch zu riskieren, brauchten sie über eine Stunde, um den Toten aus dem Eis zu schneiden. Eva war schon längst nach Hause gefahren, fürsorglich vom Polizisten Fleischhauer in einen Streifenwagen gesetzt worden, während ihr Robert nur aus der Ferne winken konnte.

»Na, da hat die Eva ja an Kavalier gefunden«, witzelte der kleine Hannes.

Robert presste die Zähne zusammen. Was bildete sich dieser Fleischhauer ein? Fünf Jahre hatte er selbst gewartet und der stolzierte einfach so daher mit seinem Titel, der Herr Inspektor.

»Ja, sag mal!«, rief Michi plötzlich, der nicht nur ebenfalls bei der Freiwilligen Feuerwehr, sondern auch mit Robert im gleichen Hockeyteam war. »Ist das net der Josef?«

Tatsächlich. Der Tote, den sie da gerade aus dem Eis geschnitten hatten und der nun sorgfältig von der Polizei untersucht wurde, war ihr Stürmer.

»Den hab i eh schon zwei Wochen net mehr gsegn«, murmelte Robert. Vor zwei Wochen hatten sie ein Spiel gegen die Villacher [11] gehabt, bei dem es hoch her gegangen war, seitdem war Josef nicht mehr beim Training gewesen, auf dem Handy hatten sie ihn auch nicht erreicht.

»Wahnsinn, i glab, i tram!«

Nun wurde die Polizei hellhörig. »Sie kennen den Toten?« Fleischhauer kam mit einer Kollegin zu ihnen hinüber.

»Der Josef Lechner, auch aus Winklern, unser bester Stürmer im Hockeyteam.«

Die folgende halbe Stunde verbrachten sie damit, der Polizei von Josef zu erzählen, wobei Robert zugegebenermaßen am wenigsten wusste, Josef war einer der älteren Burschen gewesen und hatte nicht zu seinem engeren Freundeskreis gehört. Traurig war es natürlich trotzdem, nun zu wissen, dass er tot war, herzlos war Robert ja nicht. Nur ziemlich durchgefroren und enttäuscht. Den Abend hatte er sich anders vorgestellt.

»Wie siehst du denn aus?«, fragte ihn seine Mutter, als er gegen halb elf heimkam. »Und wieso bist überhaupt schon so früh wieder da? Ich dachte, du gehst mit Eva vielleicht noch irgendwo in ein warmes Café?«

Robert war nicht nach Reden, also verschwand er

in seine Dachwohnung mit dem Versprechen, ihr beim Frühstück alles ausführlich zu erzählen.

Der nächste Morgen brachte einen Telefonanruf von Eva. »Ich wollte mich nur bedanken für gestern«, sagte sie. »Es war ja nicht deine Schuld, dass der arme Josef dort eingefroren lag. Martin sagt …«

»Geht's dir denn besser?«, unterbrach Robert. Was Martin sagte, wollte er gar nicht wissen!

»Ja, schon. Ich hab mich in die Badewanne glegt und noch an haßen Kakao getrunken. Albträume hatte ich trotzdem. Ich hoff, Martin findet den Mörder schnell.«

Schon wieder Martin! Moment. »Mörder?«

»Ja, hast das noch nicht gehört? Josef ist erschlagen worden, das war die Todesursache. Wie hat Martin das gsagt? ›Mit einem stumpfen Gegenstand auf den Hinterkopf.‹ Nur wer und warum, das ist natürlich die Frage.«

»Na, das wird die Polizei dann ja bald aussafinden.«

»Ich denk auch! Der Martin hat schon die brenzligsten Fälle gelöst.«

Da hatte Roberts Herz im ersten Augenblick bis zum Hals geschlagen, als er Evas Namen auf dem Handydisplay gelesen hatte, und dann sprach sie nur von diesem Kieberer. Missmutig beendete er das Gespräch, nur um seiner neugierigen Mutter in die Augen zu blicken.

»Ach, Mama, i kann jetzt net.« Er schnappte sich seine Jacke und die Autoschlüssel und verschwand erst einmal zum Michi.

»Mann, das war ja was gestern.« Sein Freund stellte ihm eine Tasse Kaffee hin. »Die Milch ist leider sauer, aber Zucker hob i noch irgendwo.« Er kramte in diversen Schubladen und förderte schließlich zwei Kaffeehaus-Zuckerpäckchen zutage. »I mein, echt, Josef, wow.

Nicht, dass i ihn so wahnsinnig gern ghobt hätt', er war schon ein bisserl ein Arschloch, aber Chancen auf den Sieg nächste Woche haben wir ohne ihn nicht.«

Robert zuckte mit den Schultern. Er hatte selbst ein schlechtes Gewissen, dass ihn Josef so wenig interessierte. »Wie fandest denn diesen Fleischhauer?«

»Den Kriminalinspektor? Da frag mal lieber Eva.« Michi lachte.

»Der hat sie ganz schön angebraten, oder?«

»Sie war ja auch ziemlich durcheinander. Ist sicher net schön, so Aug' in Aug' mit einer Leich'.«

»Aber muss er sie gleich anfassen? Hallo, schöne Frau, ich bin Kriminalinspektor. Dass er sich nicht selbst blöd vorkommt mit der Masche.«

»Ah.« Michi nickte. »Eifersüchtig, hm?«

»Was? Ich? Quatsch. Auf den Vollkoffer? Im Leben nicht!« Robert lehnte sich zurück. Jetzt fühlte er sich besser. Was dieser Fleischhauer sich einbildete.

Michi grinste. »Ist klar, Robbie. Was sagt denn Eva zu dem? Hast schon mit ihr gesprochen?«

»Die ist ja sooo beeindruckt. Martin hier, Martin dort.«

»Martin?« Michi zog eine Augenbraue hoch. »Oh, oh.«

»Ach, halt die Goschn.«

Michi lachte wieder, dann schlug er Robert auf die Schulter. »Nimm's net so tragisch. Du bist ein toller Kerl.«

»Aber nur Fliesenleger.« Schnell nahm er einen Schluck Kaffee. Das war ihm so herausgerutscht. Eva studierte, Psychologie, da war ein Kriminalinspektor natürlich was Besseres.

Michi war einen Augenblick still, dann kniff er die Augen zusammen. »Weißt was, Robbie? Du zeigst diesem Lakl von der Polizei einfach, wo der Hammer hängt, dann hat er keine Chance mehr bei Eva.«

»Ja klar.« Robert sah in seinen Kaffee. »Und wie?«

»Immer Onkel Michi fragen, i hab *die* Lösung.« Er stand auf, holte eine geöffnete Packung Lebkuchen aus dem Schrank und legte sie auf den Tisch. »Du, mein lieber Freund, wirst diesen Mord klären.«

»Bitte was?«

»Ganz anfach. Wir kennen Josef aus dem Verein, wir wissen, mit wem er unterwegs war, wer ihn leiden konnte, wer nicht. Wir haben einen riesigen Vorsprung vor der Polizei. Wir kriegen raus, wer ihn hamgedraht hat, und der Herr Kriminalinspektor ist Geschichte.« Er grinste breit.

»Du bist doch verrückt.«

»Außerdem, ist deine Tante nicht auch bei der Kriminalpolizei? Das liegt dir quasi im Blut!«

Robert schob seine Kaffeetasse weg. Michis Vorschlag … war interessant. Und Tante Irene hatte ihm schon öfter mal bei einer Zigarette von der Polizeiarbeit erzählt. Er knabberte auf seiner Unterlippe.

»Na was?«

»Na okay.« Robert hob die rechte Hand und Michi schlug ein.

»Wir lösen den Mordfall.«

»Wie fangen wir an?«

Michi zückte sein Handy. »Als Erstes sprechen wir mit der ganzen Mannschaft. Wir wissen ja noch nicht amal, seit wann Josef überhaupt verschwunden ist.«

»Wieso ist das eigentlich niemandem aufgefallen?« Das hatte Robert gestern schon gewundert. »Der See friert schon seit einer guten Woche zua, das heißt, er muss vorher hineingeworfen worden sein. Und das hat niemand gmerkt, dass er so lang net da war?«

»Super, Robbie, du hast ein kriminalistisches Gespür. Das ist genau dein Ding!« Michi grinste.

Sie trommelten die Burschen für den Abend im Tauernstüberl zusammen, nach den Neuigkeiten des Vortags wollte jeder wissen, was passiert war, und alle sagten zu.

»Josef, unser bester Stürmer seit 30 Jahren, ist ermordet worden«, eröffnete Michi das Treffen, nachdem jeder etwas zu trinken bestellt hatte. »Und Robert wird aussafinden, wer's war.«

Damit richteten sich alle Augen auf Robert, der nach dieser Erklärung alle Mühe hatte, zurück zum Thema zu finden.

»Ja, äh, also … ihr kennt – kanntet – Josef alle. Erst einmal sammel i alle Informationen, die uns einfallen.«

Während des Essens erstellte Robert eine Liste mit Daten: Wer war Josef wann zum letzten Mal begegnet. Offenbar war das Spiel gegen die Villacher zwei Wochen zuvor für alle der Augenblick gewesen, an dem sie Josef zuletzt gesehen hatten.

»Das wird als unser denkwürdigstes Spiel in die Vereinsgeschichte eingehen«, orakelte Michi. »Net nur das härteste Spiel des Jahrzehnts – ma, wie sie den Josef gefoult haben, der Torwart, der Drecksack –, auch das letzte Spiel unseres besten Stürmers. Auf Josef!« Er erhob sein Glas.

Robert wandte sich dem nächsten Vereinskameraden zu. Fast keiner war näher mit Josef befreundet gewesen, *der wor ein Oarsch, aber gut gspuilt hat er*, war der allgemeine Tenor. Grund, ihn zu hassen, hatte keiner, dafür war er für die Mannschaft zu wertvoll.

»Aber da gäb's schon ein paar Madln, die ihm die Pest

an den Hals gewünscht haben«, sagte der kleine Hannes. »Der war doch jeden Freitag und Samstag, egal ob Spiel oder nicht Spiel, in Klagenfurt und hat in der Burg oder im Teatro Frauen aufgrissen.«

»Jedes Mal ane andere?«

»Ex und hopp. Hin und wieder hat er mit aner a paarmal geschlafen, die Conny war so eine zum Beispiel.« Er machte eine kurze Pause. »Also, die Conny hat ihn sicher net hamgdreht, die Conny kenn i a. Aber eine der anderen. Puh. Josef hat sich net festlegen wollen, er is immer a paar Wochen mit aner zsamm gwesen und hat sie dann doch wieder abgschossen. Die hätten Grund genug, ihn um die Ecke zu bringen.«

Conny, notierte Robert sich. Nur weil Hannes das Dirndl kannte, würde er sie sicher nicht als Mörderin ausschließen. Die anderen Namen wollten Hannes nicht einfallen. »Aber frag mal die Conny, die weiß sicher, wen es da noch gab.«

»Wir könnten seine Facebook-Seite checken«, schlug Robert Michi vor. Dass sie da nicht schon am Vormittag drauf gekommen waren!

Den Rest des Abends tauschten sie Erinnerungen an Josef aus. Robert erstellte eine zweite Liste mit Namen von Josefs Freunden, die sie schließlich mit seiner Facebook-Seite abglichen. Darüber würde er auch mit seinen beiden augenscheinlich wichtigsten Freunden aus der Schulzeit in Kontakt treten, ebenso mit besagter Conny: Der letzte Eintrag auf Josefs Facebook-Seite lautete *Du bist das größte Arschloch, dem ich jemals begegnet bin. Ich hoffe, du brichst dir beim nächsten Spiel beide Beine!*, geschrieben von Conny Böhnstett. So viel zum Thema ›Die Conny hat ihn sicher net hamgdreht‹.

Schließlich verabschiedeten sie sich, und auf dem Heimweg überlegte Robert, ob er Eva noch eine SMS schicken sollte. *Schlaf gut*, war doch harmlos, aber nett? Er entschied sich dagegen, beschloss allerdings, ihr in der Früh einen Guten Morgen zu wünschen. Dann konnten sie unter Umständen noch Pläne für den Tag machen. Zufrieden schlief er ein, und setzte nach dem Aufwachen sein Vorhaben in die Tat um. Keine fünf Minuten später kam die Antwort: *Danke, dir auch! Ich bekomme gleich Besuch von Martin, er hat noch ein paar Fragen an mich*. Fragen? Von wegen, der hatte sicher eher eine Leibesvisitation im Sinn.

»Michi, wann kannst los? Wir müssen den Mord so schnell wie möglich aufklären.« Dann hatte der Kriminalinspektor keinen Grund mehr, bei Eva aufzutauchen.

Conny Böhnstett wohnte am Iselsberg 12 oben, was glücklicherweise nicht weit war. Von Michis Wohnung nahe dem Wahrzeichen Winklerns, der aus dem 13. Jahrhundert stammende Mautturm 13, aus kamen sie bald bei Conny an, die glücklicherweise daheim war. Ihre Augen und die Nase waren stark gerötet, ihr liefen immer noch Tränen die Wangen herunter.

»I hab's grad ghört«, heulte sie. »Das mit dem Josef. Die Polizei war da.«

Dann stürzte sie sich Michi in die Arme, der sie verwirrt in ihre Wohnung führte und aufs Sofa setzte, wo sie ihren Kopf auf seine Schulter legte.

»Oh Gott, i hab ihn ja so gliebt! Und jetzt ist er tot!« Schniefend zog sie die Nase hoch.

»Na, so ein hübsches Maderl.« Michi tätschelte ihren Arm. »Du findest in Nullkommanichts an neuen Haberer.«

»Meinst?« Sie sah ihn durch einen Tränenschleier an. »Ma, aber nicht so einen Depp wie den kleinen Hannes. I will a gstandenes Mannsbild.« Sie kroch noch näher an Michi heran.

Robert kratzte sich am Kopf. »Soll i vielleicht an Tee machen? Oder an Kaffee?« Michi zuckte mit den Schultern, aber da er keine Anstalten machte, sich von der anschmiegsamen Conny zu befreien, fand Robert, ein taktischer Rückzug wäre vielleicht nicht das Schlechteste. Tatsächlich hörte er die beiden kurze Zeit später murmeln, Michi wusste ja, welches die wichtigsten Fragen waren.

»Aber sicher. Ob sie solo ist. Und der Josef hat ihr zwar das Herz gebrochen, aber sie ist drüber weg und bereit für eine neue Beziehung«, erzählte sein Kumpel grinsend auf dem Heimweg.

»Michi!«

»Keine Panik, Robbie, natürlich hab i sie gfragt, wann sie Josef das letzte Mal gsegn hat. Vor zwei Wochen beim Spiel gegen die Villacher, sie wollt' danach mit ihm reden, aber er hat sie kurz abgefertigt und sie ist wütend heimgefahren. Dafür gibt es auch eine Zeugin, ihre beste Freundin.«

»Hast du andere Namen?«

»Freilich.« Michi grinste breit und holte einen Zettel aus der Hosentasche. »Hab mir sogar Vor- und Nachnamen geben lassen. War aber nur ein Maderl, die Viki aus Klagenfurt, wegen der hat der Josef die Affäre mit der Conny beendet.«

Weil es ohnehin noch früh am Tag war, beschlossen sie, Viki in Klagenfurt aufzusuchen, nicht allerdings, ohne ihr kurz über Facebook eine Nachricht zu schicken, ob sie daheim war. Sie war mit ihrem Freund am Hörzendorfer See [14] eislaufen, schrieb sie fünf Minuten später zurück.

»Neuer Freund? Das können wir vergessen, dann hat sie den Josef nicht auf dem Gewissen«, sagte Michi.

»Oder der Freund war's? Aus Eifersucht?«

»Na, ein, zwei Runden können wir ja auch drehen, in drei Wochen ist das Rückspiel gegen die Villacher.«

Sie fuhren also zum Hörzendorfer See, der zwar viel kleiner war als der Weißensee, aber ein wenig Training würde nicht schaden, wie Michi sagte. Am Hörzendorfer See war einiges los, da es dort neben dem obligatorischen Glühweinstand auch einen Schlittschuhverleih gab, sodass er Anlaufpunkt nicht nur für viele Touristen, sondern auch Kärntner ohne eigene Schlittschuhe war.

Viki war nicht schwer zu erkennen. Auf ihrem Facebook-Profil war schon zu sehen gewesen, dass sie gern bunte Sachen trug. Sie drehten ein paar Runden auf dem See, und als Michi die Hockeyschläger aus dem Auto holte, fuhr Robert auf das bunt gekleidete Mädchen zu, das mit ihrem Freund am Rand der Eisfläche einen Glühwein trank.

»Du bist die Viki?«

»Und du untersuchst den Mord am Josef?« Sie blinzelte ihn an, kein bisserl traurig, Schuldbewusstsein suchte er ebenfalls vergeblich. Sie stellte ihm gleich ihren Freund vor, der so zufrieden und gelassen wirkte, dass Robert sich beim besten Willen nicht vorstellen konnte, wie der den Josef ermordet haben sollte.

»Es sind immer die stillen Wasser!«, sagte Michi später beim Spielen.

»Der war aber kein stilles, sondern ein rundum glückliches Wasser.«

»Möglicherweise eben deshalb, weil er weiß, dass er kan Konkurrenten mehr hat.«

»Er wusste nichts vom Josef. Viki hat ihn vor aner Woche beim Fortgehen kennengelernt und sofort gewusst, dass er der ane ist. Am gleichen Abend hat sie Josef eine SMS geschickt und Schluss gmacht.«

»Hm.« Michi blieb auf seinen Hockeyschläger gestützt stehen. »Dann brauchen wir eine andere Spur. Herr Meisterdetektiv, bitte eine neue Theorie.«

Robert verdrehte die Augen, schlug Michi seinen Schläger weg, und die nächste Stunde verbrachten sie mit Hockeyspielen, bis sie völlig außer Atem waren.

Am Abend versuchte Robert sich abzulenken, von Josef, hauptsächlich von Eva – mit diesem Fleischhauer! –, aber so richtig klappte es nicht.

»Was schreibst denn da dauernd?«, fragte seine Mutter. »Die Einkaufsliste hängt am Kühlschrank.«

Robert seufzte und steckte den Notizzettel in die Hosentasche. Wer hatte Josef gehasst? Nicht nur einfach nicht leiden können, wie die meisten seiner Kollegen vom Eishockey, sondern wirklich gehasst?

»I bin müd', i geh ins Bett«, erklärte er. Dort wälzte er sich jedoch noch weitere zwei Stunden herum, bevor er einschlief und von Eva, Josef und einem Gartenzwerg träumte. Es war hauptsächlich konfus, und als der Wecker klingelte, fühlte er sich wie gerädert. Er brauchte einen Kaffee und ein kräftiges Frühstück, um den Tag zu überstehen, sie hatten eine schwierige Kundin, und das an einem Montag.

»Wir könnten zu seiner Familie.« Michis Anruf kam in der Mittagspause.

»Josefs Eltern wohnen in Oberösterreich.« Das konnte doch nicht sein Ernst sein.

»Hast a bessere Idee?«

»Heute Abend will i duschen, a Käsekrainer und dann früh ins Bett.« Die Kundin war wie erwartet schwierig, dauernd stand sie hinter ihnen, während sie den Fußboden im Bad neu verlegten, und nicht amal Kaffee hatte sie ihnen angeboten.

»Quatsch nicht, Robbie. Duschen darfst, aber um sechs kommst zu mir. Deine Krainer besorg i dir, dann entwerfen wir einen Schlachtplan.«

Den Rest des Nachmittags verbrachte Robert mit schweißtreibender Arbeit, wobei er sich fragte, ob er Eva wohl eine SMS schreiben sollte oder ob sie dann nur wieder vom Kriminalinspektor Fleischhauer schwärmte. Er musste wirklich diesen Fall lösen, danach würde Eva nur noch von ihm schwärmen und der Fleischhauer würde blöd schauen.

Die Dusche nach Feierabend war ein Segen. Bevor er jedoch zu Michi fahren konnte, erwischte seine Mutter ihn, die eben erst aus dem Radio vom ›Mord am Hockeyspieler‹ erfahren hatte.

»Wo fährst du denn jetzt schon wieder hin? Und geht's dir gut? Der Josef war doch bei dir im Verein.«

Er schickte Michi eine kurze SMS, dass es später werden würde, und erzählte seiner Mutter von den Geschehnissen am Freitagabend.

»Aber warum hast denn nichts gesagt am Wochenende?«

Es dauerte eine Zeit, bis er sie beruhigt hatte. »Wirklich, Mama, mir geht's gut, und Eva auch. Die Polizei kümmert sich drum.«

»Der arme Kerl. Und noch so jung!«

Naja, über 30 war er schon gewesen …

»Und wo willst du jetzt wieder hin?«

»I organisier mit ein paar Burschen … die Beerdigung, genau. Wir kümmern uns da um a paar Sachen. Josef war schließlich unser bester Stürmer.«

»Und ganz und gar verhasst bei all euren Gegnern.« Seine Mutter lächelte schwach.

»Oh ja, die haben ihn …« Robert blinzelte. Da hatte seine Mutter ihn nun tatsächlich auf eine Idee gebracht. »Du, i muss los! Michi wartet. Das Blumengesteck und so.« Er drückte sie zum Abschied einmal schnell an sich, dann lief er zum Auto. Während der Fahrt rief er Michi an. »Die Villacher!«

»Was ist mit den Villachern?«

»Wer hatte einen Grund, Josef zu hassen? Seine Exfreundinnen, ja. Aber die haben wir durch, die haben ihn net umgebracht. Wer bleibt also?«

»Ganz Villach?«

»Das Hockeyteam, du Depp! Erinnerst du dich an unser letztes Spiel vor zwei Wochen?«

»Der Torwart ist ausgerastet.« Michi atmete hörbar aus. »Kleine Planänderung. Wir fahren nicht zu Josefs Eltern, sondern zu den Villachern.«

Keine fünf Minuten später hielt Robert vor Michis Haustür. Michi wartete bereits, sprang ins Auto und hielt die Hände vor die Lüftung. »Hast du eine Ahnung, wann die immer trainieren?«

Robert zuckte mit den Schultern. »Wenn wir Glück haben, heute. Wenn wir Pech haben, ist aber sicher trotzdem der an oder andre da. Und zur Not müssen wir eben die Privatadresse des Torwarts herauskriegen.«

Michi nickte. »Auf jeden Fall noch heute. Die Polizei ist uns bestimmt dicht auf den Fersen.«

Das durfte auf keinen Fall passieren, den Fleischhauer

mussten sie übertrumpfen. Robert trat aufs Gaspedal. In Villach kannte er sich aus, er war dort – gemeinsam mit Michi – zur HTL gegangen, und selbst jetzt waren sie so oft sie konnten bei diversen Festen dort zu finden: Im Winter war der Villacher Fasching a Gaudi, im Sommer der Kirchtag 15, und hin und wieder gab es auch andere Gelegenheiten, um zu feiern, zum Beispiel das Honky Tonk Kneipenfestival im Frühjahr. Vielleicht sollte er mit Eva einmal im Romantikhotel Post am Hauptplatz 16 … Reiß di zsamm, schalt er sich selbst, nichts überstürzen, du hattest grad erst a einziges Date mit ihr. Als sie an der Villacher Eissporthalle ankamen, war ihnen ausnahmsweise das Glück hold, die Villacher trainierten tatsächlich montags. Weniger glücklich war die Tatsache, dass Martin Fleischhauer und ein Kollege ebenfalls auf Stippvisite beim Eishockeyverein waren.

»Josef, Richard oder Hannes, was weiß i, wer das war«, erklärte der Villacher Torwart gerade. »I spuil gegen die da oben von Winklern, i halt net mit denen Händchen.«

»Sie haben Josef Hafflechner nicht nur während des Spiels so oft gefoult, dass es Ihnen mehrminütige Time-Outs beschert hat, Sie sind auch beobachtet worden, wie Sie nach dem Spiel einen Streit mit ihm vom Zaun gebrochen haben.«

»Der war halt ein Toker.« Gleichmütig lehnte sich der Torwart an die Bande.

»I glaub, dir is' net ganz klar, was der Herr Kriminalinspektor grad von dir will«, mischte Robert sich ein. Der Goalie war ja noch arroganter als der Fleischhauer! »Du stehst hier unter akutem Mordverdacht.«

»Was?«

»So, wie es aussieht, haben S' den Toten als Letzter lebend gesehen. Sie hatten verbürgt Streit mit ihm, Sie …«, Fleischhauer blätterte in einem Notizbuch, »sind vorbestraft wegen Körperverletzung. Es sieht wirklich nicht gut aus für Sie.«

»Haben wir dich.« Robert verschränkte die Arme vor der Brust.

»Hey, hey!« Plötzlich kam Leben in den Villacher. »I war des net! Wirklich!« Hilfe suchend blickte er sich zum Rest seiner Mannschaft um. »I war doch danach noch Pizza essen mit euch!«

Fleischhauer blätterte wieder in seinem Notizblock. »Das stimmt zwar, aber wir haben hier ein Zeitfenster von knapp zwei Stunden. Das reicht locker, um jemanden zu erschlagen und die Leiche im Weißensee zu versenken.«

Dem Torwart trat der Schweiß auf die Stirn, er wurde abwechselnd rot und blass, bis Fleischhauer schließlich »Abführen!« rief und zwei uniformierte Beamte ihm Handschellen anlegten. Während der Villacher weiter seine Unschuld beteuerte, verließ der Kriminalinspektor selbst die Halle, ohne Robert und Michi eines Blickes zu würdigen.

»Wir haben dem seinen Fall gelöst!«, meckerte Michi. »Da könnte er sich etwas dankbarer zeigen.«

»Eigentlich haben wir ihn nicht gelöst. Oder höchstens gleichzeitig gelöst.« Frustriert fuhr Robert sich mit der Hand durch die Haare. Im Auto piepte sein Handy, eine SMS von Eva: ›Hast schon gehört? Martin hat den Fall gelöst, er hat Josefs Mörder geschnappt!!!‹ Drei Ausrufezeichen. Fleischhauer bekam drei Ausrufezeichen von Eva. Er bekam meist gar kein Satzzeichen am Ende.

»So a Schaas!« Er schlug auf das Lenkrad, erwischte die Hupe und haute sich den kleinen Finger an.

»Immer langsam«, begann Michi, aber Robert hörte ihm nicht zu. Sein Blick folgte dem Polizeiwagen, der den Villacher Goalie mit Blaulicht zum nächsten Polizeiposten fuhr.

»Irgendwas stimmt da nicht«, sagte Robert, während er sich den kleinen Finger rieb.

»War doch die Theorie.« Michi zuckte mit den Schultern.

»Trotzdem.« Robert konnte es nicht erklären, aber wie der Villacher geschaut hatte, so eine Überraschung, das konnte man nicht spielen.

»I glab, die haben den Falschen«, sagte Robert langsam, doch nun war es Michi, der ihm nicht zuhörte, weil sein Handy klingelte.

Robert startete den Wagen und ging in Gedanken weitere Möglichkeiten durch: ein eifersüchtiger Freund oder Exfreund? Der Josef war mit seinen Frauengeschichten doch sicher dem einen oder anderen Haberer auf die Füße gestiegen.

Erst nach einiger Zeit bemerkte Robert, dass bei Michi etwas nicht in Ordnung war.

»Wo bist denn? Daheim?« Michis Stimme klang angespannt. Am anderen Ende der Leitung meinte Robert jemanden weinen zu hören. »Wir sind sofort bei dir! Gib Gas!« Das letzte war an Robert gerichtet.

»Wohin?«

»Conny.« Michi hielt sich am Armaturenbrett fest, seine Fingerknöchel traten weiß hervor.

Robert ignorierte sein eigenes Handy, fegte um die nächsten Kurven und schaffte die Strecke bis nach Gerlamoos 17 in einer halben Stunde.

Kaum hatte er mit quietschenden Reifen gehalten,

sprang Michi auch schon aus dem Auto. Das Haus war hell erleuchtet, die Tür stand offen, und von drinnen konnte Robert Schreie hören. Er raste hinter Michi her, die Treppe hoch, bis sie vor einer geschlossenen Tür Halt machen mussten.

»Los!« Robert ergriff die Initiative, warf sich gegen die Tür, Michi schaltete sofort und trat gegen das Schloss. Beim dritten Mal gab die Tür nach und sie stolperten ins Schlafzimmer. Conny stand, mit einem dreiarmigen Kerzenleuchter bewaffnet, in einer Ecke, vor ihr auf dem Bett turnte der kleine Hannes herum. Er blutete aus mehreren Kratzern im Gesicht und an den Armen, Conny hatte sich wacker geschlagen.

»Du Miststück!«, schrie Hannes außer sich und wollte auf sie zuspringen. Da haxelte Michi ihn, und er fiel bäuchlings aufs Bett. Sofort packte Robert seine Arme, Michi setzte sich auf seinen Rücken, und so hielten sie den tobenden Burschen in Schach.

»Oh Gott, oh Gott, oh Gott.« Conny ließ den Kerzenleuchter fallen und sank zu Boden. »Danke. Ihr seid … danke.«

»Was war denn überhaupt los?« Michi gab dem wütenden Hannes einen Schlag auf die Schulter, während Robert sich überlegte, ihn mit einem herumliegenden Socken zu knebeln.

»Was wollte der von dir?«

»Ich liebe sie!«, schrie Hannes.

»Was?« Michi blickte auf.

Conny hob abwehrend die Hände. »I hab dich noch nie gmocht, das weißt du!«

»Du hattest ja nur Augen für den Josef! Josef hier, Josef da, dieser Riesenarsch! Ausgenutzt hat er dich!«

»Ja und? Was hätt i denn machen sollen? Mit dir ausgehen?«

»I hätte dich auf Händen getragen!«

»Ich will dich aber net!« Connys Stimme schrillte in ungeahnte Höhen.

Robert fand, es war Zeit, einzugreifen. »Eifersüchtig auf den Josef warst du also?« Er zwickte Hannes in den Arm. »Und hast dir gedacht, na, ohne den Josef, da würd die Conny sich vielleicht in dich verlieben?«

»Ha!«, schnaubte Michi.

»Und nach dem Spiel gegen die Villacher, da war der Josef eh so in Streitlaune. Da hast dich ein bisserl mit ihm angelegt, und als er dir den Vogel gezeigt hat, da hast ihm eins übergebraten.«

»Mich ausgelacht hat er! Mir gesagt, bei der Conny hätt i eh nie Chancen.«

Wieder schnaubte Michi, und Robert warf ihm einen strafenden Blick zu. »Und dann?«, forderte Robert Hannes auf, weiterzuerzählen.

»Ja, und dann … und dann bin i wirklich wütend gworden.« Hannes wurde einen Augenblick still. »Mit dem Hockeyschläger hab i ihm eine übergezogen. Und wie er am Boden lag noch amal und noch amal.«

»Und dann hast ihn im See versenkt?«

Mit aufgerissenen Augen hatte Conny den Dialog verfolgt. »Heiliger Strohsack«, flüsterte sie.

Aus Hannes' Körper war aller Kampf gewichen, schlaff lag er auf dem Bett und begann zu weinen.

Robert nickte, zückte sein Handy und rief Eva an. »Du sag mal, kannst du mir vielleicht die Nummer vom Kriminalinspektor Fleischhauer geben? Der hat nämlich grad den Falschen verhaftet. I hab den Mörder hier mit Michi dingfest gemacht, Geständnis und alles, und würd der Polizei gern Bescheid geben.«

Michi quittierte sein Grinsen, indem er seine ausgestreckte Hand hinhielt, in die Robert einschlug. Fliesenleger Robert Hassle, Meisterdetektiv. Evas aufgeregtes »Was? Oh Robert!« war Musik in seinen Ohren.

8 **Weißensee:** Zufahrt zum Ostufer (Stockenboi) oder zum Westufer (Techendorf), am See selbst keine mit dem Auto befahrbare direkte Verbindungsstraße zwischen den beiden Orten. Techendorf am Weißensee hat sich dem sanften Tourismus verschrieben. Wander- und Nordic-Walking-Wege, Mountainbikestrecken, Familienschigebiet für Anfänger und Leute, die gemütlich schifahren möchten. (Eis-)Fischen und Tauchen stehen hoch im Kurs. Im Winter steht das Eislaufen auf der Natureisfläche des Sees im Vordergrund. Seit einem Vierteljahrhundert findet hier auch die alternative holländische 11-Städte-Tour (›Elfstedentocht‹) statt, da die traditionelle Strecke in der niederländischen Provinz Friesland zumeist nicht mehr eisig genug ist.
Ausflugsziele und Freizeittipps:
Wanderung am *Nordufer* entlang, im Schatten des Waldes und mit lauschigen Badeplätzen. Der See ist flach abfallend, das glasklare Wasser erfrischend.

Über den Ort Kreuzen gelangt man vom Drau- ins Gailtal. Etwa 5 Kilometer westlich von Kreuzen befindet sich eine senkrechte Felswand mit volkstümlichen Einmeißelungen (beispielsweise Hund, Schlange, Inschrift), im Volksmund *Hundskirche* genannt und eventuell ein Versammlungsort der Geheimprotestanten in der Zeit der Gegenreformation.

9 **Winklern:** Ort im oberen Mölltal, wo sich seit Jahrhunderten Fernwege kreuzen. Die gut ausgebaute B 106 (Mölltalstraße) und auch die nach Heiligen-

blut führende B 107 verlocken dazu, aufs Gaspedal zu steigen. Widerstehen Sie lieber. Denn dass die Strecke zum Rasen verleitet, weiß auch die Polizei, die Ihre Euro-Scheine gerne entgegennimmt.

Ausflugsziele und Freizeittipps:

Am Eingang des Mölltals ragt der *Danielsberg* als markanter Kegel aus dem Tal auf. Landschaftsschutzgebiet. Archäologische Funde aus der Stein- und Bronzezeit weisen auf Besiedlung hin, ebenso wurden Kultgegenstände aus der Jungsteinzeit gefunden. Auch für Kelten und Römer war der Danielsberg eine Kultstätte, wobei Letztere hier einen Herkulestempel errichteten. Eine Steinplatte mit einer Bauinschrift desselben ist in der Außenwand der Kirche eingemauert. Zudem gibt es Spuren des frühen Christentums, vermutlich wurde bereits im 4. Jahrhundert eine erste Kapelle errichtet. Die romanische Kirche auf der Bergspitze wurde zu Beginn des 16. Jahrhunderts wiederhergestellt und dem hl. Georg geweiht.

Klettersteig, Naturlehrpfad. Im April Georgifest mit Prozession und Kirchtag. Hotel und Restaurant Herkuleshof, ursprünglich als Jagdhaus errichtet.

Nationalpark Hohe Tauern: Zahlreiche Wanderwege und gute Almhütten, beispielsweise der von Winklern ausgehende Kulturlandschaftsweg am Möllfluss entlang mit Schaumühlen und Wasserspielplätzen. Kulturwanderweg Römerstraßen (zwei Römerstraßen über den Mallnitzer- bzw. Korntauern) – Start am Parkplatz Jamnigalm.

Durch die *Groppenstein- und Rabischschlucht* (Verbindung zwischen den Ortschaften Mallnitz und

Obervellach) mit ihren Wasserfällen führt der längste Schluchtenweg Kärntens. Burg Groppenstein.

Am Ende der Groppensteinschlucht empfiehlt sich in der warmen Jahreszeit die Einkehr im urigen Romantik-Gasthof Zur guten Quelle, der alte Zoll- und Wachturm dient als Raucherbereich.

In *Apriach* lohnt die Besichtigung der hintereinander an Bergbächen angeordneten Stockmühlen, im fast 400 Jahre alten Mentlhof ist ein Bergbauernmuseum eingerichtet.

Im Sport- und Freizeitzentrum Großkirchheim (z.B. Kletterturm, Tennis, Fußball, ein Schwimmbad ist im Bau) gibt es für Weidmänner und -frauen neuerdings auch einen Schießtunnel mit Schießkino.

Obervellach: Marktgemeinde im Mölltal. Schrothkurort. Schießstand. Erlebnisfreibad, Hallenbad. Malerische Burg Niederfalkenstein (Privatbesitz). Südlich der Möll gibt es ein Sporterlebniscamp und einen Campingplatz. Kajak, Canyoning, Rafting. Schöner und frei zugänglicher Wasserspielplatz.

Empfehlenswert ist der Bauernladen Walter, wobei man sich in der kleinen Stube gleich vor Ort durchkosten kann.

Steil hinauf auf den Berg geht es bei Kolbnitz mit der *Bergbahn Reißeck.* Von dort fährt Europas höchste private Schmalspureisenbahn weiter zum Bergrestaurant. Wanderrouten, geführte Erlebniswanderung. Auf die Kinder wartet der große Erlebnisspielplatz zum Thema Kraftwerk, auf die Eltern die Sonnenterrasse.

Mallnitz: Ein- bzw. Ausstieg der ÖBB-Autoschleuse Tauernbahn. Schi- und Wanderregion,

Hallenbad. Besuchermagnet ist jedoch das BIOS Nationalparkzentrum (April bis Oktober): Hier lernt man den Nationalpark und seine Besonderheiten kennen und kann mittels Mikroskop & Co an einem durch den Ausstellungsraum geleiteten Bach dem Geheimnis des Lebens nachjagen. Dauer- und jährlich wechselnde Sonderausstellungen sowie Kunstinstallationen. Café.

Am *Mölltaler Gletscher* kann man auch im Sommer schifahren. Gletscherwanderweg.

10 **Drautal:** Im oberen Drautal hat sich *Irschen* als Natur und Kräuterdorf positioniert. Hier gibt es beim KräuterHaus Pfarrstadel zahlreiche Kräuterspezialitäten und -stationen, im Winter ist die Kräuterwerkstatt im Gemeindeamt untergebracht. Sehenswert ist in Irschen zudem die romanisch-gotische Pfarrkirche mit ihren Wandmalereien und Deckenfresken.
Gleitschirm- und Drachenfliegen kann man auf der *Emberger Alm* (Fliegercamp in Greifenburg), die aufgrund der Thermik zu den besten Fluggebieten Europas zählt.
Auf eine lange Siedlungsgeschichte kann der malerische Markt *Oberdrauburg* – mit zwei Burgruinen und Althausbestand aus dem 16. bis 19. Jahrhundert – zurückblicken.

11 **Villach**: Dem ORF-Publikum vom Villacher Fasching bekannt. Übrigens: Im Eishockey sind die traditionellen Konkurrenten Klagenfurt (KAC) und Villach (VSV).

Ausflugsziele und Freizeittipps:
Das *Stadtmuseum Villach* informiert über die Regionalgeschichte. Im Schillerpark kann man von Mai bis Oktober ein 182 Quadratmeter großes *Relief von Kärnten* betrachten.

Der *Dobratsch* (Villacher Alpe, über 2.000 Meter hoher Bergstock) lädt mit seinem Naturpark zum Wandern ein, von hier oben hat man auch einen guten Ausblick.

Mit dem Zentrum Faaker See findet in der Region in der ersten Septemberwoche das *Harley-Davidson-Treffen* (European Bike Week) statt.

Einen der größten Klettergärten (über 300 Routen) findet man am *Kanzianiberg*, der bereits im 3. Jahrtausend vor Christus besiedelt war und wo einst auf spät-hallstattzeitlichen und antiken Vorläufern ein römerzeitliches Kastell stand. Gotische Kirche hl. Kanzian am Felshügel.

12 **Iselsberg:** Von Winklern gelangt man über den Iselsberg nach Osttirol. Von der Höhe hat man einen schönen Ausblick über Lienz und auf die Dolomiten.

13 **Mautturm:** Dieser Überrest einer kleinen Burg beherbergt eine Ausstellung zum Thema Kristalle. Moderner Anbau (Tauernwurm).

14 **Hörzendorfer See:** Zwischen Klagenfurt und St. Veit. Naturbadesee.

15 **Villacher Kirchtag:** Ende Juli/Anfang August findet in der Villacher Altstadt das große Brauchtumsfest,

der Villacher Kirchtag, statt, mit zahlreichen Einzelveranstaltungen, Vergnügungspark und Trachtenfestzug. Das Villacher Bier fließt dabei reichlich, eine überwiegend flüssige Spezialität ist die Kirchtagssuppe, »echte« Kärntner essen zur pikanten Suppe einen picksüßen Reinling (wie zu Ostern zu Schinken und Kren).

16 **Villacher Hauptplatz:** Als großzügiger Straßenplatz angelegter Platz mit schönen Bürgerhäusern und Fußgängerzone. Hauptstadtpfarrkirche hl. Jakob d. Ä. am Ende des Hauptplatzes, spätgotische Hallenkirche mit ursprünglich frei stehendem Westturm. Schöner Hochaltar mit Rokokoschnitzwerk und Ziborienaufsatz, der ein spätgotisches Kruzifix miteinbezieht.

17 **Gerlamoos:** Der kleine Ort hat kunsthistorisch Großes zu bieten. Das über einen Fußweg erreichbare Georgskirchlein ist mit prächtigen Wandmalereien von Thomas von Villach aus den 70er-Jahren des 15. Jahrhunderts ausgestattet, sie gelten als Hauptwerk des Meisters. Dabei ist die gesamte Nordwand des Langhauses mit drei Streifen von Bilderfeldern geschmückt, welche Darstellungen aus der Georgslegende, Passionsszenen und Szenen aus dem Leiden Christi sowie von der Auferstehung und Himmelfahrt umfassen.

Die Außenseite der Kirche ist ebenfalls mit Wandgemälden, vermutlich aus dem ausgehenden 14. Jahrhundert, verziert, die u. a. den hl. Christophorus, Georg mit dem Drachen und die Kreuzigung darstellen.

OH DU SELIGE
KLAGENFURT

Dorothea Böhme

»Wilma, wir müssen etwas besprechen.« Toni klang ernst, nicht so fröhlich wie sonst bei ihrem wöchentlichen Cocktailabend. Wie jeden Freitag saß Wilma, ehemalige Kleinkriminelle, mit ihrem besten Freund im Klagenfurter **18** Salud, Toni mit einem Mojito vor sich, von dem er noch keinen Schluck getrunken hatte. Wilma stellte ihr halb leeres Cocktailglas ab und sah ihn aufmerksam an. Er war nicht nur einer ihrer besten Freunde; da er bei der ›aidsHilfe Klagenfurt‹ arbeitete, war auch ihr Bewährungshelfer der Meinung, dass Toni ihr guttat.

»Wir haben einen Notfall, Finanzierungs-Engpässe.«

Das war nichts Neues, die ›aidsHilfe‹ konnte eigentlich immer Geld gebrauchen. »Toni, ich würd gern spenden, glaub mir, aber weißt, was ich verdien?« Im Sommer arbeitete sie als Kassiererin auf der Burg Hochosterwitz, im Winter wurde sie von ihrer Chefin als Aushilfe in der St. Veiter Tourismusinformation eingesetzt. So konnte sie sich gerade eben ihre kleine Wohnung leisten und ihr Auto finanzieren. Für die wöchentlichen Cocktails musste sie auf … Nebeneinnahmen zurückgreifen. Sie griff nach der Ananasdeko an ihrem Glas.

»Wilma, ich brauch nicht dein Geld, ich brauch dein liebes Gesicht!«

»Um was genau geht's da jetzt?«, fragte sie vorsichtig.

»Erpressung!«

Mit einem Platschen fiel die Ananasdeko in ihren Piña Colada zurück.

»Schau, du kennst doch den Dolezal, den von den Stadtwerken? Na, der hat so viel Geld, da hab ich mir gedacht, das könnten wir für einen guten Zweck nutzen.«

Der gute Zweck war wohl die ›aidsHilfe‹, wie das mit dem Ausnutzen gehen sollte, hatte Wilma allerdings noch nicht verstanden.

»Weißt du, der Dolezal ist verheiratet«, erklärte Toni.

»Und?«

»Seine Frau hat eine Menge Geld. Er kann es sich nicht leisten, sie zu verärgern.«

Langsam hatte Wilma eine Ahnung, wo das Gespräch hinführte.

»Und hübschen Frauen mit dunklen Locken kann er sehr schlecht widerstehen.«

Das war dann wohl der Part, der Wilma zugedacht war. »Da mach ich nicht mit. Ich bin jetzt ehrlich.« Vom teuren Lippenstift, der im ›BIPA‹ seinen Weg in ihre Handtasche gefunden hatte, erzählte sie lieber nichts.

»Wilmaaa«, jammerte Toni. »Weißt du, wie viel Geld uns fehlt?«

Sie biss sich auf die Unterlippe. Die Arbeit der ›aidsHilfe‹ war unersetzlich, das fand sie ja auch. Und hatte ihr Bewährungshelfer nicht neulich gesagt, sie bräuchte eine Aufgabe? *Etwas, das Sie erfüllt, Frau Brandstätter, etwas Soziales.*

»Der Dolezal findet, die Politik muss mehr gegen die Kriminalität tun.« Toni versuchte angestrengt, beiläufig zu klingen. »Weniger Bewährungsstrafen, maximale Ausnutzung des Strafmaßes, solche Sachen.«

Auch bei Kleinkriminalität, Wilma hatte den Artikel gelesen.

»So kann ich der Gesellschaft etwas zurückgeben«, murmelte sie. Lauter fügte sie hinzu: »Und was ist schon eine kleine Erpressung, wenn wir damit Leben retten können?«

Toni fiel ihr um den Hals und gab ihr einen feuchten Kuss auf die Wange. Wilma stürzte ihren Cocktail herunter und signalisierte dem Kellner, dass er ihr einen weiteren bringen sollte. Sie zog die Augenbrauen zusammen. »Aber du zahlst die Rechnung heute.«

So kam es, dass Wilma am nächsten Abend viel zu leicht bekleidet auf dem Klagenfurter Weihnachtsmarkt auf dem Neuen Platz **19** stand, die Hände wärmend um einen Glühmost legte und darauf wartete, dass Rainer Dolezal auftauchte, damit sie ihn verführen konnte. Der wäre ganz sicher heut' Abend hier, hatte Toni gesagt, während er ihr die Moonboots aus der Hand genommen und in ihrem Kleiderschrank nach Absatzstiefeln gewühlt hatte. Wilmas Füße waren inzwischen Eiszapfen. Als ob jemand auf dem Weihnachtsmarkt auf Stiefel achtete! Sie sah zu Toni hinüber, der sich in (un)auffälligem Abstand zu ihr an den verklebten Tisch eines Glühweinstands lehnte. Die Digitalkamera hatte er im Jackenärmel versteckt. Es war schon malerisch, hier am Neuen Platz: Der Lindwurm **20** hatte eine Schneehaube, und die Beleuchtung der Weihnachtsstände tauchte die umliegenden Gebäude in ein angenehmes Licht, allen voran das Neue Rathaus **21** mit seiner klassizistischen Fassade.

Die Musik war zwar weder gut noch ihr Stil, trotzdem überlegte Wilma gerade, das Tanzbein zu schwingen. Vielleicht würde sie dann ihre Zehen wieder spüren.

Doch bevor sie zur Bühne hinübergehen konnte, bemerkte sie, dass Toni wild mit seinen Augenbrauen zuckte. Sie drehte sich um. Aus Richtung Altem Platz 22 kam Dolezal mit drei Männern etwa in seinem Alter über den Weihnachtsmarkt geschlendert. Wenigstens einmal an diesem Abend schien ihr das Glück hold zu sein: Dolezal und seine Freunde verschwanden in dem großen Glühweinstand, der unter einer Plastikplane warm verpackt war. Toni nickte aufgeregt, und Wilma stiefelte den Männern hinterher. Der Rest war lachhaft einfach. Kaum hatte Wilma sich neben Dolezal an die Theke gestellt, wollte der ihr einen Glühwein spendieren.

»Na, so a liabs Dirndle wie du sollt nicht allan hier herumstehen.«

Vier Glühweine später – ihre eigenen hatte Wilma unauffällig weiterverschenkt – und seine Haberer waren nirgends mehr zu sehen, stattdessen lag Dolezals Hand um Wilmas Taille, während er sie leicht schwankend aus dem Zelt führte. Die Band hatte inzwischen aufgehört zu spielen, die meisten Stände waren schon abgebaut und nur noch wenige Leute liefen herum. Mit unsicheren Schritten führte Dolezal Wilma um den Lindwurm Richtung Sparkasse hinter den Buden her, bis schließlich niemand mehr zu sehen war. Niemand außer Toni, den auch die noch fast nüchterne Wilma nur aus dem Augenwinkel erkennen konnte. Im Schleichen war er wirklich gut. Dolezal legte seine andere Hand auf Wilmas Schulter und sah sie aus wässrigen Augen an.

»Na, wenn ich gewusst hätt', dass bei euch die Männer so sexy sind, hätt' ich doch Verwaltung gelernt«, hauchte Wilma, um die Show endlich auf die Bühne zu bringen, und öffnete leicht ihre Lippen.

Dolezal stieg darauf ein, und keine drei Sekunden später hatte Wilma seine Zunge so tief im Hals stecken, dass sie husten musste. Sie schob Dolezal von sich weg, der sich schwankend an der Rückwand des Weihnachtsstandes festhielt, und sah nach rechts, wo Toni ihr den erhobenen Daumen zeigte. Puh. Wilma wischte sich mit dem Handrücken über den Mund, schob Dolezal noch etwas weiter fort und tätschelte ihm den Kopf.

»Du solltest dir ein Taxi rufen«, sagte sie und hastete schnell um die Ecke.

»Superbild! Das wird ihm sicher zwei, drei Tausender wert sein.« Toni strahlte, während Wilma ihn weiterzerrte.

»Los! Nicht, dass der uns noch hinterherläuft.«

»Der ist so zua, der kriegt seine Fiaß gar nicht voreinander gestellt. Der hat sich noch vor eurem Glühwein ordentlich angepipelt.«

Trotzdem wollte Wilma nichts riskieren. Sie drängte Toni am Lindwurm vorbei über den Zebrastreifen in die Kramergasse [23], die zum Alten Platz führte. Tonis Luxuswohnung befand sich in der Herrengasse [24], der Kneipenmeile Klagenfurts mit einer Bar neben der anderen. Wilma mochte es zwar lieber ruhiger, aber Toni fand es wichtig, nicht weiter als 100 Meter von der nächsten Party entfernt zu wohnen.

»Bringst mich heim?« Versprochen war versprochen, und Wilma war viel zu müde, um sich noch selbst hinters Steuer zu setzen.

Vor ihrer Haustür gab ihr Toni noch ein Busserl zum Abschied. »Wilmalein, du wirst eine Auszeichnung von der ›aidsHilfe‹ bekommen. Sozusagen die goldene Schleife ehrenhalber. Dein Bewährungshelfer wird entzückt sein.«

»Jeden Tag eine gute Tat.«

Eine halbe Stunde später fiel Wilma hochzufrieden mit sich und der Welt in einen tiefen Schlaf.

Aus dem sie leider nicht einmal acht Stunden später durch Dauerklingeln und Klopfen an ihrer Wohnungstür unsanft herausgerissen wurde.

»Wilma Brandstätter?«

Kurzsichtig – für Kontaktlinsen war keine Zeit gewesen und wo sie ihre Brille wieder hingelegt hatte, wusste der Himmel – blinzelte sie die beiden Männer an, denen sie geöffnet hatte. Der eine kam ihr bekannt vor.

»Wir kennen uns schon von dem ungeklärten Mordfall an der Burg Hochosterwitz. Sie haben damals den Toten gefunden.«

Wilma kniff die Augen zusammen. Richtig: Der Kerl war der kaugummikauende Polizist, der sie für eine Verdächtige gehalten hatte. Augenblick. Polizist? Wilma brauchte einen Kaffee. Sie tapste in die Küche, die beiden Männer folgten ihr.

»Sie sind gestern mit Rainer Dolezal auf dem Weihnachtsmarkt gewesen?«

»Mit? Ich war auf dem Weihnachtsmarkt. Dolezal auch.« Das ›mit‹ war glücklicherweise nur kurz ausgefallen.

»Sie sind mit ihm gesehen worden, allein, etwa gegen Mitternacht. Es sah sehr … intim aus.«

Ach du je, waren die wegen Toni hier?

»Um es kurz zu machen: Rainer Dolezal ist gegen 3 Uhr heute Nacht hinter einem Weihnachtsstand tot aufgefunden worden.«

Mit der Kaffeedose in der Hand ließ sie sich auf ihren Küchenhocker fallen. »Könnten S' vielleicht?«

Sie drückte dem Kaugummikauer die Dose in die Hand und machte eine Bewegung in Richtung Kaffeemaschine. Offenbar lernte man bei der Kriminalpolizei tatsächlich kombinieren, der Mann machte sich daran, das Pulver in den Filter zu löffeln und Wasser einzugießen. Als die Maschine leise vor sich hin gluckerte, fühlte Wilma sich schon ein bisserl wacher.

»Ich hab ihn nicht umgebracht«, erklärte sie.

»Alibi?«

»To…« Wilma schluckte. Sie konnte doch nicht von Toni und ihrer »Spendensammlung« für die ›aidsHilfe‹ erzählen. Ihr Bewährungshelfer war zurzeit so zufrieden mit ihr. Ihre minimalinvasive Mithilfe bei einer Erpressung würde ihr dieser kleinkarierte Bürokrat sicher negativ auslegen. *Ein Rückfall in Ihr altes Milieu, Frau Brandstätter?* Und dann ›tsk, tsk, tsk‹ mit der Zunge, ein Vermerk in ihrer Akte und beim nächsten BIPA-Besuch wanderte sie direkt in den Knast.

»Also?« Der Kaugummikauer zog die Augenbrauen hoch.

»Ich war mit einem Freund unterwegs.«

»Name? Adresse?«

Wilma zögerte. Als Erstes musste sie sich mit Toni abstimmen. »Woher wissen S' überhaupt von mir? So früh am Morgen?«

»Die Kriminalpolizei schläft nie.« Er knallte zwei Tassen auf den Küchentisch. Dann goss er Wilma und sich selbst Kaffee ein. Sein Kollege blieb nicht nur im Gespräch abseits, er bekam auch keinen Koffeinschub. »Also?«, fragte er.

Wilma legte beide Hände um ihr Häferl und schloss die Augen, um den Kaffeeduft tief in sich einzusaugen.

»Toni. Toni Wurmitsch, wohnt in der Herrengasse in Klagenfurt. Wir waren gemeinsam auf dem Weihnachtsmarkt.«

»Bis zu dem Zeitpunkt, als Sie mit Dolezal verschwunden sind.«

»Wirklich. Woher *wissen* S' das?«

Kaugummikauer drehte sich zu seinem Kollegen. »Check mal den Wurmitsch ab.« Der Kollege nickte und verschwand nach draußen auf den Flur. In den nächsten Minuten war Wilma allein mit dem Polizisten, der sich an die Wand lehnte und in aller Ruhe seinen Kaffee trank. Vermutlich wollte er vermeiden, dass sie vor seinem Kollegen mit Toni sprach. Wilma stand auf, um sich eine Eierspeis zuzubereiten. Sie hatte ein flaues Gefühl im Magen.

»Kannten S' den Dolezal?«

Wilma schüttelte den Kopf, während sie eine Bratpfanne auf den Herd stellte.

»Sie sind ihm gestern ganz zufällig über den Weg gelaufen? Am Weihnachtsmarkt.«

»Er stand hinter mir am Glühweinstand.«

»Und das war das erste Mal, dass Sie ihn gesehen haben?«

Wilma sah zu, wie die Butter schmolz.

»Und weil er gar so ein fescher Kerl war, haben Sie gleich mit ihm geschmust? Der Dolezal mit seinen 58. Und Sie sind? 15, 20 Jahre jünger?«

So eine Frechheit, 33 war sie. Der Kaugummikauer lachte.

»Wo die Liebe hinfällt«, murmelte Wilma und schlug ihre Eier auf.

Gerade als sie in der Pfanne fest wurden, kam der Kollege zurück und gab dem Kaugummikauer ein Handzeichen. Das sollte sie sich merken, dachte Wilma, konnte nützlich werden.

»Danke für die Gastfreundschaft.« Der Polizist stellte seine Tasse in den Abwasch, für einen Pedanten hatte sie ihn ohnehin gehalten.

»Nehmen S' mich fest?«

»Morgen erst. Nehmen Sie sich noch nichts vor.« Er grinste und scheuchte seinen Kollegen aus der Wohnung.

Die Eier konnten das flaue Gefühl aus ihrem Magen auch nicht vertreiben. Als später das Telefon klingelte, überlegte sie kurz, nicht dranzugehen.

»Wilma!« Toni schien den Tränen nahe zu sein. »Die Polizei war gerade bei mir! Und dabei waren die Fotos soo gut! Meinst, du könntest das noch mal machen? Vielleicht mit einem von der Landesregierung?«

»Sie halten mich für die Mörderin vom Dolezal.«

Das ließ Toni verstummen. »Aber … aber das … was?«, brachte er schließlich heraus.

»Hast du denen was gesagt?«

Nach einigem Hin und Her erfuhr sie, dass Toni wie sie selbst gedacht hatte: Der Erpressungsversuch musste geheim bleiben. So weit, so gut. Was folgte, war weniger schön. Toni hatte keinen Sinn darin gesehen, zu leugnen, dass Wilma mit Dolezal allein hinter den Weihnachtsständen verschwunden war. Seine Rolle als Fotograf hatte er verschwiegen, und so blieb der Polizei tatsächlich nur eine Verdächtige.

Wie sollte sie das ihrem Bewährungshelfer erklären?

Wilma verabschiedete sich von Toni und verkroch sich mit einem Kamillentee auf die Couch. Vermutlich war das ein erstes Vorfühlen gewesen. Sie hatte zwar nur ein schwammiges Alibi, aber bisher hatten sie ihr noch kein

Motiv angedichtet. Über kurz oder lang würde sie das allerdings nicht retten, falls den Kieberern der Mörder nicht in den Schoß fiel.

Wilma dachte nach. Die Polizei würde sich auf sie festlegen und wessen Aufgabe war es wieder, den wirklichen Schuldigen zu finden? Sie griff nach ihrem Handy.

Die Chefin antwortete nach dem zweiten Klingeln, im Tourismus gab es keine freien Tage.

»Grüß dich, Wilma, gut, dass du anrufst«, sagte sie leicht atemlos. »Wir haben einen furchtbaren Engpass, könntest du vielleicht ein, zwei Extraschichten in der Touristeninformation einlegen?«

Wilma fluchte lautlos. »Also eigentlich wollt ich um genau das Gegenteil bitten. Ich bräucht' ein paar Tage frei.«

»Wilma, tu mir das nicht an!«

»Ich bin Verdächtige in einem Mordfall.«

Etwa drei Sekunden herrschte absolute Stille, dann hauchte die Chefin: »Dolezal?« Es war offenbar schon in den Nachrichten gewesen.

»Oh Maria.« Die Chefin atmete hörbar ein. »Können wir das als PR-Aktion nutzen? Lass mich nachdenken!«

Wilma blinzelte.

»Du kriegst natürlich frei, Wilma, ich frag Clara, ob sie dich ersetzen kann. Weißt du noch, wie der letzte Mord unsere Besucherzahlen auf der Burg verdoppelt hat? Denk nur an die Schlagzeilen! ›St. Veiter Tourismusangestellte in prominenten Mordfall verwickelt‹. Oh Wilma, du *musst* dich einfach an die Presse wenden!«

Wilma versprach, in einem möglichen Interview sowohl den Namen ihrer Chefin als auch sämtliche St. Veiter Sehenswürdigkeiten sowie die Öffnungszeiten der Touristeninformation zu nennen. »Wenn sie mich lassen, erzähl ich auch von unseren Akkordeon-Abenden auf der Burg Hochosterwitz.«

Und weil ihr Tag sowieso schon versaut war, beschloss sie nach kurzer Recherche im Internet nach Klagenfurt zu fahren und sich umzuhören. Sie stellte ihr Auto im Parkhaus der City-Arkaden ab und ging die kurze Strecke durch die Innenstadt bis zum Neuen Platz zu Fuß. Es schneite leicht, und wenn Wilma nicht Hauptverdächtige in einem Mordfall gewesen wäre, hätte sie sich über die weihnachtliche Postkartenidylle freuen können. So stapfte sie schnell an Glühweinständen vorbei zum Lindwurm. Zwischen dem Klagenfurter Wahrzeichen und der Sparkasse hatte sie Dolezal zuletzt gesehen. Offenbar war er danach auch nirgendwo anders mehr hingegangen, sie konnte die Stelle erkennen, an der die Polizei die Leiche gefunden hatte. Ein dunkler, rotbrauner Fleck auf dem Boden ließ Rückschlüsse auf die Todesart zu: Geschossen hatte in der Klagenfurter Innenstadt sicher niemand, folglich war Dolezal erstochen worden. Aber von wem? Und warum? Etwas spät fragte Wilma sich, ob noch Polizisten in Zivil auf dem Weihnachtsmarkt herumliefen und ihren Ausflug als »der Mörder kehrt immer zurück an den Tatort« interpretieren würden. Aber es sah nicht so aus, als würde sie jemand beobachten. Es war inzwischen früher Nachmittag und der Weihnachtsmarkt wieder gut besucht. Kinder ließen sich Süßigkeiten kaufen, tschentschten so lange, bis sie Ponyreiten oder mit der Tschu-Tschu-Bahn fahren durften, Eltern belohnten sich mit Glühwein, eine ganze Menge Jugendlicher tummelte sich, und Wilma zählte ihr Geld. Immerhin hatte sie der Abend gestern kaum etwas gekostet. Die Fahrtkosten waren auf Toni gegangen, der Alkohol auf Dolezal. Sie kaufte sich eine Schokoladenbanane und holte den kleinen Zettel mit Dolezals Adresse, die sie im Internet recherchiert hatte, aus der Hosentasche. Natürlich wohnte er in einer noblen Villa am Kreuzbergl 25. Wilma knabberte an ihrer Banane und zog los, der kleine Fußmarsch in der winterlichen Kälte würde ihr hoffentlich einen klaren Kopf bescheren. Weit war es ja nicht, wenn man die Abkürzung über den Heiligengeistplatz 26 und den Schillerpark 27 nahm.

Vor der Dolezal'schen Villa standen gleich mehrere Autos, vielleicht hatte die Witwe Unterstützung ihrer Familie bekommen. Wilma klingelte. Eine um die 50 Jahre alte, aber immer noch sehr attraktive Brünette öffnete. Sie hielt ein Spitzentaschentuch in der Hand, rot geweinte Augen hatte sie jedoch nicht. Sehr verdächtig, fand Wilma, wobei sie zugeben musste, dass es immer noch einen Unterschied gab, ob man seinem betrügerischen Ehemann keine Träne nachweinte oder ihm die Kehle durchschnitt. Oder ein Messer ins Herz stach, was auch immer die Todesursache war. Wilma holte Luft und lächelte die Frau an. »Grüß Gott, mein Name ist Christiane Schneider vom Weißen Ring, wir helfen Opfern von Kriminalität und betreuen Hinterbliebene.« Sie versuchte, so vertrauenerweckend wie möglich zu schauen.

»Im Augenblick ist kein guter Zeitpunkt.« Die Brünette wollte die Tür schließen, doch Wilma schob schnell ihren Fuß dazwischen.

»Frau Dolezal?« Sie setzte ihre beste Betroffenheitsmiene auf. »Schließen Sie uns nicht aus. Wir können Ihnen helfen.«

In Frau Dolezals Wange zuckte ein Muskel, aber

Wilma ließ lächelnd ihren Fuß in der Tür und die Hand auf dem Arm der Witwe. Die Frau war ihr unsympathisch und bislang die einzige Verdächtige, die sie hatte, sie musste unbedingt mit ihr sprechen.

»Wer ist denn da?«, rief eine Männerstimme aus dem Hintergrund. Schritte kamen näher und, ups, den großen Dunkelhaarigen kannte Wilma vom Weihnachtsmarkt. Der wusste ganz genau, dass sie nicht Christiane Schneider vom Weißen Ring war. Das letzte Mal, als sie ihn gesehen hatte, war Dolezals Hand gerade in ihr Dekolleté gerutscht.

»Der Weiße Ring wünscht Ihnen alles, alles Gute.« Wilma riss ihre Hand zurück und eilte die Auffahrt hinab zur Straße. Mist. Der war genau im falschen Augenblick gekommen. Was machte der überhaupt im Hause Dolezal? War das nicht ein Arbeitskollege von Rainer gewesen?

Und wieso hatte der Kerl keine Schuhe angehabt? Wilma blieb stehen. Das waren möglicherweise brisante Informationen. Hatte die trauernde Witwe schon einen neuen Galan? Das bot so einiges mehr an Mordmotiv, als Wilma jemals vorweisen würde. Auch wenn Dolezals Kuss nach Faschiertem mit viel Zwiebeln geschmeckt hatte.

Wilma setzte sich wieder in Bewegung, sie musste zu Toni. Glücklicherweise war er auch tatsächlich daheim und hatte nicht nur tröstende Worte, sondern auch einen heißen Kakao für sie.

»Na, komm schon, a klaner Schuss Amaretto, das sind doch niemals 0,5 Promille. Und auf den Schreck hin hast du dir das wirklich verdient.«

»Apropos Schreck.« Wilma zog ihren Kakao wieder an sich. »Wer war der große, dunkelhaarige Begleiter vom Dolezal gestern?«

»Den Thomas Anstetter meinst? Trägt zum Anzug meist eine schreiend bunte Krawatte? Das ist sein Vize bei den Stadtwerken.«

»Ich glaub, die Witwe Dolezal hat was mit dem.«

Toni hustete in seinen Kakao. »Echt wahr? Woher hast denn das?« Er stellte seine Tasse ab und zog die Nase kraus. »Aber nein, das kann nicht sein.«

»So oft, wie der Rainer sie betrogen hat. Da hätt ich mir auch was Neues gesucht.«

»Aber nicht die Dolezal. Der gute Ruf ist alles. Die will doch in die Politik, wenn da solche Schmuddelgeschichten rauskommen, hat sie doch keine Chance mehr bei den Schwarzen.«

Das hieß ja nicht, dass sie ihren Mann nicht betrog. Das hieß nur, dass es niemand herausfinden durfte. Wilma war schließlich auch ehrlich. Und ihr Bewährungshelfer würde nie von Portemonnaies oder Lippenstiften, die den Besitzer wechselten, erfahren. Von Erpressungsversuchen ganz zu schweigen.

Wilma biss sich auf die Unterlippe. »Du, Toni, und noch was. Irgendwer hat der Polizei gesteckt, dass ich gestern mit dem Dolezal auf dem Weihnachtsmarkt war, allein.«

»Ich hab nichts gesagt, Ehrenwort!« Toni hielt beide Hände hoch.

»Ja, das weiß ich doch. Aber wie krieg ich raus, wer es war?«

»Ach, Wilma-Schatz.« Toni schüttelte den Kopf.

»Was?«

»Flirten!«

»Mit der Polizei?« Jetzt hätte Wilma fast ihren Kakao über den Tisch geprustet. »Nennt man das nicht Fraternisieren mit dem Feind?«

Aber vielleicht hatte Toni recht. Irgendjemand hatte sie mit Dolezal beobachtet und möglicherweise auch den Mörder gesehen.

»Und wenn es gar nicht anders geht«, sagte Toni und legte einen Arm um ihre Schulter, »rücken wir halt doch mit der Wahrheit raus.«

Dazu durfte es nicht kommen. Sie würde den Schuldigen finden, das hatte sie doch schon einmal getan, einen Mordfall aufgeklärt.

Da es mittlerweile wieder dunkel war, beschloss Wilma heimzufahren. Ihr stand ein grauenvoller Tag bevor: Nicht genug damit, dass sie mit ihren Ermittlungen weiterkommen wollte, am Vormittag hatte sie einen Termin bei ihrem Bewährungshelfer.

Am Morgen warf Wilma sich in Schale, soweit es das Wetter zuließ. Sie wollte nicht noch einmal in dünnen Strumpfhosen frieren. Aber der rote Pullover mit dem tiefen Ausschnitt, der musste schon sein.

Das Treffen mit ihrem Bewährungshelfer war wie immer: Sie saß ihm gegenüber und versuchte zerknirscht, reuig und sehr aufrichtig auszusehen, während sie seinem Sermon lauschte.

»Ich helfe beim Geldsammeln für die ›aidsHilfe‹«, erzählte sie ihm, was ja kein bisserl gelogen war.

Ihr Engagement für den guten Zweck nahm er hocherfreut zur Kenntnis. »Vielleicht wird aus Ihnen ja tatsächlich was, Frau Brandstätter.«

Wilma fand, dass sie schon etwas war. Meistens exkriminelle Kassiererin an der Burg Hochosterwitz, und das war doch gar nicht schlecht. Aber sie nickte nur. »Ehrenwort.«

Nach ein paar weiteren Beteuerungen ihrer guten Absichten war sie schließlich entlassen.

Gerade, als sie sich auf dem Weihnachtsmarkt eine weitere Schokobanane gönnte, klingelte ihr Handy.

»Wilma, hast du schon mit der Zeitung gesprochen?«, rief ihre Chefin. »Heut' in der Früh hatten wir drei Besucher im Tourismusbüro, stell dir vor, ganze drei! Das muss sich schnellstmöglich ändern.«

Bevor Wilma antworten konnte, sprach ihre Chefin weiter: »Du, ich denk, die Krone ist vielleicht am besten. Der Dolezal war ja auch nicht unwichtig, das könnten die überregional bringen.«

»Ich werd sie fragen.«

»Und wo du dabei bist: Wilma, ich weiß, mit Gefühlsausbrüchen hast du's nicht so. Aber vielleicht könntest dich vorher noch kurz mit der Clara treffen? Die zeigt dir sicher, wie das geht. So ein verheultes Interview, oder vielleicht auch ein verzweifelter Schrei am Ende …«

»Am Abend könnt ich daheim ein bisserl üben.«

»Fantastisch, Wilma, tu das! Und zur Arbeit kommst, wann es dir wieder passt, ja? Ende der Woche oder auch danach, wie du magst. Nur denk ans Interview.«

Wilma hoffte, dass es der Chefin auch recht war, wenn sie kein Interview gab, dafür aber den Fall löste. Und mit einer Schlagzeile wie ›Mitarbeiterin des Tourismusbüros klärt spektakulären Mord auf‹ wusste doch niemand, wer die spezielle Mitarbeiterin war. Da konnte die Chefin höchstselbst ihre Schauspielkünste zum Besten geben.

Das Klagenfurter Stadtpolizeikommando in der St. Ruprechterstraße **28** war wahrlich nicht Wilmas Lieblingsadresse, aber an der Höhle des Löwen führte kein Weg vorbei. Und immerhin kannte sie den Weg in- und auswendig. Sie brauchte allerdings drei Anläufe, bevor sie die Amtsstuben betrat. Einmal kehrte sie um, um in einem Café einen Espresso zu trinken. Fast hätte sie nach einem Marillenschnaps gefragt.

Natürlich war es der Kaugummikauer, der sie empfing, nachdem sie an der Anmeldung nach dem Zuständigen im Mordfall Dolezal gefragt hatte.

»Sieh an, sieh an, meine Lieblings-Kriminelle«, grinste er. »Möchten S' ein Geständnis ablegen?«

Wilma überhörte die Anrede und überging die Frage. Stattdessen zog sie sich die Jacke aus, rückte den Pullover zurecht und setzte sich ihm gegenüber. »Ich find's ja schon toll, wie engagiert Sie sind«, sagte sie. »Sie sind ja auch noch recht jung, und dann schon so viel Verantwortung.«

Seine Augenbrauen hoben sich fast bis zu seinem Haaransatz.

Wilma beugte sich vor, damit ihre Brüste noch besser zur Geltung kamen, und sah ihn verführerisch an.

»Ist Ihnen nicht gut?«

Wilma warf ihm einen vernichtenden Blick zu, lehnte sich zurück und verschränkte die Arme.

Er lachte schallend.

»Von wem haben S' meinen Namen?« Wilma war nicht mehr zu Scherzen aufgelegt. »Und jetzt raus mit der Sprache, an Verdächtigen sieht es bei Ihnen dürftig aus, ich bin bisher die Einzige und hab noch nicht einmal ein Motiv.«

»Dienstgeheimnis.«

Beamte und ihre Vorschriften, fast hätte Wilma mit den Augen gerollt. »Ich sag's auch nicht weiter.«

Er schwieg.

»Sie könnten aber eine offizielle Zeugenaussage machen und unterschreiben, wo Sie schon mal hier sind«, seufzte er schließlich.

Offiziell? Instinktiv schüttelte Wilma den Kopf. Dann überlegte sie es sich anders. »Bekomm ich vorher noch einen Kaffee?«

Kaffee war gut, noch besser war allerdings, dass der Kaugummikauer dafür das Büro verlassen musste und sonst niemand in der Nähe war. Zur Sicherheit blickte Wilma sich noch einmal um, bevor sie die Akte, die auf seinem Schreibtisch lag, zu sich herzog. Volltreffer. Leichenfund, Obduktion, da endlich waren die Zeugenaussagen. Anstetter. Wieso Anstetter? Wilma hörte Schritte, natürlich war die Polizei immer dann schnell, wenn man sie nicht gebrauchen konnte.

»Tut mir leid«, lächelte sie, schnappte sich ihre Jacke vom Haken und zischte am Kaugummikauer vorbei. »Dringender Termin.«

Mit zwei Kaffeebechern in den Händen kniff er die Augen zusammen. Statt so misstrauisch zu sein, sollte er sich lieber freuen, dass Wilma seinen Fall löste. Aber das war wohl zu viel verlangt.

»Ich komm morgen wieder«, beteuerte sie, bevor sie die Stiegen hinunterlief. An der frischen Luft atmete sie tief durch. Warum nur war es in diesen rechtsstaatlichen Bauten immer so stickig?

Der Anstetter also, ausgerechnet der. Sie stieg in ihr Auto und rief Toni an. Um jede weitere Konfrontation mit der Polizei zu vermeiden, über die Freisprechanlage.

»Du, sag mal, der Anstetter, der ist doch nach dem zweiten Glühwein mit seinem Kollegen verschwunden, oder?«, fragte Wilma.

»Ich hab ihn danach nicht mehr gesehen«, bestätigte er.

Das hatte Wilma sich gedacht. Etwas war faul im Haushalt Dolezal, nur brauchte sie zur Überführung

Beweise. Die Kieberer waren in dieser Beziehung äußerst kleinlich.

Daheim machte sie sich als Erstes einen Schlachtplan, dann verbrachte sie den Abend vor dem Fernseher, bevor sie früh ins Bett ging.

Als der Wecker klingelte, war es draußen stockfinster und Wilma befand sich noch im Tiefschlaf. Aber sie hatte viel vor. Seufzend stieg sie aus dem Bett und unter die Dusche. Das warme Wasser machte sie etwas munter, und nach der dritten Tasse Kaffee fühlte sie sich trotz der Uhrzeit schon wieder fast wie Wilma.

»6 Uhr und ich bin ausgehbereit«, murmelte sie, während sie sich in ihren Wintermantel zwängte und einen langen Schal um den Hals wickelte. Dann steckte sie schnell ihren Fotoapparat in die Handtasche und machte sich auf den Weg nach Klagenfurt, zum Kreuzbergl.

Einen Hund hatte sie bei ihrem Besuch am Sonntag nicht entdecken können, nun hoffte sie darauf, dass es keine Bewegungsmelder auf dem Grundstück gab. Eine Alarmanlage hatten die Dolezals sicher, aber einbrechen kam für Wilma auch nicht infrage. Nur ein bisserl von außen in die Zimmer hineinschauen. Und auch da reichte ihr eins.

Etwa eine Stunde später fand sich Wilma um Luft ringend und mit schmerzenden Rippen auf dem Rücken liegend im Dolezal'schen Garten wieder. Sie hätte gern geflucht, musste aber zugunsten ihrer Atmung darauf verzichten. So lag sie wie ein Fisch auf dem Trockenen und blickte vorwurfsvoll zum Balkon im ersten Stock hoch, dessen vereistes Geländer ihr die ungünstige Position eingebrockt hatte. Ihr Foto hatte sie nicht bekommen, obwohl sie fest davon überzeugt war, dass hinter dem Balkon die Witwe Dolezal mit ihrem neuen Galan schlief.

»Hast du was gehört?«, rief nun besagte Witwe aus dem Haus heraus. »Hallo, ist da wer?«

Das hatte ihr gerade noch gefehlt. So schnell es ging – und das entsprach bei ihrem derzeitigen Zustand etwa dem Tempo ›Schildkröte im Winter‹ –, krabbelte Wilma unter den Schutz einer Tanne am Rand des Gartens.

»Da war doch wer! Thomas, da sind Spuren im Garten!« Dass diese Frau auch so aufmerksam sein musste. Nur mit einem seidenen Bademantel bekleidet stand die Dolezal auf dem Balkon, und Wilma fragte sich, was für ein Trottel der Rainer gewesen war, seine Angetraute zu betrügen. Aber das Gras war auf der anderen Seite ja bekanntlich immer grüner. Apropos Gras, das war nun der Thomas Anstetter, der da über den zugeschneiten Rasen auf Wilma zu stapfte – mit verkniffenem Mund und einem Schürhaken in der Hand. Natürlich besaßen die Dolezals einen Kamin, einen romantischen, sicher mit echtem Eisbärfell davor. Wenn ihr nicht alles wehgetan hätte, hätte Wilma geschnaubt.

»Keinen Schritt weiter oder ich rufe die Polizei«, keuchte sie dem gefährlich näher kommenden Anstetter entgegen.

»*Sie* rufen die Polizei? *Sie* sind doch bei *uns* eingebrochen!«

»Unbefugtes Betreten, das ist fast nicht einmal ein Vergehen!« Sie war nicht eingebrochen, Einbrüche machte Wilma nicht mehr. Ehrenwort. »Im Übrigen alles kein Vergleich zu Mord.«

»Mord?« Anstetter ließ den Schürhaken sinken.

Es schien keine unmittelbare Gefahr von ihm auszugehen, also rappelte sich Wilma hoch. Mit der einen Hand hielt sie sich die Seite, mit der anderen suchte sie auf dem Handy Tonis Kontaktdaten, da ging sie lieber auf Nummer sicher.

»Punkt eins: Angeblich sind Sie heimgegangen mit dem Kollegen. Sie haben sich noch ganz groß verabschiedet. Und das war mindestens eine halbe Stund', bevor der Dolezal mich abgeschmust hat. Wie können S' uns dann gesehen haben?«

»Ich bin noch amol zurück. Hatte mein Geldtascherl liegen gelassen.«

Wilma nickte. »Mag sein. Dann wäre da aber noch Punkt zwei: Weshalb hat die Polizei Sie in der Früh um acht bei der Dolezal daheim angetroffen? Nach dem ganzen Glühwein in der Nacht?«

»Die Regina hat mich ang'rufen. Weil der Rainer nicht heimkommen ist.«

»Wissen S', was ich glaube?« Wilma ignorierte die stechenden Schmerzen in ihrer Seite tapfer. »Ich glaube, als Sie den Rainer und mich zusammen gesehen haben, da sind Sie ausgerastet. Die Regina lässt Sie immer nur schnell im Verborgenen ran, wegen dem holden Ehegatten, und dann schmust der in aller Öffentlichkeit mit irgendeiner hergelaufenen Kassiererin. Da hat's Ihnen gereicht.«

»Du hast doch eine blühende Fantasie!«

Da duzte der Depp sie einfach, so eine Unverschämtheit. »Und damit kommen wir zu Punkt drei: Dein Verhältnis zur Witwe Dolezal. Mehr als nur freundschaftlich.«

»Das ist eine Lüge.«

Wilma schwenkte ihr Handy. »Fotobeweis.« Das war zwar tatsächlich eine Lüge, aber er sagte nichts mehr.

Stattdessen packte er den Schürhaken fester und verlagerte sein Gewicht auf beide Beine.

»Und wenn du dir grad überlegst, mich umzubringen, das Gespräch wird mitgehört.« Das hoffte Wilma zumindest. Sie war sich nicht sicher, ob Toni auch tatsächlich auf ihren Anruf reagiert hatte.

Anstetter presste die Lippen aufeinander und kam weiter auf sie zu. Wilma schüttelte ihr Handy, es war nichts zu hören. »Toni?«, rief sie.

Anstetter hob den Schürhaken. »Du bist doch völlig verrückt, das glaubt dir doch kaner. Du hast Rainer als Letzte lebend gesehen. Du bist mit ihm hinter den Ständen verschwunden. Dich wird die Polizei verhaften.«

»Das glaube ich nicht«, mischte sich plötzlich eine weitere Person ein.

Der Kaugummikauer kam grinsend über den Schnee auf Wilma zu, sein Kollege nahm Anstetter den Schürhaken ab.

»Nicht zu fassen«, murmelte Wilma.

»Wir waren in der Nähe, als ein Anruf der Witwe Dolezal einging«, sagte der Kaugummikauer. »Irgendwas mit Einbrechern.« Er sah Wilma an, die unschuldig zurückblickte.

»Um's mal so zu sagen, Herr Anstetter: Es sieht gerade nicht gut aus für Sie«, erklärte sein Kollege, während er Anstetter Handschellen anlegte.

»Wilma? Wilma, alles okay?«, krähte in diesem Augenblick Toni aus ihrem Handy. »Ich hab das Telefon nur ganz kurz hinlegen müssen, hab ich was Wichtiges verpasst?«

Wilma drückte auf den roten Hörer und steckte das Handy in ihre Tasche.

»Da warst du also tatsächlich unschuldig.« Jetzt duzte der Dauerkauer sie auch noch. »Und ich glaub, ich hab dir grad das Leben gerettet.«

»Jessas Maria.« Bei dem Gedanken wurde Wilma schlecht. Lebensgefahr? Na gut. In der Schuld der Polizei stehen? Um Gottes willen.

»Ich bin übrigens der Martin. Gruppeninspektor Fleischhauer für Kriminelle.«

»Ich bin Kassiererin«, sagte Wilma. »Ehrlicher geht's nicht.« Und dabei dachte sie kein bisserl daran, dass sie den Anstetter möglicherweise zu Schweigegeld überreden hätte können, wenn die Kieberer nicht gekommen wären. Ehrlich nicht.

18 **Klagenfurt am Wörthersee:** Im 12. Jahrhundert ließ Herzog Bernhard von Spanheim an der Furt über die Glan einen Markt anlegen. Zu Beginn des 16. Jahrhunderts brannte die Stadt nieder und wurde von den Kärntner Landständen wieder aufgebaut. Zeugnisse ihres ständischen Selbstbewusstseins sind das Landhaus, ein Renaissancebau mit offenen Stiegen (Hauptattraktion ist der Wappensaal mit Wand- und Deckengemälden des Barockmalers Josef Ferdinand Fromiller) oder der ursprünglich protestantische Dom. Einen guten Überblick über die Stadt hat man vom Turm der Stadtpfarrkirche St. Egyd, nördlich des Alten Platzes, einen Blick zurück in das Jahr 1591 bietet das Stadtmodell am Domplatz.

Da Sightseeing erfahrungsgemäß hungrig macht, hier zwei Empfehlungen: Das Gasthaus im Landhaus kocht traditionell und kreativ und man kann in der wärmeren Jahreszeit im Innenhof sitzen.

Bodenständige Küche und günstige Mittagsmenus bietet das Gasthaus Pirker an der Ecke Adlergasse/Lidmanskygasse. Von da ist es gut gestärkt auch nicht mehr weit die Adlergasse nach Süden entlang zum Landesmuseum, das zusätzlich zur Dauerausstellung mit wechselnden Sonderthemen beeindruckt.

Ausflugsziele und Freizeittipps:

Sportevents: In Klagenfurt schwimmen, radeln und laufen Männer und Frauen beim ›Kärnten Ironman Austria‹ um die Wette. Sandig werden im Hochsommer die Teilnehmer am ›Beach Volleyball Grand Slam‹.

Europapark: Der weitläufige, an den See angrenzende Park bietet mit seinem großzügigen, modernen Spielplatz, lauschigem Teich und Café Erholung. Ideal für ein Picknick. Östlich davon liegt der

Minimundus mit Bauwerken oder auch Fahrzeugen aus aller Welt im Miniaturformat.

Im *Reptilienzoo Happ* lassen sich Mutige eine Schlange um den Hals legen, ebenso kann man zu fixen Terminen zusehen, wie die Krokodile gefüttert werden. Ob man auf diese Weise Leichen(teile) verschwinden lassen könnte, ist aber fraglich.

19 **Neuer Platz**: Im Mittelalter stand hier der Galgen. Rathaus, Lindwurmbrunnen sowie Maria-Theresia-Statue. Nicht nur Kinder fragen gerne, warum sie so dick war: Eltern könnten hier ihre 16 Schwangerschaften erwähnen und pädagogisch wertvoll auf gesunde Ernährung hinweisen (nein, im 18. Jahrhundert gab es noch keinen McDonald's). Angeblich versuchte Maria Theresias Leibarzt Gerard van Swieten sie zu gesünderer Kost zu überreden und warf bei einem Festessen von allen Speisen und Getränken je eine Portion in einen großen Eimer, den er der Herrscherin danach zur Abschreckung präsentierte – so würde es jetzt auch in ihrem Magen aussehen. Ob's was genützt hat?

20 **Lindwurm**: Das steinerne Wahrzeichen der Stadt (errichtet am Ende des 16. Jahrhunderts) ist Mittelpunkt eines Brunnens und wird seit 1636 von

Herkules bewacht. Dies könnte eine Anspielung auf die siegreiche Gegenreformation der katholischen Habsburger sein, die den im 16. Jahrhundert in Kärnten blühenden Protestantismus im ersten Drittel des 17. Jahrhunderts zurück und damit in den Untergrund drängte (als Geheimprotestantismus bestand er fort).

Als Wappentier lässt sich der Lindwurm seit dem späten Mittelalter belegen, der nördlich von Klagenfurt gefundene Schädel eines prähistorischen Wollnashorns diente als ›Beweis‹. Der Sage nach hauste der Lindwurm im Sumpfgebiet und wurde im Auftrag des Herzogs von Kärnten von einigen tapferen Männern mithilfe eines Stiers als Köder erlegt. Nur die Villacher, die sich vorrangig im Fasching einen Konkurrenzkampf mit den Klagenfurtern liefern, behaupten, dass der Lindwurm sich ausschließlich von Jungfrauen ernährte und deshalb in Klagenfurt verhungert ist.

21 **Neues Rathaus:** Das hier 1580-1582 erbaute Haus wurde nach einem Brand 1650 von Johann Andrä Rosenberg gekauft, der das Palais errichten ließ. Hier stiegen hochrangige Gäste ab, wie Kaiser Karl VI. oder Maria Theresia mit ihrem Mann Franz Stephan von Lothringen. Im frühen 19. Jahrhundert wurden die Fassaden klassizistisch umgestaltet. Das Rosenbergpalais dient seit 1918 als Rathaus.

22 **Alter Platz:** Ursprüngliches Stadtzentrum mit dem alten Rathaus, einer Pestsäule und vielen guten Cafés. An der Außenfassade des Hauses Alter Platz/

Wiener Gasse sieht man ein Gesicht, das an einen Bäckerlehrling erinnert: Er wurde im ausgehenden Mittelalter des Diebstahls beschuldigt und hingerichtet, erst danach fand sein Lehrherr die gestohlen geglaubten Münzen. Die in den Medien der Gegenwart so oft strapazierte Unschuldsvermutung ergibt manchmal doch Sinn.

23 **Kramergasse**: Wer es vom Neuen Platz kommend in der Kramergasse weiter schafft als bis zur Buchhandlung Heyn (danach ist ohne Lastenträger an einen weiteren Stadtrundgang meist nicht mehr zu denken), trifft kurz darauf auf das Wörthersee-Mandl, das mit seinem Wasserfass den Wörthersee erschaffen haben soll. Beim Spaziergang durch die Altstadt lohnt es sich, den diversen Auslagen und Sonderangeboten zu trotzen und seinen Blick auf Höheres zu richten, nämlich auf die höheren Stockwerke. Besonders schön sind die Fassaden an den Häusern nördlich des Dr.-Arthur-Lemisch-Platzes mit seinem Spanheimerbrunnen, gleich nach dem Wörthersee-Mandl. Über die Kramergasse und Wiener Gasse gelangt man zum Heuplatz (mit einer ausgezeichneten Gelateria). Tipp: Riskieren Sie den einen oder anderen Blick in die Innenhöfe der Stadthäuser.

24 **Herrengasse**: Sie verbindet den Alten Platz mit der Ursulinengasse. Zu später Stunde ist in den Lokalen hier einiges los. Am Eck Herrengasse/Pfarrplatz findet sich das Kärntner Heimatwerk mit traditionellen Kärntner Trachten, Handarbeiten und Kunsthandwerk. Schauen kostet nichts.

25 **Kreuzbergl**: Naherholungsgebiet der Klagenfurter mit Wanderwegen, Fitnessparcours, Teichen und großem Spielplatz. Vornehmes Wohngebiet (Villenviertel). Gleich neben der Kirche mit Kreuzweg befinden sich am Fuß des Kreuzbergls der Botanische Garten und das Bergbaumuseum.

26 **Heiligengeistplatz**: Zentraler Umsteigeplatz der öffentlichen Linienbusse. Heiligengeistkirche und Ursulinenschule. Über einen westlich der Kirche befindlichen Seitenweg gelangt man zum

27 **Schillerpark**, den man zur späten Stunde ebenso wie den nördlich angrenzenden Goethepark besser meidet, da er als Drogenumschlagplatz in Verruf gekommen ist. Im Goethepark ist auf den winzigen Jugendstil-Pavillon hinzuweisen, in dem auch Theateraufführungen stattfinden. Wer nicht möchte, dass einem die Schauspieler mehr als nur verbal auf die Füße treten, sollte die paar Meter weiter zum Stadttheater, ebenfalls im Jugendstil errichtet, zurücklegen.

28 **Messezentrum**: Die Freizeit- und Herbstmesse sowie der Ursulamarkt sind bei Kindern und Jugendlichen besonders beliebt, da es dabei auch einen großen Vergnügungspark gibt.

SPARMASSNAHME
REGION MITTELKÄRNTEN/MARIA SAAL

Dorothea Böhme

Der Tote saß in einer Kirchenbank im altehrwürdigen Dom von Maria Saal 29. Die wenigen Besucher, die sich an diesem glutheißen Sonntag hierher verirrt hatten, mussten wohl gedacht haben, er wäre eingeschlafen. Erst am frühen Abend fiel dem Pfarrer auf, dass sich unter dem Mann mittlerweile eine kleine Blutlache gebildet hatte.

Damit war dann auch Irene Weratschnigs Wochenende vorbei. Als Kriminalbeamtin der Klagenfurter Polizei hatte sie an diesem glutheißen Sonntag Bereitschaftsdienst und war nach Maria Saal gefahren, um sich den Tatort anzuschauen.

»I hab ihn angsprochen und auf amal klaffte da eine Wunde am Hals«, erklärte der Pfarrer ihr, während er sich den Schweiß von der Glatze wischte. »Es ist ja so furchtbar!«

Eine kleine alte Frau hing an seinem Arm, wer hier wen stützte, war Irene nicht ganz klar. Maria Wersing, so hieß sie, war die Haushälterin des Geistlichen und so klein und mager wie der Herr Pfarrer groß und breit.

»So furchtbar!«, wiederholte sie seine Worte und schüttelte traurig den Kopf. Zu dritt sahen sie zu, wie die Gerichtsmedizinerin den Kopf des Toten vorsichtig hin und her bewegte. Aus der Wunde trat kein Blut mehr aus, er schien also schon eine Weile tot zu sein.

»Und das in meinem Dom!«, ächzte der Pfarrer.

»In unserem Dom!«, echote die Wersing.

Und das bei dieser Hitze, dachte Irene.

Dom nannte man die Marienkirche noch heute, obwohl der Bischof seinen Sitz schon seit Jahrhunderten in Gurk hatte. Irene sah zu den beiden Forensikern, die vor dem Altar herumwuselten, dann wandte sie sich wieder an den Pfarrer: »Kennen S' den Toten?«

»Na, der Mayrhofer von der Strategie Wien!«

»Jessasmaria!« Das war Zündstoff. Irene ließ sich in eine Kirchenbank sinken. Von dem Wiener Unternehmensberater, der Maria Saal runderneuern wollte, hatte selbst sie schon gehört. Vor etwa einem halben Jahr war er als neuer bester Freund des Bürgermeisters auf der Bildfläche erschienen und gab seitdem überall Kürzungen vor, um die Gemeinde wieder in die schwarzen Zahlen zu bringen.

»Können Sie mir sagen, ob er irgendwelche Feinde hatte?«

»Irgendwelche?« Der Pfarrer sah aus, als würde er jeden Augenblick in Tränen ausbrechen. »Ich würde sagen, die ganze Marktgemeinde hatte einen Hass auf ihn.«

Frau Wersing nickte.

Hervorragend. Irene brauchte dringend eine Zigarette und am besten noch ein Eis, bei dieser Hitze konnte doch niemand arbeiten. Es war halb sechs und immer noch über 30 Grad. Sie verließ die Kirche, und die Hitze traf sie mit voller Wucht. Innen hatten die dicken Gemäuer des spätgotischen Baus für Kühle gesorgt. Irene suchte sich zum Rauchen einen Platz im Schatten unter den beiden Türmen. Während sie sich durch die kurzen Haare strich, nickte sie ihrem Kollegen zu, der gerade aus seinem Auto ausstieg. »Servas, Fritz.«

»Ich bin gekommen, so schnell es ging. Tatort da drin?« Er linste zum Eingang des Doms hinüber.

»Jemand hat einen Bratspieß etwas zu wüst geschwungen.«

»Einen Bratspieß?«

Hätte sie nicht einen Hustenanfall bekommen, hätte Irene über Fritz' Gesichtsausdruck lachen müssen.

»Du solltest mit dem Rauchen aufhren.«

Natürlich sollte sie das. Aber wie denn bei diesem Job, bei dem Verrückte Unternehmensberatern Bratspieße in den Hals steckten? Irene winkte ab und zog noch einmal an ihrer Zigarette, bevor sie Fritz erzählte, was sie bisher in Erfahrung gebracht hatte. Viel war es allerdings nicht, außer der Mordwaffe, die unter der Bank gelegen hatte, gab es nur wenige Informationen und noch weniger Verdächtige.

»Das heißt, wir können ganz Maria Saal als Zeugen befragen?«, sagte er entsetzt, nachdem Irene geendet hatte.

»Als Erstes sollten wir einmal den heutigen Tag rekonstruieren. Und die aufgebrachten Bürger beruhigen.« Mit einem Seufzen nickte Irene in Richtung eines dicklichen Herrn im Kärntneranzug, der auf sie zu hastete. Für die Hitze war er viel zu warm gekleidet, sein puterrotes Gesicht war alarmierend.

»Koberl, Valentin«, stellte er sich vor, und Irene stöhnte innerlich auf. Der Bürgermeister, auch das noch. »Was geht hier vor?«

Irene wünschte sich die Pressesprecherin herbei, die war gut in Diplomatie. Sie selbst wurde ungehalten, wenn sie mit Menschen reden musste, und Fritz tendierte dazu, nichts ernst zu nehmen.

»Im Dom wurde ein Toter gefunden, wir gehen von Mord aus«, sagte Irene schließlich.

»Oh Gott, oh Gott, dann ist es wahr?« Die Gerüchteküche brodelte offenbar schon, Valentin Koberl schien bestens unterrichtet. »Der arme Wolfi, und am Abend wollten wir gemeinsam in die Buschenschank!«

»Können Sie uns etwas über den Toten, Wolfgang Mayrhofer, erzählen? Wir haben gehört, er ist auf Ihren Wunsch hier in Maria Saal?«

»Ja, freili. Der Wolfi und ich, wir hatten Pläne. Maria Saal zu einem Touristenort machen, an unnützen Ausgaben sparen, unsere Region auf das nächste Jahrtausend vorbereiten.«

Das lag zwar noch einige Jahrhunderte weit weg, aber Irene hatte keine Lust zu diskutieren.

»Woher kannten S' Wolfgang Mayrhofer?« Sie holte ein Minzzuckerl aus ihrer Hosentasche, dann zückte sie ihren Notizblock.

»Ach, Herrgott, das war, das muss so etwa, ich denke vor drei Jahren in Wien beim Opernball gewesen sein?«

Kärntner Lokalpolitiker gingen zum Opernball? Irene hatte den falschen Job. Na gut, oder den richtigen. Unter so viele Menschen, und dann auch noch in einem Kleid, würden sie keine zehn Pferde kriegen.

»Und seit wann ist Herr Mayrhofer nun in Kärnten?«

»Seit März, wir arbeiten an …«

»Das neue Jahrtausend, jaja, schon gut«, schnitt Irene ihm das Wort ab. »Und heute haben Sie sich noch nicht gesehen?«

»Nein, wir wollten ja später gemeinsam jausnen und

unser neuestes Projekt besprechen. Obwohl ich sagen muss, dass ich noch nicht ganz überzeugt war von dem Sammellager für Chemieabfälle.«

Chemieabfälle, auch so ein Reizwort.

»Ich habe davon gelesen. Die anwohnenden Bauern waren nicht begeistert?«

»Na, überhaupt net. Und das hat mir Bauchschmerzen bereitet.« Koberl knetete seine Hände. »Natürlich will niemand stinkende Chemieabfälle, das kann ich verstehen. Aber nur dann würde sich die Chemiefabrik Merlitz hier ansiedeln, da hat der Wolfi einen tollen Deal ausgehandelt. Es wäre ein Fortschritt für die Gemeinde.«

»Merlitz? Sind das nicht auch Wiener?«

»Richtig. Sie wollen nach Kärnten expandieren, sie brauchen aber noch einen Ort für dieses Lager. Und wenn wir dann noch die Schnellstraße von Klagenfurt herauf ausbauen würden, wäre Maria Saal eine super Option. Die steuerlichen Einnahmen für die Gemeinde wären enorm.«

»Und das hat die Bauern nicht überzeugt?«

Koberl zog eine Grimasse. »Leider nicht. Das Thema kam auf der letzten Gemeinderatsitzung gar nicht gut an.«

Das konnte Irene sich vorstellen, sie erinnerte sich nur zu gut an die Diskussion um die Schnellstraße. »Wir bräuchten die Namen aus dem Gemeinderat.«

Gerade wurde die Leiche aus der Kirche abtransportiert. Irene drehte sich zu Fritz und drückte ihm ihren Notizblock in die Hand.

»Machst du bitte weiter?« Seinen Protest ignorierte sie mit einer Handbewegung, während sie auf die Gerichtsmedizinerin Dr. Kalic zulief.

»Und?«, fragte sie, von den zehn Metern im Laufschritt beinahe außer Atem. Sie musste wirklich mit dem Rauchen aufhören. Und mit Sport anfangen.

»Er ist gegen Mittag ermordet worden, der Bratspieß durch die Halsschlagader war vermutlich die Todesursache. Mit hundertprozentiger Sicherheit kann ich das natürlich erst nach der Obduktion sagen.«

»Bericht morgen Früh auf meinem Tisch?«

»Heute ist Sonntag.«

»Morgen Nachmittag!«

Dr. Kalic grummelte vor sich hin, während sie ihre Handschuhe auszog, aber Irene wertete das nicht als Einwand.

»Habt ihr was?«, rief sie den beiden von der Spurensicherung zu, die ebenfalls gerade die Kirche verließen.

Sie hielten ein paar kleine Tüten hoch. »Muss alles erst ausgewertet werden. Aber es sieht nach Fingerabdrücken auf der Mordwaffe aus.«

Das waren gute Nachrichten. Sie drehte sich zu Fritz, der dem rotgesichtigen Koberl gerade die Hand zum Abschied reichte.

»Wie viele Leute müssen wir abklappern?«, fragte sie, als er auf sie zukam.

»Gemeinderat plus Bauern, knapp 30.«

Irene stöhnte. »Gut, das wird alles outgesourct«, entschied sie. »Mach dich mal schlau, wer sich mit dem Mayrhofer besonders gfetzt hat. Die Schwarzen können wir ausschließen, oder? Die werden sicher mit dem Koberl auf einer Linie gewesen sein. Die sollen dann von den Kollegen befragt werden. Wir knöpfen uns die Übrigen vor.« Irene fächelte sich Luft zu. »Morgen. Heut mach ich gar nix mehr. Außer im Gartenstuhl liegen und ein Bier trinken.«

»Saufen solltest auch net so viel.« Fritz grinste. Das sagte der Richtige. Wankte er doch selbst jeden Freitag erst weit nach Mitternacht nach Hause.

»Da du den Bericht übernimmst, kann ich mir mein Feierabend-Hirter gönnen.« Irene wartete seine Antwort nicht ab, bevor sie zu ihrem schräg auf dem Kirchplatz im absoluten Halteverbot abgestellten Auto marschierte. Die Klimaanlage war eine Wohltat.

Auf der Fahrt zurück nach Klagenfurt nahm sie nicht den direkten Weg, sondern machte einen kleinen Schlenker, um sich die Landschaft anzusehen, wo das Sammellager und die Fabrik gebaut werden sollten. Ein Schmarrn. Nein, mit diesem Projekt hatte sich der Mayrhofer sicher nicht nur Freunde gemacht. Wie hieß die Chemiefabrik doch gleich? Merlitz.

Daheim begrüßte sie Stille, ihr Mann Max war demnach mit Tina noch bei seinen Eltern. Es war ihr recht. Mit einem Hirter und ihrem Laptop setzte sie sich in den Garten, die Sonne war so weit hinter den Bäumen verschwunden, dass sie auf dem Display genug sehen konnte. Mit nicht einmal fünf Klicks fand sie heraus, dass der Chef der Chemiefabrik Merlitz mit Mayrhofers Schwester verheiratet war. Ja, da schau her. Eine Hand wäscht die andere, part of the game, wie man in Kärnten zu sagen pflegte, da hatte sicher auch der Koberl seine aufgehalten. Darauf würde sie Fritz morgen ansetzen. Jetzt wollte sie noch eine Pizza bestellen, Max und die Kleine hatten sicher bei den Schwiegereltern gegessen. Salami und Schinken, das passte hervorragend zum Bier. Irene seufzte, streckte die Beine aus und griff zum Handy. Den Pizzaservice hatte sie selbstredend auf der Kurzwahltaste.

Am nächsten Morgen war es bereits ab sechs zu heiß, um weiterzuschlafen. Die Sonne schien geradewegs auf die Dachschräge über ihrem Doppelbett. Max störte das zwar nicht, er hatte einen gesegneten Schlaf, aber Irene machte die Hitze wahnsinnig. Sie schrieb ihrem Mann einen Zettel und begab sich um halb sieben auf den Weg ins Präsidium. In ihrem klimatisierten Büro nippte sie gerade an einem Kaffee, die Füße auf dem Schreibtisch, als Fritz an die Tür klopfte.

»Ich bin entzückt von deinem Pflichtbewusstsein.« Er grinste sie an, während er sich in den Sessel ihr gegenüber warf.

»Lass den Unsinn und zeig mir, was du hast.« Irene streckte die Hand nach den Zetteln aus, die Fritz bei sich trug.

»Eine Liste von Gerüchten, die über Mayrhofer – und über Mayrhofer und Koberl – kursieren. Außerdem die Personen, die in letzter Zeit verbürgt Drohungen gegen Mayrhofer ausgestoßen haben. Ja, nur in letzter Zeit und tatsächlich mehrere Personen. Der Haberer hat sich ziemlich unbeliebt gemacht in Maria Saal.«

»Was denn für Gerüchte?«

»Das Übliche: Bestechung, Nepotismus …«

»Merlitz?«

»Du hast also gegoogelt? Richtig. Der Chemiechef ist Mayrhofers Schwager. Dass das Geschäft mit der Ansiedlung in Maria Saal also nicht nur für die Marktgemeinde profitabel gewesen wäre, liegt auf der Hand.«

»Was ist eigentlich jetzt?« Irene nahm ihre Füße vom Schreibtisch und drehte ihren Sessel gerade. »Sammellager, Chemiefabrik auch ohne Mayrhofer?«

Fritz schüttelte den Kopf. »So wie es aussieht nicht.

Offenbar hat Mayrhofers Tod den Gemeinderat aufgescheucht. Die Nachricht vom Mord hat sich wie ein Lauffeuer verbreitet, es gab eine spontane Zusammenkunft beim Sandwirt, und der Tenor lautet: kein Sammellager, keine Chemiefabrik. Koberl wird in der nächsten Ratssitzung überstimmt werden.«

»Falls er selbst das Projekt überhaupt noch durchführen will«, gab Irene zu bedenken. »Er wirkte gestern nicht überzeugt. Und ob er noch eine Provision einstreichen kann ohne Mayrhofer, steht auch in den Sternen.«

»Dann hätte er kaum ein Motiv.«

Irene sah auf die Uhr und seufzte. »Zeit, uns die fraglichen Landwirte mit Motiv einmal anzusehen.«

Es war noch nicht einmal neun, dennoch verfluchte Irene den dunklen Dienstwagen, dessen Inneres sich in der Sonne aufgeheizt hatte. Sie hoffte, dass diese Hitzewelle bald ein Ende hatte.

»Matthias Breitner war derjenige, der am heftigsten gegen Mayrhofers und Koberls Pläne gewettert hat. Er soll Mayrhofer am letzten Dienstagabend in St. Michael am Zollfeld 30 gedroht haben.«

»Ihn umzubringen?«

»Leider nur – ich zitiere – ›so in den Oarsch treten, du oide Sau, dasst bis na Wien aufe fliegst‹.« Fritz grinste. »Der Streit wäre beinahe in eine Schlägerei ausgeartet, wenn nicht andere eingegriffen hätten. Breitner hat also durchaus einen Grund gehabt, auf Mayrhofer angfressen zu sein.«

»Polizeieinsatz?«

»Na, wegen so was doch net.«

Wenn ein Bürgermeister verwickelt gewesen war, hätte es durchaus zum Polizeieinsatz kommen können.

Das Navi deutete Irene an, abzubiegen. Sie setzte den Blinker und nach weiteren 200 Metern hatten sie ihr Ziel erreicht.

Der Bauer war schon von Weitem zu sehen, mit einem knallroten Tuch auf dem Kopf als Sonnenschutz schaufelte er Mist. Der obere Teil seiner Latzhose hing locker herunter und er trug nur ein Unterleiberl.

»Matthias Breitner?«

Der Mann sah auf. »Wer will das wissen?«

Irene hatte keine Zeit dafür, sie zückte ihren Dienstausweis. »Polizei. Wo waren S' gestern Mittag gegen eins?«

Breitner wischte sich den Schweiß von der Stirn, sah von Irene zu Fritz. Sie schnippte mit den Fingern. »Gestern Mittag?«, wiederholte sie.

»Hier. Ich war hier auf dem Hof. Meine Frau kann das bezeugen.« Er schien gemerkt zu haben, dass Irene grantig war, sein Tonfall war freundlich und zuvorkommend. Ein wenig eingeschüchtert vielleicht. Irene nickte Fritz zu, der aufs Bauernhaus zulief, um bei der Frau das Alibi zu überprüfen. Dann wandte sie sich wieder dem Landwirt zu. »Sie haben Streit gehabt mit Mayrhofer.«

»Na, wer hatte den nicht?« Er lachte auf.

»Sie hätten sich vor einer Woche fast mit ihm geprügelt.«

Breitner seufzte. »Diese damischen Pläne, die der Wiener Gockel ausgheckt hat. Und dann dem depperten Koberl mit seinen Versprechungen den Kopf verdrehen, sodass der uns die ganze Gemeinde hinmacht!«

»Zum Beispiel?«

»Na, ein Sammellager für Chemieabfälle? Können Sie sich vorstellen, wie das stinkt? Und was macht das mit unserer Landschaft? Mit dem Grundwasser? Also, das ist natürlich das Offensichtlichste. Aber wussten S', dass er a die Idee ghabt hat, für unsern Dom Eintritt zu nehmen? Außerhalb der Gottesdienstzeiten, für die Touristen. Dabei geht die Oma zum Beispiel auch gern allan zum Beten in die Kirchn.«

Wenn es so heiß war wie im Augenblick, ließ sich sogar Irene zu einem Besuch breitschlagen.

»Weiter?«

»Weiter, ja, mei, er hat halt nur aufs Geld gschaut, wie er noch was holen kann. Der hätt' doch noch den Herzogstuhl 31 verkauft.«

Fritz trat aus dem Haus und nickte kurz. Breitners Frau hatte sein Alibi also bestätigt.

»Können Sie sich jemanden vorstellen, der Mayrhofer hätte umbringen wollen?«, fragte Irene und fügte hinzu: »Außer Ihnen selbst natürlich.«

Breitner lächelte schwach und zuckte mit den Schultern. »Der Gemeinderat. Die wollten den Koberl nächste Sitzung rauskegeln.«

Irene zog die Augenbrauen hoch, während Fritz durch die Zähne pfiff. Diese Information war neu. Bisher hatte es nur geheißen, dass man nicht glücklich gewesen sei, von einer Gefahr für Koberl in seinem Amt war bisher nicht die Rede gewesen. Irene hatte angenommen, die Schwarzen hätten hinter Koberl gestanden, zumindest, was ihn als Person anging.

»Der Wunschitz ist schon ewig auf dem Koberl seinen Posten heiß«, erzählte Breitner inzwischen aufgeräumt weiter. »Seit Jahren intrigiert er gegen den Valentin. Mit dem Mayrhofer hat er dann erst Pech ghabt, weil alle seine Vorschläge anfangs gut fanden. Nur, als dann herauskam, dass die Chemiefabrik dem Mayrhofer seinem Schwager ghört …«

»Da wurde man misstrauisch.«

»Wie viel hat der wohl bekommen? Hat der Valentin auch seine Hand aufghalten? Na, und da hat der Wunschitz seine Chance gesehen.«

Wunschitz Ernst, wenn Irene sich recht erinnerte, stand auch auf ihrer Liste der Verdächtigen, die sie heute abklappern wollten.

Sie suchte nach einer Zigarette und dem Feuerzeug, nach dem ersten Zug musste sie husten. Der Bauer klopfte ihr auf den Rücken. »Vielleicht sollten S' mit dem Rauchen aufhören?«

»Vielleicht sollten Sie sich lieber um Ihren eigenen Kram kümmern. Sonst kann es sein, dass wir Ihren Traktor auf Verkehrssicherheit überprüfen.«

Breitner hob entschuldigend die Hände und wich einen Schritt zurück. »War nicht bös' gmeint.«

Irene warf ihm noch einen schlecht gelaunten Blick zu, dann stapfte sie zurück zum Auto, wo sie einen weiteren Hustenanfall bekam. Verdammt.

»Na, dann auf zu neuen Taten, mein Fitness-Guru«, grinste Fritz, als er sich von Breitner verabschiedet hatte und auf sie zukam.

Die Sonne brannte, sie schwitzte und Fritz fühlte sich mal wieder als Spaßmacher vom Dienst. Irene trat ihre Zigarette aus, setzte sich hinters Steuer und schaltete den Motor an. Ernst Wunschitz arbeitete als Lehrer im Bundesgymnasium am Tanzenberg 32, sie vermutete, dass er an einem Montagvormittag kurz vor den Sommerferien auch dort anzutreffen sein musste. Sie überquerten die Glan, und obwohl das Wasser recht trübe war, hätte Irene alles gegeben für eine kleine Pause, in der sie sich in das Nass hätte hineinstürzen können.

Am Gymnasium dauerte es eine knappe halbe Stunde bis zur großen Pause, die sich Irene mit einer Cola vertrieb. Fritz hatte auch dazu wieder Sprüche, die Zucker, Koffein und Diabetes betrafen, aber sie blendete den Gesundheitsfanatiker aus.

Schließlich führte die Sekretärin einen kleinen dünnen Mann um die 50 auf sie zu. Sein Haar war grau, aber voll, er zeigte nicht den leisesten Ansatz einer Glatze, die schwarze Brille rundete das Bild eines selbstbewussten, gebildeten Mannes ab.

»Polizei?« Er gab erst Irene, dann Fritz die Hand. »Sie sind sicher wegen Wolfgang Mayrhofer hier. Ich habe es schön gehört, so etwas spricht sich natürlich schnell herum.«

»Richtig.« Irene zog die Augenbrauen zusammen. Der Kerl war ihr ein wenig zu glatt. »Was für ein Verhältnis hatten S' denn zu ihm?«

»Kein Gutes.« Er lächelte entschuldigend. »Das streite ich gar nicht ab, Sie werden es ohnehin schon gehört haben.«

Fritz nickte fröhlich. »Und gestern gegen Mittag? Wo waren S' da?«

»Daheim. Leider allein. Ich habe mich bei der Hitze in mein kühles Schlafzimmer zurückgezogen, um die Noten festzulegen. Nächste Woche gibt es Zeugnisse.«

»Also keine Zeugen.« Irene sah ihn an.

»Nein, keine Zeugen.« Eine Falte erschien über seiner rechten Augenbraue. Sie hatte ihn irritiert. »Aber weshalb sollte ich Mayrhofer umgebracht haben?«

»Weil Sie Koberls Posten wollen.«

»Aber den hätte ich doch ohnehin bekommen! Nächste Woche ist Gemeinderatsitzung, und ich hatte die Stimmen in der Partei sicher, die Opposition hat Mayrhofer ohnehin gehasst. Für mich wäre alles viel leichter gegangen, wenn Mayrhofer noch leben würde.«

»Das ist Ihre heutige Darstellung der Dinge.«

»Die Parteikollegen wollten mich alle unterstützen, wir hätten Koberl am Donnerstag abgesetzt! Ich wär doch nicht so deppert, das zu gefährden.« Sein Unterkiefer schob sich vor. »Der Einzige, der unter diesen Umständen von Mayrhofers Tod profitiert, ist der Valentin Koberl selber!«

»Koberl? Interessante Theorie.« Irene sah den Lehrer an.

»Oder der Breitner, ein Landwirt ohne Perspektive. Der hat sich letzte Woche fast eine Schlägerei geliefert mit dem Mayrhofer. Das ist ohnehin ein jähzorniger und unberechenbarer Kerl. Den sollten Sie überprüfen.«

»Haben wir.« Irene nickte. »Er hat ein Alibi. Ganz im Gegensatz zu Ihnen.« Damit drehte sie sich um und ließ den Lehrer stehen. Er hatte recht, für ein offizielles Verhör hatten sie keinerlei Beweise, und seine Darstellung der Dinge erschien ihr glaubwürdig. Wenn sie denn stimmte.

»Als Erstes überprüfen wir die anderen Gemeinderatsmitglieder«, sagte sie zu Fritz, als sie wieder im Auto saßen und die Klimaanlage aufgedreht hatten. »Ob Wunschitz' Aussage stimmt? Wollten sie ihn unterstützen und Koberl absägen? Und wie ist ihre Haltung jetzt, nach dem Mord am Mayrhofer?«

Fritz malte kleine Sterndln neben die Namen auf seiner Liste.

»Das sollen die Kollegen herausfinden, am besten so schnell wie möglich«, fuhr Irene fort.

Fritz gab die Aufträge inklusive Namen und Adressen per Handy weiter.

»Und dann besuchen wir unseren guten Bürgermeister noch mal, der rasant aufgeholt hat im Rennen um Platz eins der Verdächtigen.«

»Wieso hast du den gestern nicht gleich nach seinem Alibi gefragt?«, wollte Fritz wissen.

»Weil es gestern sicher 40 Grad hatte. Und Sonntag war.« Klugscheißer, hätte er ja selbst dran denken können.

Auf dem Weg ins Präsidium hielt Irene kurz an, um zwei Kebab zu kaufen. Nachdem sie in ihrem Büro auch noch einen Automatenkaffee heruntergestürzt hatte, kam eine erste Benachrichtigung der Kollegen. Mit zweien hatten sie gesprochen, deren Aussagen deckten sich mit denen des Lehrers Ernst Wunschitz.

»Na, dann auf zu unserem Herrn Bürgermeister!« Irene schnappte sich die Autoschlüssel vom Schreibtisch und schlug Fritz im Gehen auf die Schulter.

Er gähnte, stand auf und folgte ihr nach draußen. »Auf seine Erklärung bin ich gespannt.«

»Vermutlich wusste er von nichts.« Irene malte Gänsefüßchen in die Luft.

Genauso war es dann auch. Valentin Koberl, den sie im Bürgermeisterbüro antrafen, schien aus allen Wolken zu fallen: »Mir die Unterstützung entziehen? Nicht meine Gemeinderäte, nie im Leben!«

Fritz konfrontierte ihn mit den protokollierten Aussagen. Koberls ohnehin schon rotes Gesicht färbte sich noch dunkler. »Das ist doch unglaublich! Der Ernst, diese Drecksau, will mich einfach so absägen. Nach allem, was i für die Gemeinde getan hab!«

Das waren in letzter Zeit vor allem Geschäfte mit windigen Wiener Chemiefabrikanten, fiel Irene ein.

»Aber der Ernst war ja immer schon neidisch, der will meinen Posten seit sieben Jahren. Aber ich halte mich seit 15, das muss einer erst amal schaffen!«, wetterte Koberl weiter.

»Haben S' denn ein Alibi für die Tatzeit?«

»Aber ich hätt dem Wolfi doch nichts getan!«

»Herr Koberl, Ihr Alibi.«

»Ich … ja, also es ist so …« Koberls Glatze leuchtete rot und reflektierte die Sonne, die durchs Fenster drang. Mit einem Stofftaschentuch wischte er sich umständlich den Schweiß von Stirn und Schläfen. »Der Wolfi und ich wollten uns ja später auf ein Bier treffen.«

Irene nickte, das wussten sie bereits. Die Frage war, was Koberl bis dahin getan hatte.

»Und tagsüber, wissen S', mei Frau ist mit den Enkalan auf den Magdalensberg [33] auffe gefahren.«

Irene warf einen Seitenblick auf Fritz, der amüsiert die Augenbrauen hob. Koberl hatte kein Alibi, das war eindeutig, es war nur eine Frage der Zeit, bis er es zugab.

»Und was haben S' währenddessen gemacht?« Nur mit Mühe unterdrückte Irene einen Seufzer.

»Ja, ich …« Hilfe suchend blickte Koberl zur Tür. Eine höhere Macht schien ein Einsehen zu haben, denn just in diesem Augenblick klopfte es. »Herein!«, schmetterte Koberl, straffte die Schultern und richtete sich auf.

»Griaß Gott, Herr Bürgermeister.« Die kleine alte Dame, die den Pfarrer nach seinem Leichenfund gestützt hatte, trat ein. »I hab hier an Papier, des können S' mir vielleicht unterschreiben?«

»Aber natürlich, Frau Wersing.« Koberl lächelte jovial

und nahm einen goldenen Füllfederhalter vom Schreibtisch.

»Wissen S', jetzt, wo das Freilichtmuseum 34 doch net verkauft wird, können wir sicher wieder die Jahreskarten einführen, gell?« Die alte Frau schob ihm einen Briefbogen entgegen.

»Das Freilichtmuseum sollte verkauft werden?« Irene runzelte die Stirn.

»Alles, alles wollte dieses unmögliche Wiener Großmaul zusperren!«

»Aber liebe Frau Wersing, Sie haben doch eingesehen …«, begann Koberl.

Die alte Dame unterbrach ihn brüsk: »Eingesehen hab i, dass ihr Politiker nur ans Geld denkt und net an die Kultur. Und jetzt hab i hier noch an Zettale, das Sie mir unterschreiben können.« Sie förderte ein weiteres Papier aus ihrer Handtasche zutage, ein drittes und viertes folgte.

Fritz stieß Irene seinen Ellenbogen in die Seite, aber sie war ohnehin schon hellhörig geworden.

»Wir waren bei Ihrem Alibi stehen geblieben, Herr Koberl«, wandte sie sich an den fleißig unterzeichnenden Bürgermeister.

»Alibi?« Frau Wersing blickte auf. »Aber der Herr Bürgermeister war doch bei uns zum Grillen!«

»Bei Ihnen?«

»Beim Harald.«

»Das ist ihr Sohn, Fliesenprofi Wersing«, warf der Bürgermeister ein, dem Irene eines lassen musste: Er kannte seine Schäfchen.

»Gegrillt, so, so.« Irene steckte die Hände in die Hosentaschen und sah aus dem Fenster. »Brauchten S' da auch einen Bratspieß?«

»No na net, wir hatten ja …«

Fritz legte der älteren Dame eine Hand auf die Schulter, und sie sah ihn alarmiert an. »Ach, aber was denken S' denn? Der Bürgermeister und i, wir waren doch den ganzen Nachmittag zsammen.« Sie lachte. »Wann soll er denn da Zeit ghabt haben, den Mayrhofer um die Ecke zu bringen?«

»Und weil Sie so gute Freunde sind, der Herr Bürgermeister und Sie, unterschreibt er Ihnen nun …« Irene zog die Papiere näher zu sich heran. »Die Erhöhung des Budgets fürs Freilichtmuseum, einen Zuschuss zum Gemeindefest und eine Familienjahreskarte für die Ausgrabungen am Magdalensberg [35]?«

Die alte Dame zuckte mit den Schultern, der Bürgermeister wischte sich die heftig schwitzende Glatze ab.

»Frau Wersing.« Irene versuchte so freundlich wie möglich zu klingen. »Was ist passiert?«

Die Frau presste ihre Lippen zusammen, aber Koberl, dem Fritz inzwischen gefährlich nahe gekommen war, ließ sich in seinen Sessel fallen und atmete heftig aus.

»Wissen S', ich wollt doch nur mit ihm reden. Wir sind doch verwandt. Für ihn hab ich mir den Ärger mit dem Gemeinderat aufgehalst, und dann will er mir zwei mickrige Tausender aus dem Geschäft mit der Umgehungsstraße geben. Mein eigener Schwager!«

»Es gab also doch ein Treffen mit Mayrhofer vor dem geplanten Abend in der Buschenschenke?«

Koberl nickte. »Die Frau Wersing musste dem Pfarrer doch seinen Kaffee machen, und weil ich ohnehin in die Kirche wollte, wo ich mit dem Wolfi verabredet war – wissen S', da ist es jetzan immer so schön kühl –, da hab ich mir gedacht, ich begleite sie.«

»Sie sind dann noch mit in die Kirche, Frau Wersing?«, fragte Irene. »Und wer von Ihnen hatte eigentlich den Bratspieß dabei?«

»Ja, der Harald, der hat doch so feine Sachen net, da musste ich ihm fürs Grillen meinen leihen. Und nachdem wir gegessen hatten, hab i den freili wieder mitgnommen.«

»Und Sie, Herr Bürgermeister, haben ihn dem Mayrhofer in den Hals gesteckt?«

Koberl nickte unglücklich.

»Wie in Dreiteufelsnamen sind S' denn auf die Idee gekommen?«

»Na, i fand das recht naheliegend.« Die alte Wersing reckte ihren Kopf in die Höhe. »Und da hab i unseren Herrn Bürgermeister auch drauf aufmerksam gemacht.«

»Drauf aufmerksam gemacht?«, fragte Irene entsetzt.

Die alte Dame sah sie böse an. »Die hätten das Freilichtmuseum beinahe verkauft.«

Aus den Augenwinkeln konnte Irene sehen, wie Fritz ein Grinsen unterdrückte. Sie selbst seufzte. »Und dann fanden Sie, war eine kleine Erpressung des Bürgermeisters angebracht?«

»Na, das hatte schon seine Vorteile.« Frau Wersing zuckte mit den Schultern. »Und schad' war's um den Mayrhofer jedenfalls net. Allan in der Kirche waren wir a, es gab also keine Zeugen.«

»Ja, und was haben S' nach dem Mord gemacht?« Fritz wandte sich an beide Schuldige. Der Bürgermeister starrte nur zusammengesunken vor sich hin. Frau Wersing blinzelte. »Dem Herrn Pfarrer hab i doch versprochen, seinen Kaffee zu kochen. Und dann musst' i mit ihm ja noch über das Gemeindefest sprechen, mir ham ja plötzlich Geld zur Verfügung.«

29 **Maria Saal:** Zentral im Zollfeld gelegen und mit seinen Sehenswürdigkeiten ein Besuchermagnet. Schönes Radwegenetz (z. B. Maria Saaler Radrundweg, Glanradweg). Sehr gute Buschenschenken und Gasthäuser in und um Maria Saal.

Maria Saaler Dom: Wallfahrtskirche. Die Domkirche geht auf die Karantanenmission im 8. Jahrhundert (der Salzburger Bischof Virgil sandte Modestus, den ›Apostel Kärntens‹) zurück, da das spätantike Christentum der römischen Provinz Noricum in der Völkerwanderungszeit und durch den Vormarsch der heidnischen Slawen ab 600 n. Chr. zurückgedrängt worden war. Aufgrund der Türkeneinfälle wurde auch diese Kirche im 15. Jahrhundert wehrhaft gemacht.

Heute präsentiert sich die Kirche als spätgotischer Bau. Spätgotische Flügelaltäre. Karner. Größte Glocke Kärntens (1688 geweiht). Bemerkenswert sind auch die zahlreichen Römer- und Grabsteine sowie ein römerzeitliches Grabrelief, das die Wölfin mit den Zwillingen Romulus und Remus zeigt. Im Kirchhof erinnert ein Denkmal an den hier begrabenen Landsturmkommandanten Johann Baptist Türk, der als ›Kärntner Andreas Hofer‹ 1809 gegen Napoleons Soldaten kämpfte.

Ausflugsziele und Freizeittipps in der Umgebung:
Pfalzkirche Karnburg: Pfarrkirche St. Peter und Paul, älteste bestehende Kirche Kärntens. Diese gilt als Baurest einer frühmittelalterlichen karolingischen, befestigten Pfalz aus dem 9. Jahrhundert,

wo König Arnulf von Kärnten 888 n. Chr. das Weihnachtsfest gefeiert haben soll. Der Saalraum stammt aus dem 9. Jahrhundert, der Westturm wurde in der Spätgotik angebaut. Bei der Renovierung wurde bewusst das alte Mauerwerk freigelegt. Zahlreiche Römersteine. Annenkapelle.

Wie der Gurker Dom wurde auch die Karnburger Pfalzkirche in späteren Jahrhunderten durch ihren Bedeutungsverlust nicht allzu sehr durch Umbauten verfälscht.

Unweit der Kirche stand der *Fürstenstein* (heute Landesmuseum Klagenfurt), Basis einer römischen Säule, der bei der Einsetzung der Kärntner Herzöge eine wichtige Rolle spielte.

Prunnerkreuz: Ende des 17. Jahrhunderts von Johann Dominikus Prunner erbaute Nischenkapelle auf dem Zollfeld mit überwiegend aus der Römerzeit stammenden eingemauerten Inschriften- und Reliefsteinen.

Vier-Berge-Lauf: Am 2. Freitag nach Ostern (›Dreinagelfreitag‹) findet die traditionelle, vielleicht auf keltische Wurzeln zurückreichende und bereits im ausgehenden Mittelalter belegte Pilgerwanderung (über 50 Kilometer) statt. Gestartet wird um Mitternacht bei der Kirche am Magdalensberg mit einer Mette, dann geht es begleitet von Kreuzträgern und Andachten über den Ulrichsberg und den Veitsberg (Göseberg) auf den Lorenziberg.

Man könnte die Berge natürlich auch einzeln und vor allem an verschiedenen Tagen erwandern. Aber wo blieben da der Spaß und die Reibblasen an den Füßen?

PS: Schüler erhalten für die Teilnahme schulfrei. Der Zusammenhang zwischen Teilnehmerzahl und auf an diesem Tag angesetzten Mathematikschularbeiten muss noch wissenschaftlich erforscht werden.

30 **St. Michael am Zollfeld**: Pfarrkirche aus dem 12. Jahrhundert mit Wehrobergeschoss und Schießscharten. Zahlreiche Römersteine. Auffahrt zum Magdalensberg.

31 **Herzogstuhl**: Aus Römersteinen zusammengesetzter Doppelthron, von Eisengittern und Glasverbau gut geschützt. Als rechtshistorisches Denkmal erinnert er zusammen mit dem Fürstenstein an die komplexe Beziehung zwischen Kärntner Herzog und den Ständen mit Eidleistung, Huldigung, Rechtsprechung und der Vergabe von Privilegien und Lehen.

32 **Tanzenberg**: Weithin sichtbar auf einer Anhöhe über dem Zollfeld gelegenes Renaissanceschloss, das nach seiner ersten urkundlichen Erwähnung um 1300 im 16. Jahrhundert seine heutige Form erhielt. Bauteile einer mittelalterlichen Burg blieben im Nordosttrakt erhalten. Heute Bundesgymnasium.

33 **Magdalensberg**: Siehe Schiachperchten.

34 **Freilichtmuseum Maria Saal**: Bäuerliche Haus- und Hofformen aus Kärnten sowie ›Industriege-

lände‹, u. a. mit Flodermühle und Kohlenmeiler. Integrierter Naturlehrpfad. Jausenstation. Themenführungen und Brauchtumsveranstaltungen.

35 **Archäologischer Park** Magdalensberg/Freilichtmuseum: Umfangreiche Ausgrabungen einer spätkeltisch-frührömischen Siedlungsanlage. Politischer Mittelpunkt der römischen Provinz Noricum. Tempel und Schmelzöfen. Die Siedlung wurde um 50 n. Chr. zugunsten der im Zollfeld gelegenen Stadt Virunum aufgegeben.

SCHLÜSSELERLEBNIS

REGION UNTERKÄRNTEN/FERLACH/BODENTAL/ TSCHEPPASCHLUCHT

Dorothea Böhme

»Are you ready, are you ready for this, are you hanging on the edge of your seat?«, brüllte Freddie Mercury in voller Lautstärke und Wilma fiel fast aus dem Bett. Ihr Wecker zeigte 3.45 an, es war stockfinster. Sie war halb auf dem Weg in die Küche, um sich mit einem Fleischmesser zu bewaffnen, als sie sich erinnerte, dass Freddie das Werk ihres besten Freundes Tonis war, der fand, sie müsse einen besseren Musikgeschmack entwickeln.

Sie atmete tief durch, schloss die Augen und kroch zurück ins Bett. Dann griff sie nach ihrem Handy auf dem Nachttisch und nahm den Anruf entgegen.

»Wilma, da liegt a Leich' in meinem Blumenbeet!«

Another one bites the dust, ging es ihr durch den Kopf.

»Nun mal langsam.« Sie rieb sich die Stirn und versuchte zu verstehen, was ihre Cousine Isabelle ihr gerade mitteilen wollte.

»Da ist ein Toter, Wilma, was soll ich da langsam erklären?«

Es war Viertel vor vier, da konnte doch niemand von ihr verlangen, schnell zu denken. »Ein Toter?«

»Ja!«

»Ruf die Polizei.« Problem gelöst, Wilma würde weiterschlafen können.

»Das geht nicht.«

»Und warum nicht?« Ihr fiel eine weitere Zeile eines Hits von Queen ein: *Mama, just killed a man …* »Sag bloß, du hast den Achim um die Ecke gebracht?«

Achim war Isabelles Langzeitfreund, mit dem sie sich aber dauernd stritt.

»Bist du deppert?« Isabelles Stimme klang inzwischen leicht hysterisch. »I kenn den Haberer net. Aber er liegt in meinem Heilkräuterbeet!«

Isabelles Heilkräuterbeet beherbergte die schönsten Cannabispflanzen in ganz Kärnten, die sie dann liebevoll trocknete und abends vor dem Fernseher zu Marihuana weiterverarbeitete. Die Qualität war ganz ausgezeichnet. Wilma und Toni hatten schon öfter einen netten Abend mit einem von Isabelles Weihnachtsgeschenken verbracht.

Wilma seufzte und stieg aus dem Bett. »Wart, ich bin gleich bei dir.«

Das Pyjama-Oberteil ließ sie an, wechselte nur in Jeans und warf sich eine Jacke über. Die Fahrt ins Bodental [36] dauerte eine knappe Stunde, aber was tat Wilma nicht alles für ihre Lieblingscousine. Einzige Cousine. Und Marihuana-Verschenkerin.

Isabelle wohnte mit ihren beiden Kindern in einem bäuerlich anmutenden Einfamilienhaus im Grünen, ganz in der Nähe des Meerauges [37], eines kleinen türkisfarbenen Teichs, dessen Entstehung auf die letzte Eiszeit zurückzuführen ist. Der Sage nach hatte der See in längst vergangenen Zeiten zwei Ochsen mitsamt Karren verschluckt, heute wirkte er jedoch nur noch idyllisch.

Wilma gähnte und drückte aufs Gaspedal. Je eher sie das Problem gelöst hatten, desto eher konnte sie wieder ins Bett.

Es war immer noch stockfinster, als sie bei Isabelle ankam. Der Mond war wolkenverhangen, Straßenlaternen gab es nicht, nur Isabelle leuchtete mit einer Taschenlampe.

»Das ist natürlich überhaupt nicht auffällig.« Wilma schaltete sie aus.

»Aber dann sehen wir nichts. Willst du dich bis zur Leiche durchtasten?« Isabelle klang immer noch – oder wieder – leicht hysterisch. Wilma überlegte, ob sie ihr den Gebrauch ihrer Heilkräuter nahelegen sollte.

»Mach dein Wohnzimmerlicht an, was davon bis in den Garten scheint, muss reichen. Und bring uns Handschuhe mit!«

Isabelle machte sich auf den Weg ins Haus und Wilma ging vorsichtig durch den Garten zum Beet. Als das Wohnzimmerlicht endlich einen schwachen Schein warf, stand sie schon direkt davor. Um die Leiche herum waren einige Pflanzen niedergetrampelt worden. Also war er nicht von oben herabgeflogen gekommen. Der Tote selbst schien ein Mann zu sein. *Schien*, weil er von oben bis unten in schwere, schwarze Kleidung eingehüllt war, von den dicken Stiefeln bis zur Schimaske. Allein die Körpergröße ließ keinen eindeutigen Schluss zu. Der Tote hätte auch eine Frau sein können, ein genauerer Blick in seinen Schritt bestätigte allerdings Wilmas Vermutung, dass es sich um einen Mann handelte. Getötet hatte ihn vermutlich ein Kopfschuss, sodass Wilma auf weitere Untersuchungen verzichtete.

»Wir brauchen etwas, worin wir ihn einwickeln können«, sagte sie zu Isabelle, die gerade zu ihr kam und ihr ein Paar Handschuhe reichte.

»Einen Teppich?«

»Falls wir einen Nachbarn treffen, sagt nichts deutlicher ›Hier ist eine Leiche drin‹ als ein Teppich. Nein.« Wilma dachte nach. »Hast du nicht so eine große blaue Ikea-Tasche?«

»Da kriegen wir den doch nie im Leben hinein!«

»Wir müssen ihn natürlich ein bisserl verbiegen. Aber so groß ist der nicht.«

»Verbiegen. Jessasmaria!« Vor sich hinmurmelnd verschwand Isabelle wieder im Haus, während Wilma sich die Handschuhe überstreifte und einen schnellen Blick in die vielen Taschen des Toten warf. Jedoch besaß der Knauser weder ein Portemonnaie noch loses Kleingeld. Nur einen kleinen Schlüssel fand sie in einer Innentasche am Knie seiner Mehrzweckhose. Entweder er war völlig unwichtig und irgendwann in der Hose vergessen worden oder er war absichtlich gut versteckt und daher wichtig. Wilma steckte ihn ein. Sie würde sehen.

»Wie bist du eigentlich auf ihn aufmerksam geworden?«, fragte sie Isabelle, die mit der Ikea-Tasche zurückkam.

»Lukas hatte ein Monster unter seinem Bett. Und als ich wieder ins Schlafzimmer wollte, fiel mir Licht im Garten auf.«

»Licht?«

»Von einer Taschenlampe. Und Schritte. Ich vermute, ich hab den Mörder gestört.« Bei dem Gedanken schauderte Isabelle, und Wilma konnte es ihr nicht verdenken.

»Sobald es hell wird, müssen wir alle Spuren, die eventuell in deinen Garten führen könnten, beseitigen.« Verärgert schüttelte Wilma den Kopf. »Da sind das schon Kriminelle, und dann hinterlassen sie Spuren, die die Polizei ausgerechnet zu deinem Heilkräuterbeet führen.«

»Und wo bringen wir ihn jetzt hin?« Isabelle hatte sich ebenfalls Handschuhe angezogen und zerrte vorsichtig am linken Bein des Toten.

»So geht das nicht.« Wilma trat ins Beet und fasste ihn unter die Arme. »Erinnerst du dich? *Einst sanken zwei Ochsen mit Wagen und Heu …*«

»Du willst ihn ins Meerauge werfen?«

»Das hinterlässt am wenigsten Spuren.«

»Aber den richtigen Täter findet die Polizei dann auch nicht.«

Wilma zuckte mit den Schultern, während sie versuchte, den überraschend schweren Mann anzuheben. Dabei stolperte sie einen Schritt nach hinten.

»Pass doch auf«, jammerte Isabelle. »Es sind eh schon so viele zerdrückt.«

»Das ist jetzt vielleicht nicht dein Hauptproblem.«

Isabelle schien sich daran zu erinnern, dass Wilma diejenige war, die ihr hier einen Gefallen tat, und kam ihr zu Hilfe. Wilma hob den Oberkörper an, Isabelle schob die Ikea-Tasche darunter, schließlich fassten sie beide die Beine, beugten sie und falteten den Toten so in die große blaue Tasche.

»Eine Schubkarre wäre fein für den Transport«, murmelte Isabelle.

»Damit sie die Reifenspuren bis zu dir zurückverfolgen können? Bloß nicht!« Da mussten sie so durch.

Nachdem Wilma noch schnell eine Decke aus dem Wohnzimmer geholt und über dem Toten ausgebreitet hatte, schleppten sie die Tasche aus Isabelles Garten den Weg entlang zum kleinen Teich. Hatte Isabelle die ersten paar Schritte noch über das Gewicht gestöhnt, sparte sie danach wie Wilma all ihre Kraft für das Tragen. Der

Mann entpuppte sich als unglaublich schwer, dabei hatte er so klein und leicht ausgesehen.

Glücklicherweise war es nicht weit bis zum Meerauge, auch wenn der Steg noch eine kleine Schwierigkeit darstellte, bis sie die Leiche endlich ins Wasser fallen lassen konnten.

»Wird der denn hier gefunden?«, fragte Isabelle.

»Klar, aber hoffentlich nicht sofort. Der dümpelt jetzt vor sich hin. Es ist nur wichtig, dass der Teich alle Spuren wegwischt. Nicht, dass wir etwas übersehen haben und sie meine oder deine DNS an ihm finden.« Denn die waren beide in den Datenbanken der Polizei gespeichert.

Erleichtert gab Wilma Isabelle noch letzte Instruktionen, ihre Einfahrt am nächsten Morgen mit dem Gartenschlauch abzuspritzen.

Es wurde langsam hell, als sie endlich nach Hause fahren konnte. Sie freute sich auf ihr Bett. Wie gut, dass es noch März war und sie nicht auf der Burg Hochosterwitz arbeiten musste, so konnte sie zum Glück ausschlafen.

Zum Frühstück kochte sie einen starken Kaffee und lieh sich die Zeitung von Herrn Burgsteiger von oben. Der las sie immer erst am Abend, wenn er von der Arbeit kam, bis dahin hatte Wilma sie längst wieder in den Postkasten gesteckt.

›Banküberfall in Ferlach 38 – Wer kennt diese Männer?‹ sprang ihr die Überschrift auf der Titelseite der Kleinen Zeitung entgegen. Offenbar hatten zwei Unbekannte die Volksbank in Ferlach überfallen und 30.000 Euro in bar erbeutet. Das begleitende Bild war das pixelige Foto einer Überwachungskamera und zeigte zwei Männer, ganz in schwarz, von den Springerstiefeln bis zur Schimaske. Wilma tippte sich mit dem Zeigefinger ans Kinn, dann holte sie den kleinen Schlüssel aus der Hosentasche des Toten. Bei genauerer Betrachtung im Tageslicht war es eindeutig ein Schließfachschlüssel. Jemand hatte die eingravierte Nummer weggekratzt, aber das Aussehen war typisch. Natürlich hatte sie keinen Beweis, aber vielleicht war es ihre Intuition als – ehemalige! – Kriminelle, sie würde jedenfalls wetten, dass sich in diesem Schließfach 30.000 Euro befanden. Ihre zwar nicht ganz wasserdichte, aber wahrscheinliche Theorie war, dass die beiden die Bank überfallen, das Geld in einem Schließfach verstaut und sich dann gestritten hatten – sicher darum, wer den Schlüssel behalten sollte. Einem war der Geduldsfaden gerissen und er hatte den anderen erschossen. Doch bevor er an den Schlüssel kommen konnte, war er von Isabelle gestört worden.

Weshalb die Männer immer noch ihre Schimasken trugen, war ihr zwar nicht klar, es wäre deutlich cleverer gewesen, sich umzuziehen. Aber woher sollte Wilma wissen, was in den Köpfen von Kriminellen, also von echten, richtigen und aktiven Kriminellen vor sich ging?

Sie strich die Zeitung glatt und nahm noch einen Schluck Kaffee. Sie hatte ziemlich viele gute Taten vollbracht in letzter Zeit. Erst vor einigen Monaten hatte sie einen Mord aufgeklärt und der ›aidsHilfe Klagenfurt‹ eine ganze Menge Geld verschafft: Der Witwe Dolezal war es 2.000 Euro wert gewesen, ihr Verhältnis zum Mörder ihres Exmannes nicht in der Zeitung zu lesen, und dabei hatte Wilma nicht einmal höchst persönlich erpresst – Ehrenwort –, sondern nur gegenüber Toni eine kleine Andeutung fallen gelassen.

Ihre Chefin hatte sie damit glücklich gemacht, dass sie ein Zeitungsinterview gegeben hatte, und letzte Nacht hatte sie Isabelle, die Mutter zweier Kinder, vor einer weiteren Vorstrafe oder noch Schlimmerem bewahrt. Ja, dachte Wilma, während sie den Schlüssel hin und her drehte, das Schicksal wollte ihre guten Taten offenbar belohnen. 30.000 Euro, damit könnte sie etwas anfangen.

Gerade, als sie sich eine Liste an Bahnhöfen mit Schließfächern in Kärnten anlegen wollte, rief Isabelle an.

»Wilma, die Polizei ist hier!« Sie flüsterte und dem seltsamen Echo nach zu urteilen, hatte sie die Hand um Mund und Mikrofon gelegt.

»In deinem Haus?«

»Draußen! Ich habe die Streifenwagen gesehen. Und dann ein graues Auto in Zivil. Wilma, die kommen doch sicher gleich in der gesamten Nachbarschaft fragen und irgendwann sind sie auch bei mir. Was soll ich denn da sagen? Jessas, ausgerechnet jetzt ist Achim natürlich auf Montage, dieser depperte Trottel.«

In Zeiten der Not flüchten sich Menschen immer in alte Verhaltensmuster, das hatte ihr Bewährungshelfer gesagt, als er ihr die Gefahr eines Rückfalls besonders deutlich vor Augen führen wollte. Alte Verhaltensmuster waren bei Isabelle, sich um ihre Pflanzung zu kümmern und auf Achim zu schimpfen.

»Wilma, du musst mir helfen, bitte, ich pack das net allan.«

Wilma sah aus dem Fenster. »Hattest du am Wochenende nicht Besuch?«

»Na klar, und ein paar Stück Apfelkuchen hab ich vor den Satansbraten retten können. Wilma, du bist ein Schatz, ich mach dir auch an Verlängerten dazu!«

Wilma legte auf und klopfte sich innerlich auf die

Schulter. Sie hörte quasi gar nicht mehr auf mit ihren guten Taten.

Als sie im Bodental ankam und in Isabelles Einfahrt fuhr, konnte sie das Blaulicht der Streifenwagen weiter den Weg hinauf sehen. Unauffällig schlich sie ins Haus – alte Verhaltensmuster …

»Gott sei Dank bist endlich da!« Isabelle fiel ihr um den Hals.

Im Wohnzimmer hatte sie schon Kaffee und Kuchen gedeckt. Wilma sah skeptisch aus dem Fenster. »Vielleicht sollten wir das Rollo runterlassen.« Das halb zertretene Heilkräuterbeet war von hier aus hervorragend zu sehen.

»Ich sag dir, Wilma, wenn ich dich nicht hätte!«

Eine weitere gute Tat. Hochzufrieden steckte Wilma sich ein großes Stück Kuchen in den Mund, da klingelte es an der Tür.

»Die Kieberer!« Isabelle riss die Augen auf und stürmte ins Bad.

Es blieb Wilma also nichts anderes übrig, als selbst zu öffnen.

»Griaß Gott, wir … ah, da schau her.« Der Kaugummikauer, der eigentlich Martin Fleischhauer hieß, blinzelte. Wiedersehen machte eben nicht immer Freude. Den kleinen Hüpfer, den ihr Magen machte, ignorierte Wilma hartnäckig.

Eine clevere Antwort konnte sie leider nicht geben, sie kaute immer noch auf dem leckeren, aber doch leicht trockenen Apfelkuchen. Deshalb gestikulierte sie ihn ins Innere und führte ihn und seinen Kollegen ins Wohnzimmer.

»Mir ham da a Leich«, sagte Martins Kollege.

»Ach du Schreck.« Wilma versuchte so überrascht wie möglich auszusehen.

Martin sah sie argwöhnisch an. »Hast du was damit zu tun?«

»Mit der Leiche? Na, ganz sicher nicht. Ich bin zum Kaffee da. Meine Cousine hat gebacken.« Sie bot ihm nichts an, das hatte er nun von seinen Verdächtigungen.

»Und wo ist die Cousine?«

Wilma deutete auf die geschlossene Badezimmertür. »Frauenprobleme«, flüsterte sie.

Martin schaute immer noch misstrauisch, sein Kollege verzog das Gesicht.

»Wie kann ich den Herren denn helfen?«

»Wenn Sie nur zu Besuch sind, vermutlich gar nicht«, sagte Martins Kollege. »Da müssten wir schon mit Ihrer Cousine selbst sprechen.«

Besagte Cousine kam soeben, etwas blass um die Nase, ins Wohnzimmer.

»Isabelle Brandstätter?«, fragte Martin.

Sie nickte.

»Sagen S', gestern Nacht, ist Ihnen da etwas Ungewöhnliches aufgefallen? Haben Sie vielleicht Geräusche gehört? Schreie sogar? Oder Schüsse?«

Isabelle schüttelte den Kopf.

»Oder ein Auto gesehen?«

Sie schüttelte wieder den Kopf.

»Gar nichts?«

»Nun lass die Arme doch in Ruhe«, ging Wilma dazwischen. »Siehst du nicht, dass sie krank ist?«

»Vor zwei Stunden ist eine Leiche im Meerauge gefunden worden.« Der Mensch war aber auch wie eine Bulldogge mit einem Knochen, wenn er einen Toten hatte.

Wilma versuchte, nicht zu schuldbewusst auszusehen. Mit ihren guten Taten war es offenbar zu Ende.

»Das tut mir leid«, sagte sie, während Isabelle sich den Bauch hielt und zurück ins Bad stürmte.

»Falls Ihnen doch noch etwas einfällt, rufen S' uns an.« Martins Kollege gab ihr eine Karte, Martin selbst schickte einen weiteren misstrauischen Blick in ihre Richtung. Vielleicht sollte sie ihm Yoga empfehlen, so unentspannt wie er war. Ihr Bewährungshelfer schwor auf die *sanft heilende Technik dieser uralten Tradition*.

Sie sah den beiden nach, wie sie im Nachbarhaus verschwanden, dann klopfte sie an die Badezimmertür. »Die Luft ist rein!«

»Oh, Jessasmaria und Josef!« Isabelle wankte heraus und ließ sich im Wohnzimmer auf die Couch fallen. »Dass die den aber auch so schnell gefunden haben!«

Nachdem sie sich eine halbe Stunde später von Isabelle verabschiedet hatte, beschloss Wilma, einen Ausflug zum Klagenfurter Hauptbahnhof [39] zu machen. Der kleine Schlüssel, den sie bei dem Toten gefunden hatte, passte erst im zehnten Schließfach. Dem aufmerksam gewordenen Bahnmitarbeiter schenkte sie dabei ein Lächeln und sagte: »Ich bin so ein Schussel!« Daraufhin drehte er sich wieder um und ließ sie in Ruhe. Die im Schließfach verstaute Reisetasche holte Wilma heraus, steckte jedoch wieder eine Münze in den Schlitz, um das Fach für weitere Tage zu mieten. Dann schloss sie die Tür, griff nach der Tasche und verstaute sie auf dem Rücksitz ihres Autos, später dann in ihrer Wohnung.

Jeden Morgen las sie nun Burgsteigers Kleine Zeitung, immer nervöser auf der Suche nach Artikeln über den

Bankraub und anschließenden Mord. Doch die Kieberer waren offenbar entweder nicht auskunftsfreudig oder, etwas wahrscheinlicher, so unfähig, wie Wilma ihnen von jeher unterstellt hatte. ›Keine Hinweise im Ferlacher Bankraub‹, ›Mörder läuft immer noch frei herum‹, das waren die einzigen Überschriften, die sie in der gesamten Woche finden konnte.

Schließlich hielt Wilma es nicht länger aus. Sie suchte nach den Preisen für die Kleinanzeigen und griff zu ihrem Handy.

Als sie am Nachmittag auf Kaffee und Kuchen bei Isabelle hereinschaute, hielt sich deren Begeisterung über Wilmas klugen Einfall allerdings in Grenzen.

»Du hast *was* gemacht?«

»Verschlüsselt, Isabelle, die Annonce ist total verschlüsselt. Da kommt niemand dahinter. *Ich suche dich. Biete: Schlüssel zu deinem Herzen. Wenn du kein Typ für Teamarbeit bist und nächtliche Ausflüge ins Bodental liebst, könnte ich die Bonnie zu deinem Clyde werden und uns beiden zu innerem Reichtum verhelfen.*«

»Jessasmaria, Wilma! Was ist, wenn er darauf antwortet?«

»Das war der Grund der Anzeige. Ich hoffe, er antwortet darauf.«

»Er hat einen Menschen auf dem Gewissen!«

»Und wir haben geholfen, die Aufklärung dieses Mordes zu verhindern. Zumindest ein bisserl. Meist schaffen die Kieberer es von ganz allein mit ihrer Hudelei.«

»Kannst du nicht einfach diesen Inspektor anrufen? Diesen Kaugummikauer? Fleischhauer, oder?«

Könnte sie. Der würde aber sicher komische Fragen stellen, wo zum Beispiel die 30.000 Euro aus dem Bankraub waren, die sich augenblicklich in Wilmas Abstellkammer wohl fühlten.

Wilma schüttelte den Kopf. »Vielleicht meldet sich der Bankräuber auch gar nicht.« Dann hatte sie ihr Bestes getan, das Schicksal konnte ihr keinen Vorwurf machen.

Am Montag erschien Wilmas Annonce, mit einer Antwort war also frühestens am Mittwoch zu rechnen. Am Donnerstag durchforstete sie gerade wieder einmal mit einem großen Häferl Milchkaffee in der Hand die Zeitung, da stieß sie auf die Anzeige: *An Bonnie: Dein Clyde hätte gern den Schlüssel zu deinem Herzen. Ein Date am Samstag um Mitternacht?* Als Treffpunkt hatte *Clyde* Koordinaten angegeben. Ein kleiner Schauer rieselte über Wilmas Rücken und sie stellte die Heizung höher. Der Kerl musste unglaublich abgebrüht sein. Sie holte ihr Handy.

»Sag mal, Toni, du bist doch mal auf diesen Navigations-Schnitzeljäger gestanden, richtig?«

»Geocacher.«

»Wie auch immer. Könntest du rauskriegen, wo eine bestimmte Stelle liegt?« Sie gab ihm die von Clyde angegebenen Koordinaten durch. 20 Minuten später rief Toni zurück.

»Loibl, Nähe Tscheppaschlucht, war ganz einfach, sagt der Manu. Und ich hab übermorgen ein Date.«

»Glückwunsch!« Wilma ebenfalls. Nur würde statt eines potenziellen Lovers ein Mörder auf sie warten. Sie schluckte. »Danke, Toni«, verabschiedete sie sich schließlich, nachdem sie den genauen Ort auf einer Wanderkarte eingetragen hatte. Sie stürzte den Rest ihres Kaffees hinunter und zog sich Mantel und Stiefel an. Sie hatte viel zu tun vor ihrem Stelldichein mit Clyde.

»Du bist doch völlig verrückt!« Isabelle schien von ihrer Idee nicht ganz so begeistert zu sein wie sie selbst, als Wilma am Samstagnachmittag ihr Hauptquartier im Bodental einrichtete.

»Ich brauch dich nur zum Fahren, dann haust du ab. Zurück komm ich schon allein.«

»Es geht mir nicht um mich, es geht mir um dich! In was für eine Gefahr du dich bringst. Sollen die Buben ohne Tante aufwachsen?«

Wilma wollte auch nicht, dass Isabelles Söhne ohne Tante aufwuchsen, sie hatte noch Pläne für ihre Zukunft. Aber sie wollte nicht Wilma Brandstätter heißen, wenn sie mit einem Bankräuber, der noch dazu in ihren Gefilden gewildert hatte, nicht fertig würde. »Wird schon gut gehen.«

»Ist nicht dein erster Bankräuber, hm?« Isabelle schien resigniert zu haben.

Wilma lächelte nur entschuldigend. »Schau, was ich alles eingekauft hab«, versuchte sie Isabelle schließlich von ihrer Umsicht zu überzeugen, aber die winkte nur ab und machte den Kindern etwas zu essen. Als die kleine Familie gegessen hatte, war Wilma mit ihrer Bastelei auch so weit, und Isabelle brachte sie in den Loiblgraben. Während Wilma sich ihren nächtlichen Treffpunkt genau ansah, stieg Isabelle nur zögerlich und leicht fröstelnd aus dem Auto.

»Alles erledigt!« Betont fröhlich legte Wilma ihrer Cousine einen Arm um die Schulter. »Kommt, ich lad euch in die Tscheppaschlucht 40 ein.« Auf engen Steigen auf und ab, an Abgründen vorbei und über Brücken – da hatte Isabelle mit den Buben genug zu tun und konnte sich nicht länger den Kopf über Tote und ihre Mörder zerbrechen. Und selbst Wilma ließ sich anstecken von der guten Laune, hüpfte auf einer Hängebrücke auf und ab und genoss die Sonnenstrahlen, die in die Schlucht hineinfielen. Tatsächlich hetzten sie den restlichen Nachmittag hinter Wilmas Neffen her, bis sie daheim schließlich todmüde auf die Couch fielen.

Gegen neun warf Wilma sich in dunkle Kleidung, zog eine schwarze Mütze tief ins Gesicht, schulterte ihren Rucksack und ließ sich von Isabelle nach Windisch Bleiberg [41] bringen. Sie konnte die schattenhaften Umrisse des Turms der Pfarrkirche [42] erkennen, den Rest des Weges bis zum Treffpunkt erledigte sie zu Fuß. Dann versteckte sie sich hinter einem Baum und wartete. Lange dauerte es nicht, gegen halb elf, noch weit vor ihrer vereinbarten Zeit, knackte ein Ast in der Nähe, dann hörte sie Schritte auf sich zukommen. Sie hielt den Atem an. Eine Taschenlampe blitzte auf, dann Schüsse. Die Schritte wurden langsamer, lauter, selbstbewusster. Sie lugte hinter ihrem Baum hervor und konnte sehen, wie eine schwarz gekleidete Gestalt sich über etwas am Boden Liegendes beugte. Zwei Schritte, dann war sie bei der Gestalt und zog ihr Isabelles getöpferten bleischweren Aschenbecher über den Hinterkopf.

»Sich nicht an die verabredete Zeit halten und dann auch noch auf meine selbst gebastelte Vogelscheuche schießen«, schimpfte Wilma, während sie den Mann mit Isabelles Wäscheleine fesselte.

Sie schaltete ihre Taschenlampe an, nahm Clydes Pistole vorsichtig an sich und legte sie in sicherer Entfernung ab, dann lehnte sie den Mann, gefesselt wie er war, an einen Baum und wickelte die Wäscheleine um ihn und den Stamm. Noch während sie damit beschäftigt war, stöhnte Clyde leise. Als sie ein paar Minuten später den letzten Knoten knüpfte, öffnete er die Augen.

»Ich hoff, dein Kopf tut nicht zu sehr weh. Ich hab dir ein paar Aspirin mitgebracht.« Wilma schob die Tabletten in seine Brusttasche. Er sah sie finster an, weshalb sie einfach fortfuhr: »Wobei du ja nicht so rücksichtsvoll warst. Wenn's nach dir gegangen wäre, läge ich jetzt mit einem Loch im Kopf im Finstern.« Sie deutete auf die arg mitgenommene Vogelscheuche zu ihren Füßen.

»Miststück!«

Clyde war ja ein regelrechter Sonnenschein.

»Lass ruhig deine Wut heraus, das reinigt die Seele.« So oder so ähnlich hatte es ihr Yogalehrer formuliert. Während Clyde weiter auf sie einschimpfte, schrieb Wilma eine kurz Notiz und pinnte ihm den Zettel an die Jacke – zusammen mit dem Schlüssel für das Schließfach am Hauptbahnhof, in dem jetzt wieder die Reisetasche stand.

»Ich bring dich um! Du kannst im Leben nicht so weit laufen, dass du vor mir versteckt bleibst.«

Da der gute Clyde weder ihren Namen noch ihr Aussehen kannte, bezweifelte Wilma das stark. Sie tätschelte ihm kurz den Kopf, dann setzte sie sich ihren Rucksack auf und machte sich auf den Marsch durch den Wald zum Parkplatz an der Loiblpassstraße 43.

Sie wollte Isabelle nicht noch einmal zu einem Abholdienst aufscheuchen, also stellte sie sich auf einen längeren Fußmarsch ein.

Als unerwartet ein Mercedes neben ihr hielt, wusste sie im ersten Blick nicht, ob sie stehen bleiben oder weglaufen sollte. Ein älterer Herr – mit Hut! – stieg aus, der ganz und gar nicht bedrohlich wirkte.

»Entschuldigen Sie, aber ich glaube nicht, dass um diese Zeit ein Bus kommt«, sprach er sie an. Von ihrer dunklen Kleidung und dem rußgeschwärzten Gesicht ließ er sich nicht beirren.

»Sollen wir Sie ein Stück mitnehmen?«

Erst jetzt bemerkte Wilma, dass eine Dame, ebenfalls sehr reifen Alters, auf dem Beifahrersitz saß. Den ›Alter-Lustmolch-Alarm‹ konnte sie abstellen.

»Das wäre sehr nett.«

»Hahn, Franz-Josef«, stellte der Alte sich vor und streckte ihr die Hand entgegen. Wilma nuschelte nur ihren Vornamen. »Wo wollen S' denn hin?«

»Ins Bodental.«

»Ah, da müssen Sie mich ein bisserl lotsen, ich bin nicht von hier.«

Ein wenig neugierig war Wilma schon, was die beiden um diese Zeit trieben. Auf ihre kurze Frage hin brach die Frau in einen Redeschwall aus. Wilma verstand nicht viel mehr als Kuraufenthalt in Slowenien, ungenießbare Küche, schlechte Betten und dass der liebe Franz-Josef, ein so guter, alter Freund, sie stante pede hatte abholen müssen – keine Nacht länger hätte sie es ertragen!

Franz-Josef erwies sich auch Wilma gegenüber als Gentleman der alten Schule. Er weigerte sich beharrlich, sie an der Kreuzung aussteigen zu lassen, sondern brachte sie direkt bis vor Isabelles Haustür.

»Ein Kavalier fährt eine Dame zu ihrem Ziel.«

Damit konnte Wilma leben. Als sie ausstieg, schenkte sie ihm noch ein Lächeln. Dann dachte sie an Clyde und zückte ihr Handy. Der 133 gab sie die GPS-Daten durch, sie wollte ja nicht, dass der Mann erfror.

»Sagen S', für den Mordfall ist ein Martin Fleischhauer zuständig, richtig?« Wilma biss sich auf die Unterlippe. »Richten Sie ihm doch einen lieben Gruß aus, und das Geld aus dem Bankraub ist nicht ganz vollständig, weil Clyde schon einiges ausgegeben hat. Ich vermute, er hat einen Tausender an die ›aidsHilfe‹ gespendet und einen weiteren an eine Organisation, die sich um die Reintegration ehemaliger Kleinkrimineller in die Gesellschaft kümmert. Diese Menschen brauchen unsere Unterstützung und hin und wieder ein neues Kleid.«

FREIZEITTIPPS:

36 **Bodental**: Von Klagenfurt Richtung Loiblpass fahrend geht es südlich der Drau hinein ins Naturschutzgebiet Bodental. Ausgangspunkt für Wanderungen und Bergtouren, beispielsweise hinauf zur Klagenfurter Hütte, und berühmt für die frühsommerliche Blumenpracht der Wiesen. Im Winter Schigebiet, zudem werden bei Tag und in Vollmondnächten Schneeschuhwanderungen angeboten.

37 **Meerauge**: In der Eiszeit entstandenes Toteisloch mit (sehr) kleinem, intensiv türkis gefärbten Teich.
Freizeittipp:

Wanderung vom Gasthof Sereinig ausgehend am Meerauge vorbei zur *Märchenwiese*, einer ebenen Almwiese am Fuß der Karawanken. Dieser Ausflug ist auch für Familien gut geeignet, da keine großen Höhenunterschiede zu bewältigen sind. Bei durchschnittlicher Gehdauer erreicht man die Märchenwiese in einer Stunde, bei besonders an der Natur interessierten Kindern kann es Stunden dauern.

38 **Ferlach**: Berühmte Büchsenmacherstadt im Rosental.
Ausflugsziele und Freizeittipps:
Das *Büchsenmacher- und Jagdmuseum* im Schloss Ferlach ist nicht nur für Jäger interessant.

Wer auf flotte Bienen steht, sollte sich in der warmen Jahreszeit das *Carnica-Museum* in Kirschentheuer (zwischen Loiblstraße und Ferlach) nicht entgehen lassen.

An den Sommerwochenenden kann man sich in nostalgischen Waggons von einer Dampflok vom Bahnhof Weizelsdorf nach Ferlach ziehen lassen und das *Verkehrsmuseum »Historama«* besichtigen.

In *Maria Rain* nördlich der Drau befindet sich die Wallfahrtskirche Mariae Himmelfahrt, empfehlenswert ist hier auch der Kirchenwirt.

Die Region bietet sich zum Radfahren, Wandern und Mountainbiken an, beispielsweise am Zwanzgerberg.

39 **Klagenfurter Hauptbahnhof**: Im Zuge des Wiederaufbaus des Bahnhofes nach dem Zweiten Weltkrieg schuf Giselbert Hoke, von den Werken Picassos beeinflusst, 1949-56 die beiden je 6,65 Meter x 22,40 Meter großen Wandfresken (»Wand der Kläger«, »Wand der Angeklagten«). Sie gelten als bedeutende Beispiele der österreichischen Monumentalmalerei.

40 **Tscheppaschlucht**: An einem reißenden Gebirgsbach entlang geht es über Stock und Stein, auf Leitern und Stegen durch die Schlucht.

Tipp für den Mann: Wer seinen restlichen Urlaub solo verbringen möchte, sollte seiner Frau zu High Heels oder Flip-Flops raten.

Tipp für die Frau: Wenn der Partner zu High Heels oder Flip-Flops rät, sollte sie prüfen, ob er eine hohe Lebensversicherung für sie abgeschlossen hat …

Freizeittipps:

Direkt an der Loiblstraße und am Ausgang der Tscheppaschlucht befindet sich der alte Gasthof

Deutscher Peter. Wenn Sie die Schlucht überstanden haben, wissen Sie, warum der Wirt mit selbst gebrannten Schnäpsen so ein gutes Geschäft macht.

Nahe dem Tscheppa-Parkplatz gibt es einen *Waldseilgarten* als zusätzlichen Nervenkitzel.

41 **Windisch-Bleiberg:** Streudorf. Ausgangspunkt für die Tscheppaschlucht und diverse Wanderungen.

42 **Pfarrkirche hl. Erhard:** Auf einer Anhöhe gelegen, im 14. Jahrhundert urkundlich erwähnt und in Etappen im 19. und beginnenden 20. Jahrhundert erneuert und eingerichtet.

43 **Loiblpassstraße:** Kurvenreiche Strecke als Verkehrsverbindung nach Slowenien. Der Bau des Loibltunnels erfolgte im Dritten Reich durch KZ-Häftlinge, an deren Schicksal Gedenktafeln und auf slowenischem Gebiet die Überreste des Außenlagers mahnen.

HAHN IM KORB
REGION OBERKÄRNTEN/MILLSTÄTTER SEE/ GMÜND

Alexandra Bleyer

»Hast das gehört? Die wollen die Brigitta ausrauben!«, krächzte die Rosi Gruber und klopfte Franz-Josef Hahn aufgeregt auf den Arm. Was ärgerlich war, da er gerade seine Kaffeetasse zum Mund führte. Gut, Hahn hatte nicht richtig zugehört, sondern nur an den zweimal gefalteten Zettel denken können, der in seinem Sakko steckte. Er hatte das Gefühl, dieser würde den Stoff versengen, ihm die Finger verbrennen, wenn er danach tastete. Dank Rosi und seinem Verlängerten war der Schmerz jetzt real. Und die drei Damen hatten seine Aufmerksamkeit.

»Das ist dieser Neffentrick, davon habe ich in der Zeitung gelesen«, wusste Maria Stadler und rührte ihren Cappuccino tot.

Nur das Opfer aß seelenruhig eine Nusstorte. Mit 94 Jahren lässt man sich nicht mehr so schnell aus der Ruhe bringen. Das konnte Brigitta Staufner-Donnersberg gar nicht oft genug betonen. »Köstlich! Ich könnte gar nicht sagen, wer der bessere Konditor in Gmünd 44 ist, der Rudiferia oder hier der Nussbaumer. Ich glaub, ich nehm noch ein Stück. Auf meine Figur muss ich ja nicht mehr schauen, in meinem Alter«, erklärte sie schmunzelnd und handelte sich damit, spindeldürr wie sie war, einen säuerlichen Blick von Rosi ein, die in den letzten Jahrzehnten ordentlich zugelegt hatte.

»Brigitta, erzähl noch mal genau, wie das gestern mit den beiden Betrügern war«, lenkte Maria sie auf das eigentliche Thema.

»Mit wem?«

»Na, die beiden Räuber, die bei dir waren! Du hast mich ja am Abend noch angerufen und mir erzählt, was passiert ist!«

»Ja?« Brigittas Gedanken kreisten offensichtlich nur um die Torte. Diskret winkte Franz-Josef die Kellnerin herbei und sorgte für Nachschub. Das wirkte.

»Es waren zwei Männer, sicher keine 30«, beschrieb sie. »Der eine sagte, er wäre mein Großneffe. Aber ich hab ihn noch nie in meinem Leben gesehen!«

»Das ist ganz sicher dieser Neffentrick, die Maria hat recht! Damit legen sie alte Leute herein und erleichtern sie um ihr ganzes Vermögen!«, ereiferte sich Rosi.

»Ja, hast du denn nicht die Polizei gerufen?«

»Nein, Franz-Josef. Ich habe mich gar nicht zum Telefon hin getraut, so lang sie da bei mir im Wohnzimmer saßen. Wer weiß, was die alles gestohlen hätten! Und nachher, ja, da waren sie ja eh schon weg.«

»Wollten sie was? Geld? Haben sie dich bedroht? Da müssen wir eine Anzeige machen«, erwachten in Hahn die längst vergessen geglaubten Erinnerungen an Professor Kielmaier, der die Jus-Studenten mit dem Strafrecht sekkiert hatte. Auch wenn er in seinem späteren Arbeitsleben bei der KELAG, der Kärntner Stromgesellschaft, nichts mehr damit zu tun gehabt hatte: Eine Straftat erkannte er sofort.

»Nein, also, richtig bedroht haben sie mich nicht«,

gestand Brigitta ein. »Aber gsagt hat er, dass er ein Geld braucht. 10.000 Euro soll ich ihm geben, und schnell braucht er das Geld auch.«

»Die kommen sicher wieder«, prophezeite Maria.

»Was sollen wir denn tun?«, jammerte Rosi. »Wenn nur mein Seppi noch wäre, der tät's schon wissen. Rosi, hat er immer gsagt ...«

»Wir müssen zur Polizei.«

»Geh, Franz-Josef, ich könnte sie doch nicht einmal beschreiben«, wandte Brigitta ein.

»Wir werden dir helfen!« Marias Plan war simpel: Beim nächsten Besuch sollten die Betrüger mit weiteren Zeugen konfrontiert werden. »Mit einem Mann dabei werden sie sich hüten, uns anzugreifen«, wiegelte sie diesbezügliche Sorgen der Rosi ab.

Wie Hahn mit seinen fast 80 Jahren abschreckend auf junge Männer wirken sollte, war ihm zwar nicht ganz klar, aber Marias Plan hatte einen entscheidenden Vorteil: Er kam seinem eigenen entgegen.

Ganz der Kavalier bezahlte Hahn die Rechnung und half den Damen in ihre Mäntel. Maria wollte nach der langen Winterpause, in der es geschlossen gewesen war, beim Stadtmuseum **45** vorbeischauen.

»Du mit deiner Eva Faschaunerin«, klagte Rosi. »Dass du dich gar so sehr für die Hex' interessierst!«

»Die Faschaunerin war doch keine Hexe«, wurde sie sofort belehrt, »sie war das letzte Opfer der Folter, das in Gmünd hingerichtet worden ist.«

»Na, als ob a Giftmörderin viel was anderes ist als a Hex.«

»Das ist ganz was anderes! Außerdem, wenn man dich foltern würde, würdest du auch alles gestehen! Du solltest dir mal die Ausstellung in der Burg Sommeregg 46 anschauen, was es da alles an Methoden und Werkzeugen gibt!«

Während Hahn mit hinter dem Rücken verschränkten Armen die schönen Häuserfassaden am Hauptplatz 47 bewunderte, einigten sich die Damen mit weiblicher Logik, wie er schmunzelnd dachte, darauf, lediglich am Stadtmuseum vorbeizugehen und die Ausstellung ein anderes Mal zu besuchen.

Der große Parkplatz am Fuß der Alten Burg 48 war jetzt im April weitgehend leer, sodass Hahn mehr aus Gewohnheit um seinen weißen Mercedes herumging, um ihn sorgfältig auf Kratzer und Dellen zu untersuchen. In den letzten Jahren waren um Gmünd die Baby- und Kinderhotels 49 wie die Schwammerln aus dem Boden geschossen, und gerade im Sommer bangte er angesichts sperriger Kinderwägen, unaufmerksam aufgestoßener Autotüren und herumtollender Touristenfratzen um die Unversehrtheit des Lacks, obwohl ihm bis auf einen braun-rosa Eisbatzen auf der Kühlerhaube bisher noch nie etwas passiert war.

Am Montag hielt Hahn mit Rosi beim anvisierten Opfer Wache, doch es passierte nichts. Als er aber ausgerechnet am Dienstagabend beim Dreierschnapser mit Maria und Brigitta ein Land angesagt hatte, nach dem Talon griff und genau den Pik Zehner und eine kleine Karo bekam, die sein Blatt unschlagbar machten, klingelte es.

Die Hausherrin Brigitta sank vor Schreck in sich zusammen, aber Maria sprang mit beinahe jugendlichem Elan auf. Hahn konnte sich nicht so schnell von seinen guten Karten lösen, daher war sie um ein Eck schneller bei der Tür. Statt ihr männlich beizustehen, die Gauner abzuwimmeln, musste er im Flur zurückweichen, um nicht umgerannt zu werden.

»Kommts lei eina«, hörte er sie noch sagen. Herrgott! »Das ist der Franz-Josef, so wie der Kaiser«, plapperte Maria weiter. »Ihm fehlt nur der Backenbart, sonst könnte er glatt beim Kaiserfest 50 die Hauptrolle spielen, oder?«

Hahn war so überrumpelt von ihren freundlichen Worten, dass er sie zu korrigieren vergaß: Im Gegensatz zum alten Kaiser hatte er noch mehr als genug Haare, und die Geheimratsecken wirkten sehr vornehm. Die gute Kinderstube drängte sich durch seine Bedenken, er erwiderte den Gruß und murmelte seinen Nachnamen. Auch Brigitta, die auf der Veranda geblieben war, lächelte den unwillkommenen (?) Gästen entgegen.

»Wow, was für ein Blick auf den See«, zeigte sich *Großneffe* Andreas beeindruckt.

»Nicht wahr? Der Gebäudekomplex mit den Türmen ist das Stift Millstatt 51. Das solltest dir mal anschauen, so ein schöner Kreuzgang und vorne im Hof die Arkaden«, klärte Hahn ihn auf, konnte aber offensichtlich kein Interesse dafür wecken.

»Aha. An den Sprungturm unten im Strandbad kann ich mich noch erinnern, aber was ist das davor, ein neues Hotel?«

»Na, des ist das Badehaus 52«, grummelte Brigitta. »Was sich die Politiker dabei nur gedacht haben? Die alte Sauna im Hallenbad hat es alleweil getan. Da hat so a Klotz her müssen, der mir den Blick auf den See verhaut.«

»Geh, Brigitta, die alte Sauna war ja viel zu klein. Heut wollen die Leut' wellnessen, und jetzt muss man gar nicht mehr nach Bad Kleinkirchheim 53 zu den Thermen reinfahren«, warf Maria noch ein, bevor sie in die Küche ging, um einen frischen Kaffee für die Besucher zu kochen.

Der zweite Gauner, der sich nur als Florian vorgestellt hatte, musterte den parkähnlichen Garten. »Wie groß ist denn das Grundstück? Sicher mehr als 1.500 Quadratmeter, oder? In der Lage muss das ja ein Vermögen wert sein.«

»Nur schade, dass kein eigener Seegrund dabei ist«, bedauerte Andreas. »Aber im Garten wär mehr als genug Platz für einen schönen großen Pool.«

»Aber … ich … also ich brauch ja keinen Pool«, stammelte die Immer-noch-Hausherrin und wusste gar keine Antwort mehr, als Florian sie rundheraus fragte, wie viel Wohnfläche das Haus hatte und wie hoch die Heizkosten wären.

Andreas war näher an Brigitta herangerückt, aber Hahn war keineswegs taub. »Du, Tante Gitti, wir dachten, du könntest uns ein bisserl unter die Arme greifen. Weißt, so einen Vorschuss aufs Erbe.«

So eine Unverschämtheit!

»Ein paar Tausender täten schon reichen.«

Jetzt reichte es vor allem Hahn. »Ich fürchte, das wird nicht möglich sein«, nahm er die Zügel in die Hand.

»Hören Sie, Herr Hahn, das geht Sie nichts an«, fuhr Florian dazwischen. »Familienangelegenheit.«

»Doktor Hahn, bitte. Ich bin Jurist.«

Maria war gerade rechtzeitig mit ihrem voll beladenen Tablett gekommen, um die letzten Worte zu hören. »Ja, genau, der Franz-Josef ist der Rechtsanwalt von der Brigitta. Er verwaltet ihr Geld«, log sie munter drauf los. »Na ja, was davon noch übrig ist. Sie hat ja so viel dem Tierschutzverein gespendet. Und Amnesty International.«

»Was? Tante Gitti, spinnst a bisserl? Das kannst nicht machen!«

»Und was ist mit dem Haus?«, wollte Florian wissen.

»Das ist kompliziert. Darüber kann ich Ihnen so keine Auskunft geben.«

Es wunderte ihn nicht, dass sich die beiden Gauner bald verabschiedeten.

»Ja, ja, Besuch macht immer Freude«, scherzte Brigitta. »Wenn nicht beim Kommen, dann wenigstens beim Gehen.« Sie rückte sogar ihren guten Nussschnaps heraus, um auf den Sieg anzustoßen. Hahn fühlte sich richtig gut. Er hatte es geschafft – besser gesagt: Sie hatten es geschafft. Er stieß mit den beiden Frauen an und versuchte, Maria dabei besonders tief in die Augen zu sehen.

Was inzwischen draußen auf der Straße vor sich ging, ahnte von den dreien drinnen keiner.

»Sieh zu, dass du die alte Schachtel los wirst!«, schnauzte Florian seinen Freund an.

»Meinst, ich soll sie … ich kann sie doch nicht …«

»Stell dich nicht so an! Die stirbt sowieso bald, das ist wie ein Gnadenschuss! Du musst nur warten, bis sie allein ist, dann stoß sie die Treppen runter oder so was. Es muss halt wie ein Unfall ausschauen, kapiert?«

»Ja, aber der Anwalt wird doch Verdacht schöpfen«, winselte Andreas.

»Um den brauchst dir keine Sorgen zu machen!«

Dass die Betrüger bereit waren, sprichwörtlich über Leichen zu gehen, wäre Hahn nie in den Sinn gekommen. Deshalb machte er sich zwei Stunden und ebenso viele Stamperln später – oder waren es drei? – ganz unbekümmert und zu Fuß auf den kurzen Heimweg. Er fühlte sich so zufrieden mit sich und der Welt, dass er den etwas längeren Weg durch das Stift wählte und sich nicht einmal über die modernen Skulpturen ärgerte; er ging sogar zur Tausendjährigen Linde und tätschelte ihren Stamm, dachte daran, wie er einst seiner Traudl hier den Heiratsantrag gemacht hatte. »Bist mir wohl nicht bös«, murmelte er leise und befingerte den Zettel in seiner Sakkotasche. »Ich muss es tun.«

Er verließ das Stift durch das Siebenhirter-Tor und erreichte in wenigen Minuten sein Haus, das sich südlich der Bundesstraße in der Überfuhrgasse befand. Nachdem er es mit der Traudl in den 60er-Jahren gekauft hatte, hatten sie in der touristischen Blütezeit Fremdenzimmer vermietet. Selbst eine Besenkammer hätte man damals anbringen können. Er kannte Leute, die ihre Kinder im Sommer in der Gartenhütte hatten schlafen lassen, um noch ein Zimmer mehr für die Gäste zu haben. Mittlerweile ging es in Millstatt 54 viel ruhiger zu. Anfang der 90er hatten sie, als Traudl krank wurde, das Haus umgebaut; den ersten Stock behielten sie für sich, da sie hier den schönsten Seeblick hatten. Im Erdgeschoss zogen Mirko und Danjela ein, die vor dem Krieg aus Bosnien geflohen waren – und ihre kinderlosen Vermieter in den nächsten Jahren zu Oma und Opa Hahn machten. Das war das schönste Geschenk, was man der Traudl hatte machen können. Egal, wie sehr der Krebs sie schwächte und wie groß ihre Schmerzen waren: Das Kinderlachen half ihr besser als jede Medizin. Wenn sie nur sehen könnte, was aus den drei Buben und dem Mäderl geworden war. Die beiden älteren studierten schon in Graz und Wien.

»So, jetzt reden wir zwei mal Klartext!«

Hahn hielt – in seinen Erinnerungen verloren – die Klinke seines Gartentors in der Hand, als der zwielichtige Freund des vermeintlichen Großneffen ihn an der Schulter packte und die gepflasterte Auffahrt hinauf drängte. »Morgen hast du 10.000 Euro für uns oder die Alte stirbt. Verstehst mich?«

Ein weiterer Schubs genügte und Hahn fiel genau auf den Sack Blumenzwiebeln in dem frisch umgegrabenen Beet, das Danjela neu angelegt hatte, um die Einfahrt zu verschönern. Seltsamerweise verspürte er weniger Angst als Wut.

»Sonst mach ich dich fertig«, drohte der Betrüger und stürzte sich auf sein Opfer. Ein gut 30 Zentimeter langes Pflanzholz mit Metallspitze stak neben den Blumenzwiebeln in der frischen Erde – und einen Augenblick später in Florians Brust.

Wie lange er regungslos neben dem Toten lag, bevor er sich endlich aufrappeln konnte, hätte Hahn später nicht mehr sagen können. Geschockt war er, verständlich. Also, zum großen Teil war der Kriminelle selbst daran schuld, plante er seine Verteidigungsrede. Ja, er hatte sich das Pflanzholz gegriffen und drohend vor sich gehalten. Aber es war Notwehr. Und wie gesagt Florians Schuld. Denn hätte er sich nicht auf Hahn geworfen, hätte er sich nicht selbst – Hahn hatte es ja nur drohend gehalten, ohne böse Absicht – aufgespießt. Notwehr, ja.

»Franz-Josef? Bist du das?«

Mirko!

»Ich … also … da war …«, stotterte Hahn so ertappt, wie nur jemand ertappt stottern konnte, dem eine Leiche zu Füßen lag. Mit einem Pflanzholz in der Brust. »Ich glaube, er ist tot.«

Mirko kam näher und warf einen Blick auf Florian. Er zuckte die Schultern.

»Tja, sieht so aus. Gut gezielt.«

»Nein, nein, ich habe doch nicht … es war ein Unfall … oh Gott …«

Obwohl Mirko so gar nichts von einem Priester an sich hatte, beichtete Hahn ihm alles. Die Gauner. Wie sie diese mit einer Lüge in die Flucht hatten schlagen wollen. Wie Florian ihn verfolgt und angegriffen hatte. Warum auch nicht? Mirko würde ja ohnehin alles erfahren, nach der Verhaftung, die Nachbarn würden reden, die Zeitungen schreiben …

Der beißende Geruch einer Zigarette stieg Hahn in die Nase. Mirko hatte sich eine angezündet. Eine Sorte aus seiner alten Heimat, aus Jugoslawien, wie es vor dem Krieg geheißen hatte, bevor es nicht mehr länger Heimat sein konnte. Genau diese Zigarettenlänge lang überlegte Hahn, was er tun sollte. Er betrachtete den Toten. Auf dem Rücken lag er da, auf Hahns Hof. Auf den alten Pflastersteinen, die zu setzen er damals mitgeholfen hatte. Wenigstens gab es keine Blutlache, die Danjela wegschrubben musste. Es war überhaupt nur wenig Blut zu sehen, gerade rund herum um den Griff des Pflanzholzes. Da musste Mirko ihr ein neues kaufen, denn mit dem würde Danjela wohl nicht mehr …

»So, packen wir es an«, meinte Mirko, während er seine Zigarette in die Erde drückte.

»Ich ruf selbst an.«

»Wen?«

»Na, die Polizei.«

»Blödsinn.«

Überrascht blieb Hahn sitzen, während Mirko aus

dem Gartenhäuschen eine Plane holte. Und die Scheibtruhe. Geradezu mühelos – er war ja noch keine 50 und Bauarbeiter – hob er die Leiche in die Scheibtruhe und hüllte sie so gut es ging in die Plane ein.

»Kommst du oder willst du lieber hier bleiben? Ich schaff es auch allein.«

Wie ferngesteuert folgte Hahn Mirko die Gasse hinunter zum See. Links breitete sich der Schillerpark 55 aus, und Hahn fürchtete, dass selbst um diese Zeit noch Spaziergänger aufkreuzen könnten. Rechts gab es eine kleine Anlegestelle mit Bootsverleih. In wenigen Sekunden hatte Mirko die Leiche in ein Boot gelegt. Ein paar Meter weiter waren schwere Natursteine aufgeschichtet, da der Nachbar eine neue Gartenmauer bauen wollte. Davon nahm sich Mirko ein paar, wobei er mehrmals hin und her laufen musste.

»Dableiben oder mitkommen?«, fragte er nochmals. Hahn stieg ein.

Schweigend ruderte Mirko hinaus auf den Millstätter See. Es war düster. Das nahezu unverbaute Südufer des Sees war dunkel, durch den Wald zogen sich lediglich Spazierwege und ein Radweg 56, der es Sportlichen ermöglichte, den ganzen See zu umrunden. Mirko ruderte weiter. Keiner der Männer – schon gar nicht Florian – verlor ein Wort, während Mirko die Leiche mit den Steinen in die Plane wickelte und mit einem Seil verzurrte. Das Geräusch, mit dem das Paket im Wasser landete, war weniger laut als erwartet.

Der Rückweg kam Hahn sehr viel länger vor. Von den Laternen des Schillerparks fiel Licht auf die Statue des Heiligen Domitian 57, der wenige Meter vom Ufer entfernt aus dem See ragte und eine der tausend Statuen, die er der Legende nach im See versenkt hatte, hoch über seinem Kopf hielt. Was für ein Vorbild.

Am nächsten Tag um die Mittagszeit läutete sein Handy. Hahn war gerade erst in seinem Schaukelstuhl eingedämmert und entsprechend verstört.

»Komm rauf zur Brigitta«, zischte Maria ins Telefon. »Der ist schon wieder da!«

»Wer?«

»Na, dieser falsche Fuffzger. Dieser angebliche Großneffe.«

»Ruf die Poli…« Nein, keine gute Idee! »Warte, ich komme schon.« Er machte sich gar nicht erst die Mühe, sich umzuziehen, und zeigte kein Mitleid mit seinem Mercedes, dessen Motor aufjaulte, als er ihn im zweiten Gang die Alexanderhofstraße hinaufjagte. Er hatte nichts mit, was ihm als Waffe dienen konnte. Nicht einmal einen Gehstock, wo er doch viel zu stolz war, um sich mit so etwas als alter Mann zu erkennen zu geben.

»Der will Geld!«, flüsterte Maria ihm im Flur zu. »Der ist völlig narrisch! Ich glaub, der steht unter Drogen.«

Er nahm seinen ganzen Mut zusammen und ging weiter. Andreas sah in etwa so aus, wie sich Hahn fühlte: zerzaust, unausgeschlafen und unrasiert, mit glasigen Augen.

»Ah, der Herr Rechtsanwalt«, murrte Andreas und stand dann entschlossen auf, immerhin war er einen guten Kopf größer als Hahn. »Hören Sie, ich brauch das Geld wirklich. Sie wollen doch nicht, dass was passiert, oder?«

»Wollen Sie mir drohen?«

»Jessas«, keuchte Brigitta und griff sich an die Brust. »Maria, ich glaub, du musst echt die Polizei rufen.«

»Nein!«

»Das wird doch nicht nötig sein, oder, Andreas?«, beschwichtigte Maria ungewohnt sanftmütig und klang fast mütterlich besorgt um sein Leibeswohl. »Hast überhaupt schon was gegessen? So mit leerem Magen kann man nicht über Geld reden. Ich hab frische Bärlauchnudeln gemacht, die sind so wie Kärntner Kasnudel, aber halt mit Bärlauch [58]. Ich mach dir was warm. Franz-Josef, komm mit und hilf!«

In der Küche holte sie eine Tupperdose aus dem Kühlschrank. »Richt du drei Nudeln auf einen Teller, ich mach die Butter fertig.«

»Rauswerfen sollten wir den Kerl, nicht abfüttern«, grantelte er.

»Sei nicht so zwider«, lachte Maria und schob den Teller in die Mikrowelle. Zwider? Der Trickbetrüger wollte Brigitta bestehlen oder noch schlimmer, wenn man den Drohungen des Gauners glauben durfte.

»Nimm du a Besteck und a Servietten mit«, forderte sie ihn auf, nachdem sie die Nudeln mit genau der richtigen Menge brauner Butter begossen hatte.

»Der Florian kommt auch noch, hat er gsagt«, verkündete Andreas, als sie ins Wohnzimmer zurückgingen. Brigitta knetete nervös die leichte Wolldecke, die sie sich über die Beine geworfen hatte.

»Kein Problem, für den ist noch genug da. Lass es dir lei schmecken. Mahlzeit.«

»Wie viel Geld brauchst denn genau?«, wollte Brigitta zaghaft wissen, als er mit dem Essen fertig war.

»Nix kriegt er!«, schnappte Hahn.

»10.000.«

»So viel hat die Brigitta aber nicht im Haus«, wandte

Maria ein und legte ihre Hand – beruhigend? – auf Hahns Schulter. »Weißt was, der Franz-Josef wird mit der Bank reden. Kommst vielleicht übermorgen oder am Montag in der nächsten Woche wieder?«

Andreas wirkte unschlüssig und tippte auf seinem Handy herum. Vermutlich wartete er auf eine Nachricht seines Freundes. Nach einigem Zögern ging er auf das Angebot ein.

»Ich lass mich aber nicht verarschen«, knurrte er zum Abschied.

»Was sollte denn das?«

»Zeit schinden«, erklärte Maria dem verdutzten Hahn. Spätestens jetzt müsste man am Polizeiposten anrufen, dachte er. Aber dann streichelte Maria seine Hand.

»Du schaust müde aus«, meinte sie fürsorglich. »Fahr heim und leg dich hin, ich bleib bei der Brigitta. So schnell kommt der Andreas nicht zurück.«

Die nächsten Tage saß Hahn wie auf Kohlen. Maria hatte versprochen, ihn sofort anzurufen, wenn sich etwas tat, aber gemeint, er sollte zu Hause bleiben und nicht für noch mehr Unruhe bei Brigitta sorgen. Ja, unruhig war er tatsächlich. Zwei Mal hatte er, als er auf dem Balkon gestanden und sinnierend auf den See hinausgestarrt hatte, schon das Handy in der Hand gehabt, um die Polizei anzurufen. Doch dann hatte er an Maria und ihre Lachfalten und an ihre kurz geschnittenen Haare gedacht, die immer eine Spur zu rot gefärbt waren.

Am Samstagnachmittag rief er sie an. Sie trafen sich im Café Columbia am Georgsritterplatz 59.

»Gut schaust aber nicht aus«, stellte sie unverblümt fest.

»Ich schlaf nicht viel«, gestand er ein. »Du, wegen diesem Andreas …«

»Mach dir doch nicht so viele Sorgen«, unterbrach sie ihn und ergriff seine Hand.

»Wie soll ich mir keine Sorgen machen? Auch wenn er gestern nicht kam: Am Montag steht er sicher wieder vor der Tür. Und was dann? Wir können ihm doch kein Geld geben!«

»Der kommt schon nicht wieder. Vielleicht dieser Florian, der hat böse Augen, finde ich.«

Hahn schluckte. Er nippte an seinem Kaffee. Wartete, bis die Kellnerin in der Küche verschwunden war. »Maria, wegen diesem Florian. Ich muss dir was sagen«, flüsterte er mit rauer Stimme. Stockend erzählte er ihr, was am Dienstag geschehen war und wie er die Leiche im See versenkt hatte. Den Mirko sparte er lieber aus. Sicher war sicher.

»Echt? Wahnsinn.« Maria hatte ihre Hand nicht weggezogen, sondern drückte seine Finger.

»Ich hab ihn umgebracht«, betonte er nochmals, da sie die Tragweite seiner Tat nicht zu verstehen schien.

»Um den ist es nicht schade.«

»Ich sollte mich der Polizei stellen. Es war schließlich Notwehr«, versuchte er, das Richtige zu tun.

»Lass das lieber. Die kriegen uns wegen vorsätzlichem Mord dran.«

»Maria, ich bin Jurist. Das war eindeutig Notwehr.«

»Mord.«

»Notwehr. Er hat mich bedroht und es war ja nicht Absicht, sondern ein Unfall. Na ja, ins Gefängnis werd' ich wohl trotzdem müssen.«

»Ich mag aber nicht sitzen gehen.«

»Dich betrifft es ja nicht. Auch wenn du jetzt davon weißt, du warst nicht daran beteiligt«, beruhigte Hahn sie. »Dir kann keiner was anhaben.«

Maria lächelte und fasste auch nach seiner zweiten Hand. »Franz-Josef, lieber Franz-Josef. Sag, glaubst du wirklich, dass das Bärlauchnudeln waren?«

Sehr viel später an diesem Tag saß Hahn auf seinem Balkon. Herbstzeitlose! Ganz langsam griff er in seine Sakkotasche und zog seinen Zettel heraus. Entfaltete ihn. Legte ihn auf das kleine Tischlein vor sich und griff nach dem Kugelschreiber. Traurig betrachtete er die ach so kurze Liste. Sie umfasste fünf Frauen aus seinem Bekanntenkreis, die wie er verwitwet oder wie die Kohlmaier Riedl noch mit 70 ledig waren, was bei der Riedl aber einen guten Grund hatte. Tja, und da Brigitta selbst für ihn ein gutes Eck zu alt war, die Gruber Rosi keine drei Sätze herausbrachte, bevor sie von ihrem Seppi erzählte, und die Seniorbäckerin vom Schaider mit ihren Venenleiden mehr beim Hausarzt saß, als im Geschäft stand, war nur Maria übrig geblieben.

Hahn seufzte. Dann strich er bedächtig und exakt auch noch ihren Namen durch. Obwohl er nach mehr als einem Monat Grübeln den Entschluss gefasst hatte, nach 15 Jahren Witwerschaft eine neue Partnerin zu finden, blieb ihm nichts anderes übrig. Eine Eva Faschaunerin wollte er nicht im Haus haben. Da würde er ja vor lauter Angst beim vollen Teller verhungern.

44 **Gmünd**: Wo die Flüsse Lieser und Malta ineinander münden, liegt Gmünd, eine alte Handelsstadt, die schon in der Römerzeit von ihrer verkehrsgünstigen Lage (Nord-Süd-Verbindung) profitierte und 1346 das Stadtrecht erhielt. Heute verläuft die Autobahn auf Stelzen durch das Tal, zuvor mussten sich die Touristen auf dem Weg nach Italien durch die Lieserschlucht schlängeln. Verkehr wurde in Gmünd stets so groß geschrieben, dass eine befahrbare Straße sogar mitten durch eine Kirche führt.

In den letzten Jahren hat sich die Stadt mit Galerien und Veranstaltungen als Künstlerstadt positionieren können und verbindet so auf gelungene Weise Altes und Neues. Altstadt mit mittelalterlichem Kern, Resten der Stadtmauer und Stadttore in allen Himmelsrichtungen.

Ausflugsziele und Freizeittipps:

Porschemuseum in Gmünd für große und kleine Rennfahrer.

Ein kurzer Spaziergang durch das Obere Tor Gmünds hinaus führt zur *geteilten Kirche* am Kreuzbichl, durch welche die alte Katschbergstraße führt. Auf der einen Seite befindet sich der Altarraum, auf der anderen sitzen die Kirchenbesucher. (Des Rätsels Lösung: Die Kapelle lag direkt an der Straße, der gegenüberliegende Teil wurde erst später errichtet, um den Kirchgängern Schutz vor der Witterung zu bieten.)

Malta Hochalmstraße (Mautstraße): Vorbei an zahlreichen Wasserfällen führt der Weg durch das

Maltatal (»Tal der stürzenden Wasser«) zu Österreichs höchster Staumauer, der

Kölnbreinsperre: Führungen ins Innere der Staumauer. Am ›Airwalk‹ sollte man schwindelfrei sein, denn da geht es rund 200 Meter weit hinunter. Weit genug, dass manche die Gelegenheit zum Bungee-Jumping nutzen. Der Parkplatz bei der Kölnbreinsperre ist Ausgangspunkt für Wanderungen, beispielsweise am Speichersee entlang zur Osnabrücker Hütte (ca. 2 h Gehzeit, fast ebene Strecke), und für Bergtouren (Tauernhöhenweg, Ankogel).

Malteiner Wasserspiele/Naturlehrpfad: Das Auto bleibt bereits vor der Mautstelle am Parkplatz ›Faller Alm‹ stehen, dann geht es über einen Rundweg zu größeren Wasserfällen.

Die *Innerkrems* und der *Katschberg* sind beliebte Wander- und Winterschigebiete.

Bei Rennweg geht es ins idyllische *Pöllatal* (Naturpark) hinein, das sich insbesondere Familien für Wanderungen anbietet. Eine Tschu-Tschu-Bahn bringt die Wanderer tief ins Tal hinein zur Kochlöffelhütte, wo die Wirtsleute den Kochlöffel zu schwingen verstehen. Spielplatz und Streichelzoo. *Echte* Männer fischen sich ihre Forellen selbst aus dem Teich und bekommen sie dann serviert. Für eine leichte Wanderung auf dem Rückweg bietet sich ein Weg dem Bach entlang an.

45 **Stadtmuseum/Eva Faschaunerin**: Schwerpunktmäßig ist das Museum Eva Faschaunerin gewidmet. Bereits kurz nach der Hochzeit starb deren Mann

Jakob unter merkwürdigen Umständen, Eva geriet in Verdacht und bekannte sich unter den Qualen der »peinlichen Befragung« (Folter) »des Lasters der Giftmisch- und der Vergiftung« und des »Eheleutemordes« schuldig. Sie war die letzte Person, die in Gmünd hingerichtet wurde.

46 **Burgruine Sommeregg** (Seeboden): Mitteleuropas größtes Foltermuseum thematisiert gruselig und lehrreich die Geschichte der Gerichtsbarkeit im Mittelalter und in der Frühen Neuzeit. Wem die Ausstellung nicht zu sehr auf den Magen schlägt, kann sich in der Burgschenke stärken. Angeboten werden hier auch Ritter- und Erlebnisessen. Im August gibt es Ritterspiele und einen Mittelaltermarkt (Öffnungszeiten beachten).

47 **Hauptplatz**: Zwischen dem Unteren Tor (Wahrzeichen der Stadt) und dem Oberen Tor gelegener Straßenplatz mit bemerkenswerten, überwiegend aus dem 16. bis 18. Jahrhundert stammenden Bürgerhäusern. Rathaus. Neues Schloss. Sofern man seine Kinder nicht am Pranger des Oberen Tores anbinden möchte, kann man durch dieses hindurch zu einem Spielplatz gelangen.

48 **Alte Burg**: Auf der Anhöhe über der Stadt befindet sich die Ruine, in deren urigen Gemäuern heute eine Gaststätte betrieben wird (auch Ritteressen möglich). Aussichtsplattform. Veranstaltungsort (z. B. Kabarett, Konzerte etc.).

49 Ausgehend vom 1. Baby- und Kinderhotel in Trebesing spezialisierte sich der Tourismus in der Region um Gmünd auf Babys und (eher jüngere) Kinder. Neben zahlreichen Hotels und Pensionen wurde auch das Freizeitangebot für diese Zielgruppe ausgebaut. Hier nur die Höhepunkte:

Pankratium, das ›Haus des Staunens‹ (Gmünd): Wasser- und Klangerlebnisse.

Märchenwandermeile: Erlebniswanderweg in Trebesing mit einigen Märchenstationen, verschiedenen Spielplätzen und einer 175 Meter langen Hängebrücke über die Drachenschlucht. Für größere Kinder ›Hexenritt‹ über die Schlucht. Shuttleservice.

Eselpark (Maltatal, kurz nach Gmünd): Hauptsächlich verschiedene Eselrassen (manche in kleinkindgerechter Größe), aber auch andere Tiere, Spielplatz. Gummistiefel oder abwaschbares Schuhwerk empfohlen.

Spielplatz Trebesing: Auf der Einhausung der Autobahn wurde ein großer Spielplatz errichtet, der mit diversen Klettergerüsten auch für größere Kinder Unterhaltung bietet.

Wassererlebnispark Fallbach (Maltatal): Ideal an heißen Sommertagen ist der Erlebnisspielplatz am Fuße des eindrucksvollen Wasserfalls. Badeanzug bzw. Reservekleidung empfehlenswert – denn hier wird man nass.

50 **Kaiser-Franz-Josef-Fest** (im August anlässlich des Geburtstags des Kaisers): Parade mit Sisi und Franzerl, Volksfest, für die Kinder Karussell, Ponyrei-

ten und Ähnliches und zumeist als Abschluss ein Feuerwerk.

51 **Benediktinerstift Millstatt**: Ende des 11. Jahrhunderts gegründet war das Stift durch Jahrhunderte ein geistiges und kulturelles Zentrum Oberkärntens. Im 15. Jahrhundert Hauptsitz des neu gegründeten St.-Georg-Ritterordens. Aufgrund der Türkeneinfälle wurde das Stift unter dem ersten Hochmeister Johann Siebenhirter ausgebaut und wehrhaft gemacht. 1598 kam das Stift an die Jesuiten und wurde zu einem Stützpunkt der Gegenreformation. 1737 wurde das Kloster im Zuge eines Bauernaufstandes – ausgelöst durch die an die Kirche zu leistenden hohen Abgaben (Steuern waren schon damals unbeliebt) – kurzfristig von den Rebellen erobert. 1773 Aufhebung des Jesuitenordens, danach stand der Gebäudekomplex unter staatlicher Verwaltung.

Sehenswert sind der Innenhof mit Arkaden und Sonnenuhr mit dem heiligen Sebastian, das Stiftsmuseum und der romanische Kreuzgang. In der Fastenzeit wird der Altar von einem sogenannten Fastentuch (entstanden im ausgehenden 16. Jahrhundert) mit mehr als 50 biblischen Szenen verhüllt.
Freizeittipp:
Musikwochen von Mai bis Oktober mit Konzerten in der Stiftskirche oder im Kreuzgang.

52 **1. Kärntner Badehaus**: Wellness und Spa direkt am See.

53 **Bad Kleinkirchheim**: Im Winter lockt der Ort mit der Kombination von Schipiste und Thermen (Römerbad und St. Kathreintherme). Im Sommer Wandergebiet.

54 **Millstatt**: Einst beliebtes Ziel für Sommerfrischler, wie zahlreiche Bauwerke und Villen aus der Zeit der Jahrhundertwende bezeugen. Verträumter Tourismusort, der am Ende der Sommersaison zum größten Teil in einen Dornröschenschlaf versinkt.
Freizeittipps und Ausflugsziele:
Millstätter Seeschifffahrt als Rundfahrt oder um Teilstrecken zurückzulegen.

Millstätter Höhenwanderweg: Man muss den 200 Kilometer langen Wanderweg auf 600 bis 2.600 Höhenmetern ja nicht auf einmal bewältigen. Empfehlenswerte Einstiege und Hütten mit Aus- und Einblicken:

Pichlhütte auf dem Tschiernock (mautfreie Auffahrt über Tangern). Hier gibt es die Almjause als Meterware und für Naschkatzen Kaiserschmarrn und Palatschinken.

Alexanderhütte (Auffahrt über Tschierweg oberhalb von Millstatt): In etwa 30 Minuten vom Parkplatz bei der Schwaigerhütte zu erreichen, für Kinderwagen (mit großen Reifen und genügend Schubkraft bei den Steigungen) geeignet. Eigene Sennerei mit ausgezeichneten Käsespezialitäten.

Tipp: »Experten« nehmen auf der Wanderung nur Getränke mit und futtern sich von Hütte zu Hütte durch …

Wintertipp: Viele Hütten wie die urige *Schwai-*

gerhütte verleihen Schlitten. Dann heißt es hinaufwandern, sich mit Brettljause, Kasnudeln oder Kaiserschmarren stärken und runterrodeln.

Evangelisches Kulturzentrum Fresach: Toleranzbethaus und evangelisches Diözesanmuseum, das den (Geheim-)Protestantismus in Kärnten behandelt, zudem Sonderausstellungen (April bis Oktober).

55 **Schillerpark**: Parkanlage und weiterführende Promenade.
Freizeittipp:
Ausgangspunkt für den *Domitian-(Pilger)Weg*, der über einen spätbarocken Kreuzweg und Stationen wie die Kalvarienbergkapelle, die Pfarrkirche Obermillstatt und die Wallfahrtskirche Maria Schnee wieder zurück nach Millstatt zur Stiftskirche führt.

56 **Radweg** um den See, auf der Südseite überwiegend Waldwege. Es besteht die Möglichkeit, Teilstrecken mit dem Schiff zurückzulegen.

57 Der Karantanenherzog **Domitian** gab dem Ort seinen Namen, als er der Überlieferung nach im frühen Mittelalter Götzenstatuen (mille statuae = Millstatt) im See versenkte.

58 **Kärntner Nudeln** sind nicht mit Lasagne und Spaghetti zu verwechseln, sondern – traditionell faustgroß – süß oder pikant gefüllte Nudeltaschen. Kasnudeln haben eine Topfen-Kartoffel-Füllung und einen intensiven Geschmack nach Ker-

bel und Minze. Kletzennudeln sind eine beliebte süße Variante (Kletzen = Dörrbirnen). Typisch ist der gekrendelte Rand, der durch Zusammendrücken und Aufbiegen des Nudelrandes entsteht und zeigt, dass sie handgemacht sind. In Kärnten heißt es: »Wer nicht krendeln kann, kriagt kan Mann.« Die Herstellung der Nudeln ist aufwendig, der Vermerk ›hausgemacht‹ daher ein Qualitätsmerkmal.

59 **Georgsritterplatz**, östlich des Stiftes an der Bundesstraße gelegen: In den Sommermonaten montags Bummelmarkt mit Musik, Kulinarik und Unterhaltung auch für die Kinder.

DER BERG RUFT
REGION OBERKÄRNTEN/GROSSGLOCKNER

Dorothea Böhme

Eva gab ihm eine zweite Chance, eine zweite Chance auf ein richtiges Date. So lang war Robert schon in sie verliebt, hatte im Winter das perfekte Date geplant, und dann war ein Mord dazwischengekommen. Nach diesem Desaster hatte er sie einige Male angerufen, sie war auch immer sehr nett gewesen, aber er hatte sich nicht getraut, nach einer weiteren Verabredung zu fragen. Als Eva dann im Juni immer noch Single war, warnte Michi ihn, dass sie das nicht lange bleiben würde.

»Jetzt reiß di zsamm und ruf sie an!«, hatte er gesagt.

Es hatte weitere zwei Monate gedauert, bis sich Robert schließlich traute, sie zu einem Ausflug auf die Großglockner Hochalpenstraße 60 einzuladen. Am heutigen Samstag wollte er sie am frühen Nachmittag abholen und gemeinsam mit ihr hinauffahren, möglicherweise einen kleinen Abstecher zur Edelweißspitze 61 machen, dem höchsten Punkt der Straße, um dort vom Aussichtsturm den Rundumblick auf die umliegenden Dreitausender 62 zu genießen. Auf jeden Fall würden sie spazieren gehen, Murmeltiere sehen, vielleicht auch füttern und die Sonne genießen. Robert wollte ihr einen so zauberhaften Tag bescheren, dass sie ihr Rendezvous im Winter auf dem Weißensee vergaß und ihn wiedersehen wollte, ihn vielleicht sogar zum Abschied küsste. Bevor er sich in Tagträumen verlor, packte Robert schnell ein paar Kleinigkeiten ein – Schokolade für Eva, Obst für die Murmeltiere –, dann bügelte er seine Jeans. Natürlich wurde das von seiner Mutter mit hochgezogenen Augenbrauen quittiert.

»Ich treff noch jemanden.« Er merkte, dass er rot wurde, und verschwand schnell nach draußen. Es war zwar noch früh, nicht einmal halb neun, aber er beschloss, lieber auf der Fahrt etwas zu trödeln, als seiner Mutter zu erklären, dass er zu Eva fuhr.

Handy und Portemonnaie in der Hosentasche, Picknickkorb auf dem Rücksitz, so machte er sich auf den Weg.

Eva wartete bereits vor der Haustür auf ihn. Unter der Woche wohnte sie in einem Studentenwohnheim in Klagenfurt, am Wochenende war sie immer bei ihren Eltern in Winklern. Und offenbar hatte sie auch keine Lust, jemandem daheim ihr Date zu erklären.

»Griaß di.« Sein Strahlen konnte Robert kaum unterdrücken, und auch Eva grinste von einem Ohr zum anderen, als sie ihm ungeschickt ein Bussi auf die Wange gab.

»Wie läuft das Studium?«, fragte Robert, um etwas Small Talk zu machen. Das war bei Eva, passionierte Psychologie-Studentin, genau das richtige Thema. Sie begann, über die Uni zu sprechen, fragte ihn über die Arbeit aus, und so verflog nicht nur die Fahrt, sondern der halbe Tag wie im Flug. Robert hatte das Gefühl, es waren erst zwei Minuten vergangen, da waren sie schon auf der Kaiser-Franz-Josefs-Höhe 63. Am Kaiserstein 64 zeigte Eva sich beeindruckt davon, dass Kaiser Franz Joseph I. tatsächlich von Heiligenblut hier herauf gewandert war, während Robert schon überlegte, was sie als Nächstes tun sollten: Von der Terrasse des

Besucherzentrums die Aussicht auf die Pasterze 65, den längsten Gletscher der Ostalpen, genießen, oder besser doch einen Kaffee trinken?

»Ich möcht' Murmeltiere sehen!«, entschied Eva und begann Ausschau zu halten. »Da, schau! Da ist eins!«

»Wart', ich hab doch was mitgebracht.« Robert kramte im Picknickkorb und hielt Eva ein Stück Apfel hin. Als das Murmeltier Eva mit dem Obst sah, stellte es sich zuerst auf die Hinterbeine und zuckte mit den kleinen Ohren, dann kam es vorsichtig näher. Schließlich ließ das zutrauliche Tier sich von ihr füttern, wobei Eva entzückte und – wie Robert fand – entzückende Laute von sich gab.

»Du, Robert …« Eva stand auf und drehte sich zu ihm um. Ganz nah kam sie an ihn heran, fasste mit ihrer Hand zart nach seiner und öffnete ihren Mund. Robert hielt den Atem an. Und wäre vor Schreck beinahe hintenüber gekippt, als sein Handy klingelte. Der durchdringende Klingelton, der für die Freiwillige Feuerwehr und die Bergrettung reserviert war. Er schloss für einen Augenblick die Augen, fluchte innerlich und nahm dann den Anruf entgegen.

»Servas, Robbie, wir bräuchtn dei Hilfe«, begrüßte Michi ihn. »Bergsteigerin in Not, Großglockner.«

»Ja, da bin i eh.« Robert seufzte.

»Wir werden raufgeflogen.«

Robert nickte und steckte das Handy wieder ein.

»Eva, es tut mir so leid …« In diesem Moment verfluchte Robert nicht nur sämtliche Bergsteiger dieser Welt, sondern auch seine eigene Vereinsmeierei. Bisher hatte er immer Spaß gehabt, aber dass ihm nun auch die Bergretter ein Date versauten, das ging zu weit.

In Heiligenblut 66 überließ er Eva sein Auto, die ihn mit einem weiteren Kuss auf die Wange verabschiedete. Robert würde mit Michi heimfahren.

»Oida, wenn das nicht wichtig ist!«, grummelte Robert, als sein Kumpel ihn begrüßte. »Mindestens ein gebrochenes Bein, besser noch akute Lebensgefahr.«

Michi schlug ihm auf die Schulter, dann machten sie sich auf zum Hubschrauber, der schon bereitstand.

Es war, wie fast immer, keins von beidem: Der Notruf war von einem deutschen Ehepaar gekommen, das in Flip-Flops und Sommerkleidung auf den Berg gestiegen war.

»Ja, sind S' denn komplett deppat?«, fragte Michi aufgebracht, während er der Frau im Spaghettiträger-Top eine Decke umlegte. Sorgsam schüttelte sie ihre blonden Haare, in die sie eine teure Sonnenbrille geschoben hatte.

»Das gibt a saftige Rechnung!« Robert hoffte, dass sie die selbst zahlen mussten. Für diese zwei völlig vertrottelten Touristen hatte er Eva nach Hause schicken müssen und seine womöglich letzte Chance bei ihr verbockt.

»Nun haben Sie sich mal nicht so, das ist schließlich Ihr Job!«

Unverschämt war sie auch noch, die Treappn mit ihrem dicken Make-up. Der Lippenstift war viel zu dunkel, und Robert fragte sich, ob sie durch die dicke schwarze Wimperntusche überhaupt noch etwas sehen konnte.

»Also, hören S' mal, gute Frau«, begann Michi, wurde aber von ihrem Ehemann unterbrochen: »Nana, wir wollen doch alle keinen Streit. Hier, davon kauft ihr euch gleich ein Bier« – er steckte Michi einen Fünfziger zu – »und dann sind wir alle wieder gut.«

»Der Einsatz muss trotzdem gezahlt werden.« So

leicht war Robert nicht umzustimmen, es ging um sein Date mit Eva. *Eva.*

»Puh, was für furchtbare Leute«, meckerte Michi auf der Rückfahrt nach Winklern. »Wie er mir das Geld zugesteckt hat! Als ob i sein Butler wär oder so was. Na, i hoff, die geben der Sandra mindestens a so a Trinkgeld.« Sandra war Michis Cousine, die in Heiligenblut im Hotel Kärntnerhof als Kellnerin arbeitete, in dem die beiden Möchtegern-Bergsteiger untergebracht waren.

Robert nickte. »Depperte Touris. Die sollten besser Murmeltiere füttern gehen, statt auffe auf den Berg.« Murmeltiere, das erinnerte ihn an Eva. »I musst für den Einsatz mein Date abbrechen.«

»Ma, diese Deitschen!« Wenigstens fühlte Michi mit ihm. Auch wenn er sich seit fast sieben Monaten mit seiner Conny in einer Hochphase der Verliebtheit befand. »Wie wär's, du lädst sie ein für morgen auf die Burg Sommeregg? Zu den Ritterspielen, das wäre doch eine perfekte Gelegenheit.«

»Ich kann sie doch net gleich schon wieder fragen, ob sie mit mir ausgeht.«

»Was du heute kannst besorgen, das verschieb mal net auf morgen.« Michi zwinkerte ihm zu. »Außerdem, Robbie, Mittelalter und so. Das ist romantisch. Da stehen die Dirndln drauf.«

Nach dem letzten verunglückten Date hatte er ein halbes Jahr gebraucht, um seinen Mut zusammenzunehmen. Wenn das in dem Tempo weiterging, würden sie im Rentenalter heiraten. Er nickte und griff nach seinem Handy.

»Na, allen das Leben gerettet?«, begrüßte Eva ihn mit einem Lachen in der Stimme. Zumindest nahm sie ihm die zweite gescheiterte Verabredung nicht krumm,

Robert fiel ein Stein vom Herzen. Nach etwas Herumgestottere, zu dem Michi neben ihm Grimassen zog, vereinbarten sie für den nächsten Nachmittag tatsächlich einen Ausflug nach Seeboden zur Burg Sommeregg.

Robert rieb sich die schweißnassen Hände an der Jeans. Wie sollte er bis morgen überleben?

»Und jetzt gemma auf a Bier, wir haben schließlich fuchzg Euro.« Michi parkte seinen Wagen vor der Walasco-Bar. Das würde ein langer Abend werden.

Tatsächlich hatte Robert am nächsten Morgen einen leichten Kater, aber nach einer eingeworfenen Aspirin und Frigga 67 als Frühstück ging es ihm wieder gut.

»Wie war's denn gestern mit Eva?«, fragte seine Mutter, als er gerade den Rest seines Kaffees hinunterschluckte. Auf seinen entsetzten Blick hin zuckte sie mit den Schultern. »Wenn mein Sohn schon seine Hosen bügelt …«

Robert schüttelte den Kopf und stand auf. »Ich geh duschen.«

Kurz nach Mittag holte er Eva ab. Es war genauso warm wie am Tag zuvor, die Sonne schien, und Eva hörte sich bereitwillig seine Geschichte vom leichtsinnigen Touristen-Ehepaar an, das in Flip-Flops auf den Großglockner gestiegen war. Sie schlenderten über den Mittelaltermarkt, sahen sich an, wie man damals Silberschmuck hergestellt hatte, bewunderten die Reiter, die beim Ritterturnier gegeneinander antraten, und tranken Ritterbier und Met, bis es langsam dämmerte.

»Du, Robert!« Inzwischen war es schon fast komplett dunkel. Kichernd fasste Eva ihn am Arm und zog ihn hinter den Stand eines Korbflechters. »Was ich dir gestern sagen wollt' …« Sie ging langsam rückwärts, hielt nun Roberts Hand in ihrer und lächelte. »Also, eigentlich find ich schon lang, dass …« In diesem Augenblick stolperte sie über etwas, das hinter ihr lag, und fiel der Länge nach hin. Als Robert nach ihr fassen und ihr aufhelfen wollte, erwischte er einen Arm. Der jedoch war eindeutig zu dick, um Evas zu sein. Mit der Taschenlampenfunktion seines Handys leuchtete er den Boden ab. Und Eva schrie.

Das durfte doch nicht wahr sein. Das dritte Date, die zweite Leiche. Robert sah genauer hin.

»Jessasmaria, das ist doch der Kerl von gestern!« Er beugte sich hinunter, um dem Toten ins Gesicht zu leuchten. Eindeutig, der Bergsteiger vom Vortag.

Eva hatte inzwischen ihr eigenes Smartphone gezückt und tippte in ihren Kontakten herum.

»Martin?«, fragte sie, als jemand am anderen Ende der Leitung abhob. »Wir haben hier a Leich'.«

Na, wenn ihm das nicht gerade noch gefehlt hätte. Kriminalinspektor Fleischhauer. Keine 20 Minuten später war er da und drückte Eva auch noch einen Krug in die Hand. »Hier, für deine Nerven.« Er lächelte sie an und legte den Arm um ihre Schulter. Frechheit.

Innerhalb weniger Minuten saßen sie auf einer Bierbank in einer hell erleuchteten Taverne, Martin Fleischhauer mit einem Kollegen neben sich, während die Spurensicherung und die Gerichtsmediziner die Leiche hinter dem Korbflechterstand untersuchten.

»Nun erzählt mal«, forderte Fleischhauer sie auf.

Eva fasste kurz zusammen, wie sie den Toten gefunden hatten. »Und deshalb liegt er auch nicht mehr genauso da, wie der Mörder ihn hinglegt hat«, erklärte sie, nachdem sie ihren Sturz beschrieben hatte.

»Es bleiben hoffentlich noch genug Spuren für unsere Forensiker.« Fleischhauer zwinkerte ihr zu.

»Er ist Tourist aus Deutschland, ich glaub Bayern«, mischte Robert sich ein. »Sein Name war, Moment, Meyer. Den Vornamen weiß ich net mehr, aber sie wohnen im Hotel Kärntnerhof. Geld scheint er zu haben. Gehabt zu haben.«

Der Kriminalinspektor blinzelte. »Woher weißt denn das?«

»Wir haben ihn und sei Frau gestern vom Großglockner geholt.«

»Robert ist bei der Bergrettung«, warf Eva ein. Er hätte sie küssen können.

»War er da verletzt?«, wollte Fleischhauer wissen.

Robert schüttelte den Kopf. »Nur unvorsichtig. Hauptsächlich waren wir wegen seiner Frau da, die ist in Flip-Flops und Spaghettiträger-Top auf den Berg.«

Die Polizisten stöhnten.

»Servas, Robbie!« Michi schlug ihm plötzlich von hinten auf die Schulter. An der Art, wie er sich anschließend in Roberts Hemd festkrallte, um nicht zu schwanken, wurde deutlich, dass er schon leicht rauschig war. »Was treibt ihr denn da mit den Kieberern? Wieder a Leich gfunden?« Er lachte schallend.

»Michi ist auch bei der Bergrettung«, sagte Robert. »Wie hieß noch der Kerl gestern? Der vom Großglockner?«

»Eberhard! Das hab i mir gemerkt. An Fuchziger Trinkgeld kriegen wir auch net alle Tag.«

Fleischhauer schrieb mit, und plötzlich wurden Michis Augen groß. »Sag bloß, ihr habt wirklich eine Leiche gefunden? Der Typ von gestern? Jessasmaria.« Er ließ sich neben Robert auf die Bank sinken, der ihn in knappen Worten auf den neuesten Stand brachte.

Weitere brauchbare Informationen für die Polizei hatte er aber auch nicht, sodass Fleischhauer und sein Partner sich schließlich verabschiedeten, um mit ihren Kollegen von der Spurensicherung und der Gerichtsmedizin zu sprechen. Eva entschuldigte sich kurz, um das WC aufzusuchen.

Da stieß Michi Robert an. »Das gibt's ja net, ein zweiter Mordfall. I glaub, da muss wieder unser Meisterdetektiv ran! Mensch, Robbie!« Seine Augen leuchteten verräterisch. »Und du, über die Sandra kommen wir doch sicher an Informationen ran! Wer weiß, vielleicht haben sie im Kärntnerhof was mitbekommen?«

»Das war ein ziemlicher Zufall das letzte Mal. Außerdem …« Sein Gedanke wurde von einer laut kreischenden Frauenstimme unterbrochen.

»Wo ist mein Hardy, wo ist mein Hardy?« Die tapfere Bergsteigerin von gestern stöckelte in selbstmörderisch hohen Absätzen auf die Polizisten zu, wobei sie sich theatralisch die Hände an die Schläfen legte.

»Das ist doch gespielt«, flüsterte Michi.

Auch Robbie fand ihren Auftritt nicht ganz überzeugend. Andererseits, hörte man nicht immer, dass die Münchner High Society viel Protz und Schein war? Vielleicht musste man da einfach durchgehend schauspielern.

Auch Fleischhauer schienen ihre Krokodilstränen misstrauisch zu machen, er bedeutete seinem Kollegen, sich näher mit ihr zu befassen. Der Grund, weshalb er sie nicht selbst befragte, war offensichtlich Eva, die gerade vom WC zurückgekehrt zu ihm trat. Nachdem sie ein paar Worte gewechselt hatten, kam Eva an ihren Tisch, um Robert einen flüchtigen Kuss auf die Wange zu geben. »Du, ich bin völlig fertig, i muss heim.«

»Klar!« Robert sprang auf, die Autoschlüssel schon in der Hand, doch Eva schüttelte den Kopf.

»Bleib ruhig, trink was mit Michi. Martin fährt mich.« Sie winkte noch einmal, dann war sie verschwunden.

»Ja, bist du deppert.« Robert ließ sich zurück auf die Bank sinken.

Michi zog bedeutungsvoll die Augenbrauen hoch. »Kri-mi-nal-in-spek-tor«, intonierte er. »Immer noch ka Lust, Meisterdetektiv zu spielen?«

Robert schüttelte den Kopf, dann nickte er schnell. »Lass uns dem blöden Fleischhauer seinen Fall lösen.«

»Das ist die richtige Einstellung.« Michi hob die Hand und Robert schlug ein.

»Die Ehefrau, die knöpfen wir uns als Erstes vor.« Michi schien wieder nüchtern und voll in seinem Element.

»Und wie stellen wir das an?«

»Heute nicht, heute ist die Polizei da. Aber morgen Abend fahren wir nach Heiligenblut. Wir erkennen in ihr unsere gerettete Bergsteigerin wieder und laden sie auf einen Drink ein.«

Kein schlechter Plan, das musste Robert zugeben. »Und nach dem vierten Getränk, da plaudert sie sicher auch noch das letzte Geheimnis aus«, sagte er.

Michi prostete ihm zu. »Treffpunkt morgen Abend um sechs bei mir.«

Den ganzen nächsten Tag hörte Robert nichts von Eva, er selbst traute sich auch nicht, ihr eine SMS zu schicken. Es war wie verhext mit ihren Dates, konnte da nicht einmal etwas richtig laufen?

»I hab Sandra schon Bescheid gesagt«, informierte Michi ihn, als er zu Robert ins Auto stieg. »Sie hat mir versprochen, die Meyer im Aug' zu behalten und auch die Zimmermädchen und anderen Kellnerinnen zu fragen.«

Michi schien alles im Griff zu haben – und Sandra hielt auch tatsächlich Wort. »I mach a kurze Rauchpause!«, rief sie ihrer Chefin hinter dem Tresen zu, als Robert und Michi im Kärntnerhof auftauchten. Draußen vor dem Hintereingang steckte sie Robert eine Liste zu. »Das sind die Telefonanrufe, die sie von ihrem Zimmer getätigt haben, mit Telefonnummer und Dauer.«

»Haben die kein Handy?«, fragte Michi erstaunt.

»Roaming-Gebühren, sind alles Anrufe ins Ausland.« Sandra zuckte die Schultern. »Unser Haustelefon kost net so viel.«

»Die Telefonnummern werd i daheim googeln.« Robert steckte den Zettel ein. »Vielleicht kriegen wir dazu Namen raus. Was ist dir denn sonst aufgefallen?«

»Na, also gestritten haben sie sich schon ganz schön.« Sandra nahm einen verschwörerischen Tonfall an. »Das ist net nur mir aufgfallen, wir hatten sogar Beschwerden aus dem Nebenzimmer, dass die Meyer so laut schreit. Die hat mit Schuhen geworfen. Die Zimmermädchen haben einen Schmutzabdruck von der Wand wischen müssen, ich sag euch, da ging's heiß her.«

»Und reich war er a«, überlegte Robert. Sonst hätte er über die Kosten des Rettungshubschauers nicht so lachen können. »Das heißt, sie wird auch eine Menge erben.«

»I waß aber noch etwas.« Sandra wippte auf den Zehenspitzen und grinste sie an. »I waß, warum sie immer so gestritten haben. Er hatte eine Geliebte.«

»Ah geh!«

»Doch! Wenn ich's euch sage.«

»Und woher willst du das wissen?«

»Die war sogar hier.« Sandra zog einen Zettel aus ihrer Schürzentasche und kritzelte einen Namen und eine Telefonnummer darauf. »Ihr könnt Gina anrufen, die hat mir das am Freitag erzählt. I hab sie seitdem net mehr gsehn, aber i schwör, es ging um die Meyers. A kreischende Frau, dann noch ane und mittendrin an verzweifelter Mann, der Gina 50 Euro zugsteckt hat, damit sie die Pappn hält.« Das war also offenbar Eberhard Meyers normales Verhalten auf alles Unvorhergesehene.

»Das ist ja wirklich ein Hammer, danke, Sandra!« Michi drückte ihr den Arm. »Dafür spendier i dir nächstes Wochenende an Cocktail.«

»Es könnte jede von ihnen gewesen sein«, überlegte Robert, »die Geliebte oder die Ehefrau. Aus Eifersucht, im Affekt oder wie das heißt.«

»Genau.« Michi nickte bekräftigend.

»Vielleicht weiß die Ehefrau ja sogar, wer die Geliebte ist.«

»Und wenn sie betrunken ist, kriegen wir es aus ihr raus!«

»Aber zuerst fragen wir mal deine Kollegin, Sandra.« Robert drehte den Zettel mit Ginas Telefonnummer in der Hand.

»I muss ohnehin zurück zur Arbeit.« Sie gab beiden ein Busserl auf die Wange und verschwand in der Pension.

Robert und Michi setzten sich auf die Sonnenterrasse und bestellten erst einmal einen Verlängerten. Dann wählte Robert Ginas Nummer. Wie Sandra versprochen hatte, konnte sie ihnen einiges verraten.

»Das war total verrückt.« Sie lachte. »Die Meyers standen grad bei mir an der Rezeption, die Frau hat sich darüber beschwert, dass das Duschgel trotz der Aufschrift ›Rosenduft‹ nicht nach Rosen duftet, da stöckelt ihr komplettes Abziehbild, vielleicht zehn, 15 Jahr jünger, herein. Die gleichen blonden, langen Haar, die gleiche teure Sonnenbrille, die gleichen furchtbaren ausgebleichten Jeans. Man hätt sie für Schwestern halten können. Ja, und dann geht das Geschrei los. Die Jüngere stürzt auf den Meyer zu, schreit ›Du Schwein‹ und knallt ihm eine. Die Ältere erfasst die Situation mit einem Blick, haut ihm auf der anderen Seite eine runter und beleidigt dann die Jüngere. Die rächt sich, indem sie der Meyer die Brille vom Kopf stößt, und dann geht eine Rangelei los, die beiden haben der Meyer und i nur mühsam trennen können.«

»Jessasmaria! Passiert so was öfter bei euch?« Robert stellte das Handy auf Lautsprecher, damit sein Freund mithören konnte.

»Also, das war das erste Mal, dass i so etwas mitbekommen hab. Jedenfalls hält er seine Frau fest, ich die jüngere Version, und es ist wie im Film, schwer atmend stehen die beiden sich gegenüber, schließlich reißt sich die Geliebte los, schüttelt die Haare aus und verschwindet mit einer letzten Beleidigung hoch erhobenen Hauptes aus der Lobby. I hab mir das Grinsen nur mühsam verkneifen können. Und was der Meyer dann alles abbekommen haben muss von seiner Frau … na ja, von dem Geschrei und dem Schuhweitwurf habt ihr ja sicher schon gehört.«

»Genau. Sie hat ihm die Hölle heiß gemacht. Verständlich«, fügte Robert hinzu. »Immerhin hat er sie betrogen.«

»Und jetzt ist er tot.«

»Meinst du, es war die Frau? Wie wirkte sie, als sie von seiner Affäre erfahren hat?«

»Hm.« Gina überlegte. »Sie ist regelrecht durchgedreht, das sicher. Aber als i dabei war, hat sich ihre Wut hauptsächlich auf ihr Abziehbild entladen. Klar, hinterher ist sie ihn auch angegangen, aber umbringen … Na, wenn dann, hätt sie es gleich tun müssen.«

Robert nickte, und Gina fuhr fort: »Die Geliebte hätte auch ein starkes Motiv. Er muss ihr ja wohl irgendetwas versprochen haben, sonst wär sie nicht ins Hotel gekommen, um ihm eine runterzuhauen und ihre Affäre vor der Ehefrau auszuplaudern.«

»Richtig. Vielleicht hat er ihr gesagt, er lässt sich scheiden, und dann hat sie herausgefunden, dass er dazu keinerlei Absichten hat.« Robert sah Michi an, der bedeutungsvoll die Augenbrauen hochzog. »Danke, Gina, du hast uns wirklich sehr geholfen! Wenn dir noch etwas einfällt …«

»Hab i ja dei Nummer! Viel Erfolg bei euren Nachforschungen.« Gina verabschiedete sich.

»Dann müssen wir jetzt also unbedingt an diese Frau Meyer kommen«, bemerkte Michi, während er Sandra winkte. Er bestellte zwei Aperol-Spritz, an denen sie so lange schlürften, bis Robert besagte Frau Meyer in High Heels und mit Sonnenbrille auf die Terrasse stöckeln sah. Er stieß Michi an, dann winkte er der Frau schüchtern.

»Ach, unser Burgfräulein in Not!«, rief Michi und zwinkerte ihr zu. »Aber kommen S' doch zu uns. Haben S' den Schreck vom Großglockner schon verarbeitet?«

Sie zögerte, schaute einen Augenblick verwirrt vom einen zum anderen, dann setzte sie ein strahlendes Lächeln auf. Der Tod ihres Mannes schien wirklich keine allzu große Trauer in ihr auszulösen.

Es dauerte ein paar Aperol-Spritz, bis sich ihre Zunge löste. Sie erzählte einiges von ihrem Society-Leben in

München, vom Beruf ihres Mannes – Bauunternehmer –, aber erst nach dem vierten Glaserl, wobei Michi zwischendurch für zwei Runden Jägermeister gesorgt hatte, begann sie über den Mord an ihrem Ehegespons zu sprechen.

»Wissen Sie, es ist ja so schrecklich.« Sie schob die Sonnenbrille, die wegen der untergehenden Sonne auch nicht mehr notwendig war, ins Haar und tupfte sich die Augen mit der Serviette ab. »Was soll ich denn jetzt tun ohne meinen Hardy?«

»Aber Sie sind doch a fesche junge Frau«, sagte Michi, »Ihnen steht die Welt offen! Und dazu werden S' doch sicher noch a ganze Menge erben.«

»Erben …« Sie seufzte. »Das stimmt wohl. Aber wer übernimmt jetzt die Firma? Das muss doch weiterlaufen. Und ich kenne niemanden, dem ich die Führung anvertrauen würde. Hardys rechte Hand, der Thomas, oh nein, der würde mich übers Ohr hauen, ganz bestimmt. Der hat Hardy sein Glück doch immer geneidet.«

Robert wurde hellhörig. »Es gab Streit zwischen den beiden?«

»Und wie!« Sie beugte sich vor, um die nächsten Sätze zu flüstern. »Insgeheim wollte Thomas die Firma übernehmen. Er hat versucht, Hardy auszubooten. Wie genau, das weiß ich leider nicht, ich habe ja keine Ahnung von diesen geschäftlichen Dingen!« Sie lachte künstlich. »Aber ich weiß, dass Hardy in letzter Zeit sehr viel Stress mit Thomas hatte.«

Nun hatten sie schon eine dritte Spur, die sie verfolgen konnten. Das Gespräch mit Regine – »Sagt doch Du zu mir, ich bin die Reschin« – lief sogar noch besser als gedacht. Die einzige Frage, die sich stellte, war: Wie kamen sie an diesen Thomas heran?

»Der Hardy hat ja schon ganz schön Glück ghabt mit dir. Net nur hübsch und klug, du hast ihn auch geliebt. So a Schwein muss a Mann erstmal haben.« Michi trug etwas sehr dick auf, fand Robert, aber Regine hatte inzwischen tatsächlich schon so einen Dampf, dass sie seine Charme-Offensive nicht bemerkte.

»Der Hardy hätte mich auf Händen tragen sollen.« Sie nickte bedeutungsschwer. »Auf Händen! Und jeden Wunsch von den Augen ablesen. Und was macht er stattdessen? Betrügt mich mit …« Sie brach ab und riss die Augen auf.

»Er hat dich betrogen? Dich? Das kann i mir aber überhaupt net vorstelln!« Michi strich mit seinem Finger ihren Arm hoch. »Mit deiner Doppelgängerin vielleicht.«

Ganz undamenhaft schnaubte Regine. »Mit meiner kleinen Schwester!« Dann stürzte sie ihren Aperol-Spritz hinunter, stand leicht schwankend, aber entschlossen auf und stöckelte zurück ins Hotel.

Michi und Robert blieben mit offenen Mündern zurück. »Das darf net wahr sein!« Robert kritzelte diese neue Information schnell auf seinen Notizzettel, während Michi sich vor Lachen auf den Oberschenkel schlug. »I glab's ja net!«

»Da hat Gina ja absolut recht gehabt, es war wirklich ihr Abziehbild.«

»Okay. Die Schwester und dieser Thomas.« Robert nickte und winkte Sandra zu sich herüber. »Du, sag amal, hat die Meyer bei ihrer Anmeldung einen Personalausweis vorlegen müssen? Hast vielleicht ihren Mädchennamen?«

Sandra versprach nachzuschauen und kam keine zehn Minuten später mit der Information *Gilbert* zurück.

»Dann müssen wir jetzt nur noch alle Pensionen und Hotels im Umkreis anrufen und Frau Gilbert verlangen. Falls sie nicht geheiratet hat.« Robert stützte die Hände auf die Knie. »Das kann anstrengend werden.«

»Ach, kein Thema«, versprach Michi. »Conny hat morgen frei und freut sich sicher, mal in unsere Ermittlungen einbezogen zu werden.«

Ihre Ermittlungen, herrje, das hatte inzwischen ja Ausmaße angenommen …

Robert, der nur zu Beginn einen Aperol-Spritz getrunken hatte und dann auf Cola umgestiegen war, fuhr sie heim.

Die Arbeit in den nächsten beiden Tagen war fast schon eine Unterbrechung dessen, was er eigentlich tun wollte. Er bekam einen Anruf von Eva. »Du, der Martin hat mich gefragt, ob du dich schon wieder in seinen Mordfall einmischst?«

»Was?« Robert musste husten. Eva sprach mit Martin?

»Du warst im Kärntnerhof in Heiligenblut.«

»Hab mit Michi an Aperol getrunken.«

»Ich …« Eva machte eine Pause. »Das sollte kein Vorwurf sein«, sagte sie schließlich leise. »Ohne deine Hilfe wäre die Polizei beim Mord am Josef aufgschmissen gewesen.«

Augenblicklich hatte Robert das Gefühl, drei Zentimeter größer zu sein.

»Du, Eva?« In seiner Brust flatterten hundert Schmetterlinge. »Hättest Lust, es am Samstag doch noch mal mit dem Mittelalterfest zu versuchen?«

»Ja, sicher!«

Er versprach, sie mittags abzuholen, und schwebte den Rest des Tages wie auf Wolken.

Am Donnerstag rief endlich Michi an, seine Conny hatte herausbekommen, dass im Landhotel Post tatsächlich eine Martina Gilbert untergekommen war.

»Und der Hammer: Die wohnt auf einem Doppelzimmer. Dreimal darfst du raten, mit wem?«

»Mit ihrem Mann?«

»Thomas Bauritz!«

»Das ist aber nicht *der* Thomas? Der Thomas, der *Hardy* aus dem Geschäft haben wollte?«

Michi lachte schallend. »Genau der! I hab ihn gegoogelt. Geschäftsführer bei Hoch- und Tiefbau Meyer.«

»Das ist ja ein Ding.« Robert schnappte sich seinen Autoschlüssel. »Da müssen wir unbedingt hin!«

»Halt die Füße still.« Michi lachte. »Die sind im Augenblick nicht da, haben ein dreitägiges Ausflugspaket zum Wellnessen gebucht. Am Samstag sind sie aber wieder zruck.«

»Da geh i mit Eva auf den Mittelaltermarkt.«

»Noch besser! Die Gilbert hat nämlich an der Rezeption nach den Zeiten für die Ritterspiele gefragt.«

»Aber …«

»Nichts *aber*, was glaubst du, wie beeindruckt Eva sein wird, wenn wir am Samstag den Fall lösen?«

Dem konnte Robert kaum widersprechen. »Dann sorg du dafür, dass die ältere Schwester auch kommt. So setzen wir sie unter Druck.«

»Hervorragende Idee, Herr Meisterdetektiv. Die mag meinen Charme eh, die frisst mir aus der Hand. Dann bis Samstag. Pfiat di!«

Das Wochenende lockte wieder einmal mit strahlend blauem Himmel, und als er mit Eva auf dem Mittelaltermarkt am Fuße der Burg Sommeregg umherschlenderte, vergaß Robert fast, dass er ja noch einen Mord aufklären wollte.

»Da ist ja Michi!«, sagte Eva auf einmal und deutete mit dem Finger nach vorn.

Wie verabredet hatte er *Reschin* dabei und zwinkerte Robert zu. Sie hatten gerade zu viert etwas zu trinken bestellt und waren gemütlich ins Plaudern gekommen, da riss Regine plötzlich die Augen auf und schrie: »Was machst du denn hier? Und dann noch mit dem?«

»Dein Plan geht auf«, flüsterte Michi Robert zu, während Regines Schwester Martina und Thomas auf sie zukamen.

»Das ist jawohl ein freies Land«, keifte Martina zurück.

»Aber meine Damen, es gibt doch keinen Grund zu streiten.« Thomas Bauritz breitete die Arme aus, grinste, und Robert fiel auf, dass sich nicht nur die beiden Damen unglaublich ähnlich waren: Bauritz war fast das Ebenbild vom toten Eberhard Meyer.

»Du Verräter«, zischte Regine. »Hardy ist noch keine Woche tot und du hast mir schon den Zugang zum Firmenkonto gesperrt.«

»Weil es ein Firmenkonto ist, meine Liebe.« Thomas lächelte sogar noch schmieriger, als Hardy es getan hatte.

»Und du«, wandte Regine sich an Martina. »Schämst du dich nicht? Erst meinen Hardy verführen, den Ehemann deiner Schwester, und bei der nächstbesten Gelegenheit wirfst du dich seinem Geschäftspartner an den Hals?«

»Thomas und ich sind schon seit Monaten zusammen«, sagte Martina und warf die Haare über die Schulter zurück.

»Und warum musstest du mir dann meinen Hardy

wegnehmen?« Jetzt machte Regine wieder auf arme, betrogene Witwe. Es passte einfach nicht zu ihr.

»Geflohen ist dein Hardy vor dir!« Martina wurde laut. »*Diese Schnepfe*, das hat er über dich gesagt. *Diese hohle Nuss*. Ich konnte mich ja gar nicht wehren, so sehr hat er mich bedrängt!«

»Lügnerin!« Regine hob die Hand, die Michi gerade eben noch festhalten konnte. Eine Schlägerei war das Letzte, was sie jetzt gebrauchen konnten.

»Was ist denn hier los?« Nun war die Polizei auch noch dabei. Kriminalinspektor Fleischhauer lächelte Eva an und wandte sich dann an Martina. »Sie stehen unter Mordverdacht. Sie hätten sich heute Morgen auf dem Revier melden sollen.«

»Was? Mordverdacht? Etwa Hardy?«

»Sie haben kein Alibi.«

»Aber … aber ich war doch den ganzen Abend mit Thomas zusammen!«

»Und dann hast du einen Anruf bekommen und warst für eine Stunde verschwunden.« Thomas entfernte sich einen halben Schritt von Martina.

»Ja, von Regine!«, schrie sie.

»Das kann ich bestätigen.« Ihre Schwester nickte. »Ich habe ihr Vorwürfe gemacht wegen ihrer Affäre mit Hardy. Allerdings nur etwa fünf bis zehn Minuten. Was sie den Rest der Stunde gemacht hat …«

»Du hast mich völlig fertiggemacht! Wolltest unseren Eltern alles erzählen, jedem daheim im Dorf, dass ich mir den Ehemann meiner Schwester schnappe! Dabei hat Hardy sich an mich herangemacht. Dreimal habe ich ihn abgewiesen. Dreimal! Aber dann hatte ich Mitleid mit ihm …«

»Und dann hast du dich richtig in ihn verliebt«, ergänzte Regine. »Und als er mich nicht verlassen wollte, da hast du ihn umgebracht.«

»Nein! So war es nicht!«

»Es gibt Zeugen, dass Sie Eberhard Meyer geschlagen und wüst beschimpft haben«, mischte Robert sich ein. »Im Hotel Kärntnerhof.«

»Ha!« Zufrieden verschränkte Regine die Arme vor der Brust.

»Du Miststück«, sagte Thomas.

»Abführen.« Fleischhauer winkte zwei Streifenpolizisten zu sich.

»Ah, ähm, vielleicht ... noch nicht ganz so schnell?« Robert zog Sandras Zettel mit der Anrufliste aus seiner Hosentasche. »Es ist nämlich so, dass ... Nun ja, wie soll i sogn, net nur Eberhard ein Verhältnis mit Martina hatte, sondern auch Regine eines mit Thomas.«

»Was?«

»Ich hab die Telefonnummern und vor allem die Zeiten verglichen«, erklärte Robert. »Sandra hat mir erzählt, dass Regine nachmittags oft allein am Zimmer war, während Eberhard sich in der Bar schon einen angesoffen hat. Und jeden Nachmittag gab es stundenlange Gespräche mit Thomas Bauritz.«

»Das ist doch absurd!«

»Ich denke, das ist interessant.« Fleischhauer legte den Kopf schräg.

»Meine Theorie ist folgende.« Robert räusperte sich. »Regine und Thomas haben eine Affäre. Hardy stört dabei auf zweierlei Weise: Einerseits ist er Regines Mann, andererseits gehört ihm auch die Baufirma, die Thomas gern übernehmen würde. Also beschließen sie, ihn zu beseitigen. Natürlich ist ihnen bewusst, dass der Verdacht sofort auf einen von ihnen fallen würde, also brauchen sie einen Sündenbock. Und da kommt ihnen Hardys Affäre mit Martina gerade recht …«

»Gelogen! Das ist alles gelogen!«, schrie Regine. Es war das erste Mal, dass ihre Wut und ihre Aufgebrachtheit nicht gespielt wirkten.

Schachmatt, dachte Robert zufrieden und steckte sein Zetterl wieder ein.

»Gute Arbeit.« Nachdem die Streifenpolizisten sowohl Regine und Thomas als auch Martina weggebracht hatten, klopfte Fleischhauer ihm auf die Schulter. »Das werden wir natürlich noch überprüfen, aber ich bin überzeugt, dass deine Theorie stimmt.«

Robert lächelte, als sich plötzlich eine kleine Hand in seine legte.

»Du bist mein Held«, flüsterte Eva ihm zu und gab ihm einen Kuss auf die Wange.

»Hey, Eva, hilf mir tragen, das muss gefeiert werden!«, rief Michi vom Bierstand, und ihre Hand verschwand aus Roberts. Das Gefühl aber blieb.

»A nette Freundin hast«, sagte Fleischhauer.

Robert grinste. »Und du kriegst sie net.« Schließlich war er ihr Held, er allein.

»Was?« Fleischhauer lachte. Als er merkte, dass es Robert ernst war, legte er ihm eine Hand auf die Schulter. »Deine Eva ist ein tolles Mädchen, wirklich, aber sei mir net bös', etwas zu jung für mich. Und möglicherweise zu blond.« Robert folgte seinem Blick, der an einer hübschen Frau mit dunklen Locken hängen blieb, von der Robert hätte schwören können, sie schon einmal gesehen zu haben.

»I glab, die hat dem Karatscheck neulich die Brieftasche geklaut.«

Fleischhauer rieb sich die Stirn und schaute dabei so unglücklich, dass Robert sich beeilte hinzuzufügen: »Aber er hat sie übelst angebraten, da hat er es schon verdient ghabt.«

Fleischhauer nickte zweifelnd.

»Außerdem geht das ja die Mordkommission nix an.« Seit Robert wusste, dass seine Eva nur ihn wollte, schien der arrogante Kieberer gar nicht mehr so arrogant und sogar ganz in Ordnung zu sein.

FREIZEITTIPPS:

60 Großglockner: Mit Bus, Auto, Motorrad oder sportlich mit dem Fahrrad ist die Hochalpenstraße (48 Kilometer, 36 Kehren) immer ein Fahrerlebnis, auf der anderen Seite geht es runter nach Salzburg. Wanderwege, Bergsteigerrouten, Gletscherweg über die Pasterze. Selbstverständlich gibt es auch einige Berggasthöfe und Jausenstationen. Vierbeinige »Ureinwohner« lassen sich beobachten und teilweise sogar füttern und streicheln. Für Kinder gibt es aufregende Themenspielplätze.
Freizeittipp:
Der *Alpe-Adria-Trail* windet sich vom Großglockner bis Muggia, südlich von Triest.

61 **Edelweißspitze:** Beim Parkplatz Fuscher Törl führt eine Straße auf den Gipfel nordöstlich des Großglockners. Höchster Punkt der Hochalpenstraße (2.571 Meter Höhe) – und aus rein touristischen Gründen erbaut. Aussichtsturm. Edelweißhütte mit Restaurant und Zimmervermietung, bei Bikern beliebt, für Busse nicht geeignet. Berggipfel und Hütte liegen allerdings schon auf der Salzburger Seite des Großglockners. Aber nicht nur hier lohnt sich ein Abstecher über die Grenzen Kärntens hinaus.

62 Etwa 30 Dreitausender (u. a. Großglockner, Brennkogel, Fuscher-Kar-Kopf, Breitkopf, Hohe Dock).

63 **Kaiser-Franz-Josefs-Höhe**: Höhepunkt der Hoch-

alpenstraße (2.369 Meter). Von hier hat man einen fantastischen Blick auf den Gipfel (3.798 Meter) und den Gletscher, die Pasterze.

Besucherzentrum mit Ausstellung zum Großglockner, Glocknerkino, Erlebnispfad ›Feld & Eis‹ und eine Automobilausstellung.

64 **Kaiserstein:** Panoramaweg zur Wilhelm-Swarovski-Beobachtungswarte, um mit modernen optischen Hilfsmitteln einen Blick auf die Bergwelt und ihre Bewohner zu werfen.

65 **Pasterze:** (Noch) der größte Gletscher Österreichs und der längste der Ostalpen. Sie sollten die Pasterze aber möglichst bald besuchen …

66 **Heiligenblut**: Bergdorf am Fuß des Großglockners, auf Kärntner Seite Ausgangspunkt für die Hochalpenstraße. Die gotische Kirche mit dem dahinter aufragenden Großglockner war schon lange vor der Ära der allzeit gegenwärtigen Digital- und Handykameras ein beliebtes Bildmotiv. Wallfahrtsstätte mit Reliquie des Heiligen Blutes.

Ausflugsziele und Freizeittipps:

Im Kleinen Fleißtal befindet sich ein originalgetreu rekonstruiertes *Goldgräberdorf* im Stil des 16. Jahrhunderts, in dem man selbst sein Glück versuchen kann.

Wander-, Bergsteiger- und Schigebiet, wobei am Friedhof von Heiligenblut ein Denkmal an all die verunglückten Bergsteiger erinnert. Möglichkeit der Nacht-Bergfahrt (›Nacht der Sterne‹).

Möllschlucht Klettersteig am Fuße des Großglockners mit langen Seilbrücken.

67 **Frigga (Fricka):** Deftige Kärntner Speise aus Eiern, (fettem) Speck und Bergkäse, dazu isst man entweder Brot oder Polenta (gekochter Maisgrieß). Das brauchten die Menschen früher, um Kraft für ihre Arbeit als Holzfäller, auf dem Feld oder im Bergbau zu tanken. Heutzutage braucht man danach einen Schnaps.

Die Frigga ist auch in Slowenien bekannt, dort und teilweise auch im Gailtal nimmt man statt Eiern oft gekochte, blättrig geschnittene Kartoffeln.

HAHNENKAMPF

REGION MITTELKÄRNTEN/VILLACH/ FELDKIRCHEN/FRIESACH/GURK/METNITZ

Alexandra Bleyer

Pünktlich hielt der Reisebus auf dem großen Parkplatz beim Billa. Hahn holte tief Luft, bevor er einstieg. Ein prüfender Blick über die Sitzreihen hinweg beruhigte ihn: Der Frauenanteil betrug etwa 85 Prozent.

Stumm dankte er Brigitta, der er – indirekt – den Tipp mit den Busreisen zu verdanken hatte. Denn als er sie im Juli im Altersheim in Seeboden 68 besucht und sie so nett geplaudert hatten, war ihm sein Wunsch nach einer Partnerin herausgerutscht.

»A Busreise sollten S' machen«, hatte ihre Tischnachbarin schmunzelnd gemeint. »Da sind Männer immer Mangelware. Mei Tochter macht de immer.«

»Ja, das wäre eine Überlegung. Was meinst dazu, Brigitta?«

Sie sah ihn lange an und grübelte. »Entschuldigen S'«, meinte sie schließlich. »Aber wer sind Sie?«

»Machen Sie sich nichts draus«, raunte die freundliche Krankenschwester, die das Kaffeegeschirr abservierte, dem verdatterten Hahn zu. »Das ist so bei der Demenz. Manche erkennen die eigenen Kinder nicht mehr, tragisch, aber das ist halt so.«

Tragisch. Ja.

Daran wollte er jetzt aber gar nicht denken.

Er war auf Mission. Nachdem die Rosi im Sommer zu

ihrem Seppi gegangen war – möge sie in Frieden ruhen – und es ihm jedes Mal, wenn er die Maria auf einen Kaffee traf, schwer fiel, ihr in die Augen zu sehen und an etwas anderes als Bärlauchnudeln und den Heiligen Domitian zu denken, drohte Hahn ganz zu vereinsamen.

Eine Woche nach seinem Besuch bei Brigitta hatte sich Hahn aufgerafft und einen Tagesausflug über die kurvenreiche Nockalmstraße 69 gebucht. Dabei war er zu zwei entscheidenden Erkenntnissen gelangt:

Die Dame im Altersheim hatte recht: Mehr als die Hälfte der Teilnehmer waren allein stehende Frauen.

Wenn er jemals wieder eine Busreise unternehmen und überleben wollte, musste er sich in der Apotheke ein Mittel gegen Reisekrankheit kaufen. So konnte er auf die Brettljause im Karlbad 70 dankend verzichten.

Heute ging er einen großen Schritt weiter. Bislang hatte er nur an Tagesausflügen teilgenommen, dieses Mal war es eine Drei-Tages-Reise, bei der sie in Friesach zweimal übernachten sollten. Hahn fühlte sich fast so aufgeregt wie vor seiner Hochzeitsreise nach Grado, auf seiner Puch-Maschine.

»Grüß Gott, die Herrschaften«, tastete er sich nach links und rechts nickend den Gang entlang. »Ja, die Frau Susanne und die Frau Herta sind auch wieder mit. Grias Ihnen!« Zu seiner Freude waren die beiden Sitze neben ihnen frei; auf den Fensterplatz verzichtete Hahn gern, konnte er so doch über den Gang hinweg mit den beiden plaudern. Sie wohnten in Radenthein 71 und schätzten die Angebote des dort ansässigen Busreiseunternehmens. Beim letzten Tagesausflug nach Thörl-Maglern 72 zum lebenden Kreuz hatte Herta erwähnt, dass sie die »Kostbarkeiten in Mittelkärnten« im September buchen wollten, und gleich am nächsten Tag hatte sich Hahn selbst einen Platz reserviert.

»So einen schönen September haben wir bekommen«, eröffnete Hahn das Gespräch und ärgerte sich, dass ihm nichts Originelleres eingefallen war als das Wetter. Aber das zog – da er über Krankheiten absolut nicht reden wollte – immer.

»Sagen S' jetzt aber ja nicht Altweibersommer«, drohte Herta ihm lachend mit dem Finger. Sie war eine flotte Mittsiebzigerin mit Lachfalten und kurz geschnittenen, blondierten Haaren. Aber leider verheiratet, auch wenn er ihren Mann nur vom Hörensagen kannte. Neben ihrer lebhaften Freundin konnte man die zierliche Susanne fast übersehen, die mit ihrer zurückhaltenden Art kaum zu Wort kam. Sie war Ende 60, wie Hahn schätzte – Nachfragen verbat er sich als Gentleman, der er war – und schon einige Zeit verwitwet. Von ihrer Art und ihrem Aussehen her, blind war er ja nicht, gefiel sie ihm von allen potenziellen Partnerinnen am besten.

So gut wie der Tag begann, konnte der Wermutstropfen nicht lange auf sich warten lassen. Der Wermutstropfen hieß Max Fresacher und stieg am Neuen Platz in Spittal an der Drau 73 zu. Ausgerechnet der! Bei den regionalen Kulturreisen war immer der gleiche harte Kern dabei, was sich in Bezug auf Susanne als Vorteil erwies, aber eben auch Nachteile hatte.

»Rutschen S' eine«, forderte Fresacher ihn auf. Gab es keine anderen freien Plätze?

»Na, was ist? Geht es weiter?«, drängelte ein Nachkommender.

»Nehmen Sie ruhig den Fensterplatz«, bot Hahn etwas verzweifelt an, blitzte aber gewaltig ab. Jetzt war es der andere, der mit Herta und Susanne plauderte. Immerhin schaffte es Hahn, die Mittellehne zu verteidigen und seinen knochigen Ellenbogen das eine oder andere Mal – »Oh, entschuldigen Sie bitte!« – in Fresachers fetten Wanst zu rammen.

Nach einer guten halben Stunde fuhren sie bei Treffen vor Villach von der Autobahn ab und an der Süduferstraße des Ossiacher Sees [74] entlang, bis sie das ehemalige Benediktinerstift [75] erreichten, ihre erste Station.

Ihre Führerin war ein noch recht junges Mädchen, vermutlich Studentin, und mit der Seniorenrunde heillos überfordert. Kein Wunder: Vier Exlehrer waren in ihrer Gruppe, aus denen der ehemalige Gymnasialdirektor und Oberstudienrat Friedrich Ortner, ein Spittaler, hervorstach.

Hahn hatte sich zu Hause mithilfe des ›Dehio Kärnten‹ gut vorbereitet, hatte aber bei der Konkurrenz große Mühe, sein Wissen anzubringen und ein paar »Ah« und »Oh« und »Was der Dr. Hahn alles weiß« zu ernten.

»Ach, die Erbhuldigung Kaiser Karls VI. ist das?«, hakte Ortner im Fürstensaal scheinheilig nach, als die Studentin die Gruppe weiterleiten wollte. »Wollen S' nicht die Kärntner Stände noch ein bisserl erklären? Das ist ja so ein spannendes Thema.«

Hahn konnte sich lebhaft vorstellen, wie der in seiner aktiven Zeit seine Schüler mit Jahreszahlen und trockenen Auflistungen gequält hatte. Wer einen solchen Lehrer hatte, wollte von Geschichte sein Lebtag nichts mehr wissen. Auch die Studentin kam ins Stottern und wartete anscheinend nur auf das »Fünf! Setzen.«

»Puh, ich komm mir vor wie in der Schule«, flüsterte Fresacher überlaut, was ihm einen strafenden Blick von

Ortner eintrug. »Die eigene Geschichte sollte man als Kärntner schon kennen.«

»Geh, das ist ja schon ewig her. Kaiser hamma kan mehr«, maulte Fresacher zurück.

»So eine Aussage kann auch nur von einem Baldramsdorfer 76 kommen«, stichelte Ortner. »Auf der Schattseite sind halt alle ein wenig unterbelichtet.«

Fresacher schnaubte, wusste aber genau, wie er Ortner treffen konnte: indem er ihm sein Publikum raubte! »Wisst's was: Ich lad euch auf an Kaffee und an Kuchen ein, als Stärkung. Wir fahren ja erst in einer Dreiviertelstunde weiter«, bot er Herta und Susanne an, wobei auch die Eheleute Liesl und Hans Mocher mit eingeschlossen wurden, die sich zu der kleinen Runde hinzugesellt hatten.

»Wir haben die Stiftskirche 77 noch nicht gesehen«, mahnte Ortner. »Da hat der Karl May, der Schriftsteller, die Verglasung der Seitenapsiden gestiftet.«

»Na, dann sind da sicher Indianer drauf?« Damit hatte Fresacher die Lacher auf seiner Seite. Wozu der Kulturreisen machte, war Hahn schleierhaft. Obwohl: Er hatte da so seinen Verdacht. Warum sonst sollte er wie eine Klette an der Herta und der Susanne dranhängen?

»Also, ein Kaffee wäre jetzt sehr willkommen«, meinte Susanne mit ihrer sanften Stimme. Galant überließen ihnen die Herren – dem Ortner war die Stiftskirche dann doch nicht so wichtig – auf der Terrasse die Plätze mit dem besten Seeblick.

»Aua! Sie sind mir draufgestiegen!«, beschwerte sich Ortner.

»Was stellen S' denn Ihren Fuaß unter mein!«, meinte Fresacher nur statt einer Entschuldigung.

Der herbeieilende Kellner hatte offensichtlich häufig mit Busreisen zu tun: »An Reinling hätt' ma im Angebot, Kaffee und Kuchen um nur 3,50.«

»Ist der original nach Kärntner Art, ohne Nüsse?«, wollte Ortner wissen. »Nur mit Rosinen? Ich bin allergisch auf Nüsse.«

»Ich werd in der Küche nachfragen«, lautete die Antwort. »Wir hätten auch an frischen Apfel- und Topfenstrudel.«

»Im Angebot?«

»Nein, 2,40 das Stück. Mit an Verlängertem zsamm macht das 5 Euro grad aus.«

»Da hätt ich lieber den Reinling, wenn er ohne Nüsse ist.«

Susanne schlug den Kuchen aus, Herta gönnte sich ein Stück Topfenstrudel mit extra warmer Vanillesoße.

»Leider, der Reinling ist mit Nüssen«, erklärte der Kellner, als er mit der ersten Ladung kam.

»Ich seh aber keine Nussstücke«, hinterfragte Ortner mit einem skeptischen Blick auf Hahns Teller.

»Gemahlene Nüsse. Möchten S' was anderes?«

»Na.«

Schmecken konnte man von Nüssen nichts, wie Hahn meinte, der seinen Reinling genoss wie der Fresacher sein großes Bier. Beim anschließenden Einsteigen in den Bus zeigte sich, wie viel Feuer in einem alten Kerl noch stecken konnte: Da man den Frauen selbstverständlich den Vortritt ließ, kam Hahn Fresacher zuvor. Bevor Susanne ihren Platz erreichte, sprach er sie von hinten an.

»Frau Susanne, wann S' möchten, könnten S' mein Fensterplatz da haben. Da haben S' a schöne Aussicht, so dem See entlang.«

»Das ist aber lieb«, ging sie sofort darauf ein und hatte nichts dagegen, dass sich Hahn neben sie setzte. Sie konnte davon ausgehen, dass sich Herta mit dem schmähführenden Fresacher bestens unterhalten würde. Dessen finsterem Blick begegnete Hahn mit einem triumphierenden Lächeln.

Schade, dass die Fahrt nach Feldkirchen [78] nicht länger dauerte. Beim Aussteigen konnte Hahn jedoch von Glück reden, dass der Reiseführer Matthias bereit stand, um den älteren Damen eine hilfreiche Hand zu reichen (und möglichst mit der anderen ein kleines Dankeschön dafür entgegen nehmen zu können). So konnte er ihn auffangen, als er – der Fresacher musste ihn absichtlich gehaxelt haben! – von der oberen Stufe hinausstürzte.

»Hoppla! Vorsicht«, rief Matthias erschrocken und verhinderte Schlimmeres.

»Ja, Vorsicht«, mahnte auch Fresacher und grinste.

Beim Mittagessen nervte Ortner den Wirt – der würde sein Schild ›Busse willkommen‹ wohl noch mal überdenken – mit seinen Extrawürstln und handelte den Preis des Mittagmenüs hinunter, weil er ja auf die Suppe verzichtet hatte. Allerdings hielt sich Hahns Mitleid mit dem geplagten Gastronom in Grenzen, denn wer ›Schweinebraten‹ [79] als typisch kärntnerisches Tagesgericht auf die Karte schrieb, hatte Gäste wie den Ortner verdient.

»Simma fertig?«, erkundigte sich Matthias, der von Tisch zu Tisch ging, um seine Schäfchen einzusammeln. »Jetzt machma an schönen Verdauungsspaziergang.«

Den Fresacher wurde Hahn schon im Bamberger Amthof [80] los, denn der gehfaule Hallodri musste verschnaufen, behauptete er zumindest, und pumpte sich demonstrativ sein Asthmaspray in den Mund. Wahrscheinlich war aber das Amthofcafé verlockender als die Aussicht, bis zur Stadtpfarrkirche Maria im Dorn [81] zu spazieren.

Als sie durch die Kirchgasse bummelten, wurde Hahn bewusst, dass er den langweilenden Ortner unterschätzt hatte. Der war ein Wolf im Schafspelz! Mit irgendwelchen Erklärungen zu Häuserfassaden gelang es ihm, Susanne von der Herde zu trennen und mit ihr in ein paar Metern Abstand nachzukommen, während Herta sich bei Hahn eingehängt hatte und munter drauf los plapperte. Er hörte ihr nicht richtig zu, sondern sah immer wieder über die Schulter zu Susanne und Ortner zurück.

Mit Fresacher hatte er gerechnet, aber dass er noch einen Konkurrenten hatte, war ihm nicht klar gewesen. Konnten die sich keine andere aussuchen?, schimpfte er innerlich. Aber wenn er es recht bedachte, tendierte auch er mit gutem Grund zu Susanne.

Wie es sich für eine Seniorenrunde gehörte, verlief die weitere Fahrt von Feldkirchen durch das Glantal [82] nach Friesach sehr ruhig: Die meisten dämmerten erschöpft vom Essen und dem kurzen Fußmarsch dahin, man konnte hin und wieder sogar ein Schnarchen hören, und auch Hahn schloss die Augen. So sammelten sie neue Kräfte für den Zwischenstopp in Althofen [83], wo sie das Auer-von-Welsbach-Museum [84] besuchten.

»Da geht einem ein Licht auf, was?«, scherzte Herta, womit sie Ortner unterbrach, dem die Informationstafeln nicht genug waren und der seine Mitreisenden mit mehr Detailwissen bombardierte. Das hätte Hahn ihm noch verzeihen können, aber er drängte sich immer zwischen ihn und Susanne. Das war weniger zu verschmerzen.

»Der Oberlehrer Lämpel hat jetzt Pause«, verkündete

Fresacher, der Ortner einfach anrempelte und mit seiner Körpermasse nicht nur diesen, sondern gleich noch den dahinterstehenden Hahn aus dem Weg schubste.

»Dass Sie keine Leuchte sind, ist klar! Sie sind wohl in die Baumschule gegangen, was?«

»Ich hab dafür was Anständiges gelernt und ghackelt, was man von an Lehrer wie Ihnen ja nicht sagen kann.«

»Sie haben ja keine Ahnung vom Wert der Bildung!«

»Was Sie haben, is ka Bildung, sondern nur a Einbildung! Davon ham S' dafür gnua!«

»Meine Herren, hören S' doch auf mit der Streiterei. Diesen Disput kann man ja sicher gerecht schlichten …«, versuchte Hahn, in die Rolle des würdevollen Vermittlers zu schlüpfen und über den Dingen zu stehen.

»Wollen S' ein salomonisches Urteil fällen?«, keifte Ortner ihn nun an, und Fresacher setzte noch eines drauf: »Na, das biblische Alter hätte er ja schon, der Methusalix.«

»Methusalem, heißt das!«

»Beim Asterix ist es der Methusalix«, wischte Fresacher den Einwand zur Seite.

»Kommen Sie weiter?«, erkundigte sich da der Reiseführer Matthias. »Wir sind schon alle im übernächsten Raum! Nicht, dass wir Sie hier im Museum vergessen.«

Für die Gartenliebhaberin Susanne erwies sich die ehemalige bischöfliche Sommerresidenz Pöckstein **85** als Höhepunkt des Tages. Ortner übersah in den Prunkräumen des Schlosses, dass Susanne sich dafür weit weniger interessierte als für die weitläufige Parkanlage **86**, und Hahn beeilte sich, sie durch eine Nebentür hinauszubegleiten und dem Fresacher dieselbe vor der Nase zuzuschlagen. Im Garten blühte sie richtig auf. Nur war der

Fresacher ebenso schwer loszuwerden wie ein Hühnerauge, obwohl er kaum hinterherkam.

»Sogar a Kegelbahn haben sie da«, keuchte er, während Susanne von ihren Blumen daheim erzählte. Er fummelte in den Taschen seiner ausgeleierten Strickweste. Dort würde er sein Spray nicht finden, wie Hahn wusste, denn das war ihm ganz zufällig, als Fresacher vorhin schlief, in die Hand gefallen, und hatte seinen Weg ebenso zufällig in die Gurk – oder war's die Hirt? – gefunden und war längst davongeschwommen.

Am Abend nahm Hahn sich besonders viel Zeit, um sich für das Abendessen zurechtzumachen. Sorgfältig zog er den Kamm durchs Haar. Rüstig, würden die meisten wohl sagen. Noch keineswegs klapprig. Er blickte in den Spiegel, sah sich dabei fest in die Augen. Am 5. Dezember würde er, so Gott will, seinen 80. Geburtstag feiern. Nicht allein, wenn es nach ihm ging. »Wehe dem, der mir dazwischenkommt«, versuchte er Clint Eastwood zu imitieren. Er nickte sich zu und verließ entschlossen sein Einzelzimmer.

In der Gaststube saß Max Fresacher bereits mit Susanne und Herta an einem Sechsertisch, ein Bier vor ihm, und drängte sie, sich doch auch ein Glaserl Wein zum Essen zu gönnen. Das Ehepaar Mocher steuerte den Tisch gerade an, und da Hahn Ortners Stimme hörte, beeilte er sich, Platz zu nehmen. Die kurze Debatte, wer von den Mochers nun auf der Bank und wer auf dem Stuhl sitzen wollte, kostete sie denselben: Blitzartig hatte Ortner Platz genommen.

»Ach so, wollten Sie hier …?«, tat er noch ganz scheinheilig.

»Das ist doch kein Problem, rücken wir halt ein bisserl zsamm«, schlug Herta mit ihrem sonnigen Gemüt vor. Sie rückte auf der U-förmigen Bank weiter, um den Mochers Platz zu schaffen – und drängte damit Susanne näher an Fresacher heran. So ein Mist!

»Dürfte ich um das Salz bitten?«

Ortner kramte umständlich am Gewürzständer herum, reichte Hahn dann aber das Gewünschte weiter. Ein zarter Schüttler, und schon verlor der Salzstreuer seinen Deckel und der ganze Inhalt leerte sich auf seine Kartoffeln. Hahn hätte schwören können, dass er den Ortner hämisch glucksen hörte.

Der Max – nach der dritten Runde waren sie alle zum Du übergegangen – erwies sich allerdings als begnadeter Alleinunterhalter; da Hahn nicht zurückstehen wollte, gab auch er den einen oder anderen Schwank aus seiner Jugend preis. Nur Friedrich Ortner schaute den ganzen Abend zwider drein. Noch zwiderer wurde er, als er feststellen musste, dass ihm seine Brieftasche abhandengekommen war. Hahn, der gerade vom WC zurückkam, sah, wie Max dieselbe mit dem Fuß noch weiter unter die Eckbank beförderte. Kein schlechter Schachzug.

Allzu lange blieben sie nicht sitzen, weil am nächsten Tag volles Programm wartete; nur Ortner blieb noch ein bisschen und kroch auf allen vieren unter dem Tisch herum.

Nachdem sie sich in Metnitz 87 den Karner mit den spätmittelalterlichen Totentanzfresken angesehen hatten, ging es vom Metnitztal über die Flattnitz 88 hinüber ins Gurktal 89. Nach einem ungeplanten Zwischenaufenthalt kurz vor Glödnitz 90 – ja, ja, ohne Reisetabletten vertrug so mancher die Kurven schlecht, dachte Hahn – erreichten sie den Gurker Dom 91. In der Krypta erzählte Friedrich am Grab der heiligen Hemma, wie der Salzburger Erzbischof Gebhard das von der reichen Gräfin mit seiner Zustimmung im 11. Jahrhundert gegründete Frauenkloster kurz nach ihrem Tod 1072 aufhob, um mit dessen Reichtümern sein neues Bistum ausstatten zu können. Aber die meisten interessierten sich nur für den Hemma-Stein, der dem Daraufsitzenden einen Wunsch erfüllen konnte.

»Purer Aberglaube«, schüttelte Ortner den Kopf.

»Hilft's nix, schadet's nix«, meinte Hahn. Er konnte jede Hilfe gebrauchen. Uh, kalt.

»Schau, da gibt's einen Zwergenpark 92«, rief Max, als sie auf dem Weg zum gegenüberliegenden Gasthaus – ja, es war schon wieder Mittagszeit – am entsprechenden Hinweisschild vorbeikamen. »Du, Fritz, da könntest dich bewerben! Die suchen sicher noch einen Oberzwerg in der Zwergerlschule. Da brauchst dich nicht einmal verkleiden und die passende Größe hast auch.«

»Was soll denn das bitte heißen?«, empörte sich Friedrich und versuchte eine aufrechtere Haltung anzunehmen. Viel mehr als 1,70 Meter wurde es jedoch nicht.

»Mei, das klingt süß«, bemerkte Susanne, »mit einer Zwergerlbahn. Das wär was für meine Enkalan.«

Hahn nützte die günstige Gelegenheit, während seine Rivalen kepltn, um nachzuhaken und sich ein Foto der zwei süßen Mäderln zeigen zu lassen, das Susanne in ihrer Brieftasche hatte.

Nachdem sie auf dem Rückweg noch die Kirche der Heiligen Margaretha in dem winzigen Dörfchen Lieding 93 und das Burgschloss Straßburg 94 besichtigt hatten, trafen sie wieder in ihrem Gasthof in Friesach 95 ein. Darüber war der Max vermutlich am glücklichsten, jetzt konnte er sich endlich umziehen. Denn dem Fritz war beim Essen sein randvolles Glas Marillenpago, mit Wasser aufgespritzt auf a Halbe, umgekippt.

»Heut werden wir einen lustigen Abend haben«, versprach Reiseleiter Matthias und versuchte, seine sichtlich müde und erschöpfte Seniorengruppe wieder in Schwung zu bringen. »So a Ritteressen ist ein Spektakel!«

»Ja, und den Hofnarr bringen wir selbst mit, gel, Max?«, riss Friedrich den obligatorischen Witz.

Der Aufstieg auf den Petersberg 96 war ein bisserl anstrengend, was sich daran bemerkbar machte, dass Max stumm blieb.

»Schade, das Museum hat schon zu«, bedauerte Herta. »Na, da müssen wir morgen halt noch einmal herauf.«

»Ohne mi«, keuchte Max.

»Unbedingt«, stimmte Susanne ihr zu und kramte ihre Kopie des Reiseplans hervor. »Morgen stehen eh nur der Virgilienberg 97 und der Burgenbau 98 am Programm und danach haben wir drei Stunden zur freien Verfügung, bevor wir heimfahren.«

»Was für a Burgenbau?«

»Hast du dir das Programm denn nicht genau angesehen? Das sieht dir ähnlich«, stichelte Friedrich. »Hier in Friesach bauen sie eine neue Burg mit mittelalterlichen Methoden.«

»A so a Blödsinn! Da stehen eh genug Ruinen herum. Was miassn's da a neue Burg bauen? Sie könnten ja a alte herrichten, wann's denn sein muss.«

»Das ist sicher für die Touristen«, meinte Herta, und zeitgleich Friedrich: »Das ist für die Wissenschaft! Das bringt neue Erkenntnisse. Aber davon verstehst du halt nix.«

»Hör du mir bloß auf. Ich war selbst Zimmerer. Vom Bauen versteh ich mehr als du Stubenhocker.«

»Also, ich bin schon neugierig darauf. Die bauen das ganz mit mittelalterlichen Methoden, ohne moderne Werkzeuge und so«, schwärmte Susanne. »Wie das wohl geht?«

»Fragst halt den Franz-Josef, der stammt ja noch aus dem Mittelalter. Also, du erlebst sicher nimma, wie de Burg fertig wird.«

Ha, ha. Sehr witzig war der Max.

»Hier geht es weiter«, mahnte Matthias zur Eile.

Die Burgschenke war auf urig-mittelalterlich getrimmt. Unterhaltung wurde groß geschrieben, Authentizität weniger, wie Friedrich gleich einmal feststellte.

»Da, schaut's euch die Speisekarte an. Das gibt es doch nicht! Kartoffelsuppe als Vorspeise!«

»Was regst dich denn auf? Das ist ja was Deftiges. Heute können wir richtig schön schlürfen und schmatzen, gell. Mal schaun, ob wir das mit dem Furzen auch hinkriegen«, scherzte Max und hatte die Lacher auf seiner Seite.

»K-a-r-t-o-f-f-e-l-suppe«, beharrte Friedrich. »Macht's da bei euch nicht Klick?« Keine Antwort. »1492? Amerika? Kolumbus?« Und selbst der arme Kellner, der mit seiner mittelalterlichen Tracht schon gestraft genug war, bekam eine Ladung ab. »Herr Ober, wie können Sie bei einem Ritteressen Kartoffelsuppe servieren?«

»Bitte?«

»Wer hat sich denn die Speisekarte ausgedacht? Das ist ja schon fast eine Frechheit«, erregte er sich. »Die Kartoffel wurde erst nach der Entdeckung Amerikas durch Kolumbus nach Europa gebracht, und erst viel später wurde sie zu einem Grundnahrungsmittel …«

»Jetzt halt einmal dei obergscheite Goschn«, fuhr Max ihn an. »Wir wolln hier a Gaude haben und kan Vortrag hören!«

Friedrich schnappte hörbar nach Luft. »Wie redest du denn mit mir?«

»So, dass du mi verstehst. Also halt jetzt die Pappn und bestell dir was zu trinken. Ich nehm a großes Bier«, wandte sich Max abschließend an den Kellner. Rasch bestellten auch die anderen an ihrer Tafel, um die unangenehme Situation zu überspielen.

Wenn Hahn gehofft hatte, dass sich die beiden mit ihrem Gezanke selbst aus dem Rennen nehmen würden, hatte er sich geirrt. Denn Susanne und Herta hatten nichts Besseres zu tun, als sich ausgerechnet um die beiden Streithansalan zu bemühen und die Wogen zu glätten. Herta schmierte dem Max Honig ums Maul, während Susanne Friedrich aufmunterte und um Proben seiner Gelehrsamkeit bat. Wer ignoriert wurde, war Hahn. Das hatte er von seiner würdevollen Art! Hilflos hockte er auf der Bank, mehr oder weniger in die Statistenrolle gedrängt. Die Pensionisten zeigten, dass sie es verstanden, nicht weniger laut zu sein als eine Jugendgruppe. Bei dem Lärmpegel gelang es Hahn nicht, über den Tisch hinweg mit Susanne ins Gespräch zu kommen; selbst Friedrich musste sich immer näher an ihr Ohr neigen, damit seine Monologe gehört, wenn auch nicht immer verstanden wurden.

»Noch eine Runde«, bestellte Max ein ums andere Mal, da die Getränke im Pauschalpreis inbegriffen waren.

Frustriert nagte Hahn ein Hühnerbein ab, froh, noch immer einen Großteil seiner eigenen Zähne zu besitzen.

»I muass amol prunzn«, verkündete Max schließlich.

»Das WC ist dort entlang«, wollte Herta ihm diskret die richtige Richtung zeigen, aber er winkte nur ab und torkelte zur Tür.

»I bin ja kein Warmduscher wie der Herr Oberlehrer!«

Das wollte Friedrich anscheinend nicht auf sich sitzen lassen, denn er tupfte sich sorgfältig den Mund ab und wischte sich auch die Hände sauber, bevor er Max folgte.

Na bitte. Der Hemma-Stein tat seine Wirkung. Hahn kam um den Tisch herum und setzte sich zwischen Susanne und Herta.

»Hat's euch beiden geschmeckt? Das ist schon mal was anderes, a richtiges Spektakel halt.«

»Am besten war die Kartoffelsuppe«, lachte Herta. »Wuarscht, ob die jetzt mittelalterlich war oder nicht.«

»Genau. Also, was besichtigen wir morgen alles, Susanne?«

Sie zog ihre Kopie des Reiseplans aus der Handtasche, mit zusammengesteckten Köpfen neigten sie sich über das Papier. Schon besser. Wenn er sein Gesicht zu ihr drehen würde, könnte er ihr fast ein Busserl auf die Wange geben. Ganz unauffällig griff er nach dem Blatt und legte dabei seine Hand über die ihre.

»Also, ich weiß nicht«, platzte Herta in diesen Augenblick. »Franz-Josef, magst den beiden nicht nachgehen? Ich hab so a komisches Gefühl. Bei ihrer Streiterei …«

Was die beiden ihn konnten, hatte Goethes Götz von Berlichingen bereits klassisch ausgedrückt. Keine zehn Pferde würden ihn von Susannes Seite wegbringen! So emanzipiert wie die Herta immer tat, konnte sie ruhig selbst nachschauen, wenn ihr die beiden so am Herzen lagen.

»Da hat sie recht. Nicht dass sie sich die Köpf einschlagen. Könntest vielleicht …?«

»Natürlich!« Susannes Bitte war etwas anderes, und Hahn war sofort bereit, der holden Maid jeden Wunsch zu erfüllen und ihr Ritter in strahlender Rüstung zu sein. Oje, er hatte eindeutig zu viel getrunken.

Im Burghof war nichts von den beiden zu sehen, sodass er weiter ging, bis er zornige Stimmen hörte. Und ein Klatschen.

»Aua!«, schrillte Friedrich.

Wie schön wäre es, wenn sich die beiden gegenseitig kaltmachen würden, dachte Hahn blutrünstig.

»I leg dir glei noch ane auf! Und jetzt schleich di!«

Hahn trat unwillkürlich einen Schritt zurück und blieb im Schatten des Bergfrieds verborgen, als Friedrich an ihm vorbeihastete. Dann ging er zögernd weiter.

Max stand vor sich hin schimpfend auf einem niedrigen Vorsprung an der Burgmauer und pinkelte über diese hinweg in die Flora. Man musste weder ein ungehobelter Zimmerer noch ein studierter Lehrer sein, um die Prinzipien der Schwerkraft zu kennen. Max war anscheinend zu überrascht, um noch zu schreien. Er ächzte nur, dann folgte ein dumpfes Plumpsen. Weg war er.

Manchmal musste man seinem Glück ein klein wenig nachhelfen, sinnierte Hahn, und machte sich eilig auf den Rückweg. Schlechtes Gewissen hatte er keines. In der Liebe und im Krieg waren schließlich alle Mittel erlaubt. Ein Rivale weniger war ein Rivale weniger.

»Ich hab sie nicht gesehen«, erklärte er den wartenden Damen ihrer nun verkleinerten Runde.

»Wenn sie gscheit sind, sind sie runter ins Gasthaus und schlafen ihren Rausch aus«, meinte der Mocher

Hans, dem die ganze Streiterei gehörig auf die Nerven gegangen war. »Prost, Franz-Josef!«

Kurz darauf kam Friedrich zurück. Er drückte sich einen Pack nasse Papierhandtücher aus dem WC an die Wange.

»Was ist denn passiert? Habt's grauft?« Susanne schien ganz aus dem Häuschen zu sein und spielte Florence Nightingale. Wenn Hahn nur irgendwo Nüsse herkriegen und sie dem Friedrich unter das Essen mischen könnte. Dann wäre er sein letztes Problem los.

»Wo ist denn der Max?«, wunderte sich Herta und machte den Reiseleiter Matthias, der selbst schon einen sitzen hatte, darauf aufmerksam, dass ihm ein Schäfchen abhandengekommen war. Nach einer halben Stunde Zuwarten ergab ein Anruf im Gasthof, dass Max dort nicht eingetroffen war. Mit dem Personal und jenen Teilnehmern der Reise, die noch eine gerade Linie laufen konnten und nicht alles doppelt sahen, organisierte Matthias in bester Western-Sheriff-Manier einen Suchtrupp. Natürlich schloss sich Hahn an, da Susanne als eine der Ersten aufgesprungen war und sich gemeldet hatte.

Es war der Ober, der die Senioren mit herumtollenden Schülern verwechselte und über die Mauern schaute, wo die Kinder so gerne herumkletterten.

»Da liegt ana!«

Bei Frühstücksei, Kaffee und frischen Semmeln drehten sich am nächsten Morgen die Gespräche der Reiseteilnehmer nur um den Verstorbenen, was verständlich war, da zwei Polizeibeamte sie einzeln im Nebenraum befragten. Wie die ersten Ermittlungen ergaben, kamen nur zwei Möglichkeiten infrage: Entweder war Max Fresacher (68) aus Eigenverschulden über die Mauer gestürzt – diese Vermutung wurde später bestärkt, als sein Promillewert bekannt wurde – oder es lag ein Verbrechen vor. Hauptverdächtiger: Friedrich Ortner (72). Mehrere Zeugen konnten von einem heftigen Streit berichten. Ortner selbst hatte Tätlichkeiten zugegeben und wurde daher zur weiteren Einvernahme festgehalten.

Tragisch wie dieser Todesfall war, ergab eine Abstimmung in der Reisegruppe, dass man sich die geplanten Ausflüge nicht entgehen lassen wollte. Nach der Besichtigung des Burgenbaus sollte es nach Hüttenberg 99 weitergehen. Und bezahlt war bezahlt. Zwar zeigten sich ein paar sehr abgelenkt und tuschelten mehr darüber, wie verdächtig ihnen Friedrich Ortner schon von Anfang an gewesen war – vermutlich würde er sich noch als Serienkiller von Spittal entpuppen –, aber Hahn genoss den Tag aus vollem Herzen.

Fresacher hatte recht gehabt, stellte er für sich fest, als sie den Burgbau besichtigten und über die mittelalterlichen Gerätschaften und Techniken staunten: die Vollendung desselben würde Hahn garantiert nicht mehr erleben. Aber vielleicht die nächsten Weihnachten. Und wenn der Hemma-Stein nicht versagte, dann würde Susanne so wie jetzt an seiner Seite sein.

68 **Seeboden:** Tourismusgemeinde am westlichen Ende des Millstätter Sees, die sich durch Wandergebiete und die Nähe zu Schiregionen (Goldeck, Katschberg, Innerkrems, Bad Kleinkirchheim) nicht nur für den sommerlichen Badeurlaub anbietet. Bonsaimuseum. Sehenswert sind die *Kirche Lieseregg* aus dem 10. Jahrhundert sowie die spätgotische *St. Leonhardskirche in Treffling* mit einem Flügelaltar von Meister Thomas Artula von Villach.

69 **Nockalmstraße:** Nationalpark. Ca. 35 Kilometer lange, mautpflichtige und sehr kurvenreiche Panoramastrecke zwischen der Innerkrems und Ebene Reichenau. Hütten teils direkt an der Straße, teils an den Wanderrouten gelegen. Für Kinder gibt es Streichelzoos und Spielplätze, bei der Wolitzenhütte wartet eine kleine Wassererlebniswelt. Verschiedene Ausstellungen (z. B. in der Pfandlhütte über Murmeltiere).
Ausflugsziel in der Nähe:
Wander- und Schigebiet am *Falkert*. Heidi, Josef und natürlich den Ziegenpeter trifft man außerhalb der Schweiz im Heidipark mit verschiedenen lebensgroßen Figuren, einer langen Rutsche und Rastplätzen. Vergessen Sie Ihre Badesachen nicht! Denn unweit des Heidi-Parks liegt ein Bergsee, der bei einem kurzen Spaziergang zu umrunden ist. Aus dem See ragt ein kleines Stück Felsen heraus – ideal, um sich als Seenixe oder Wassermann vor der Bergkulisse fotografieren zu lassen – sofern

man es schafft, das Zähneklappern lange genug für ein Fotolächeln zu unterbrechen.

Turracher Höhe: Wander- und Schigebiet an der Grenze zur Steiermark mit dem höchst gelegenen Badesee Kärntens und Zirbenwäldern. Für Kinder und Junggebliebene gibt es hier den ›Nocky-Flitzer‹, eine Sommer- und Winterrodelbahn, mit der man sogar abhebt. Bei der Bergstation der Panoramabahn (Start der Rodelbahn) findet sich zusätzlich ein Familienrundweg mit zahlreichen Spielstationen (›Nocky's AlmZeit‹).

70 **Karlbad**: Direkt an der Nockalmstraße gelegenes uriges Heilbad und Jausenstation.

71 **Radenthein**: Aufgrund der Magnesitvorkommen bis vor einigen Jahren noch betriebsamer Industrieort.

Granatium: Erlebniswelt für die ganze Familie, in der sich alles um den Granat dreht, inkl. Schaustollen.

72 **Thörl-Maglern**: In der Nähe der Straße Richtung Italien wartet die Pfarrkirche mit einer kunsthistorischen Kostbarkeit auf – einem sogenannten ›lebenden Kreuz‹, das von Thomas von Villach stammt und das Jüngste Gericht thematisiert. Dabei ragen aus den Balkenenden des Kreuzes Jesu Arme, die beispielsweise das Höllentor aufbrechen oder das Himmelstor öffnen. Einer der Arme durchbohrt mit einem Schwert die Synagoge, die auf einem Esel reitend und mit verbundenen Augen dargestellt wird.

73 **Spittal an der Drau:** Bezirkshauptstadt. Wer dem Nachtleben ausweichen möchte, sollte um die Bogengasse südlich des Hauptplatzes einen weiten Bogen machen. Tagsüber lohnt es sich jedoch, durch die Gasse mit ihrem Altbestand an Häusern zu spazieren, besonders schön ist die spätbarock-josephinische Dekoration des ›Petzlbräu‹-Hauses.

Ausflugsziele und Freizeittipps:

Goldeck: Mit der Bergbahn hinauf auf den Spittaler Hausberg. Wandergebiet, Schigebiet mit eigenem Kinderland (›Zauberteppich‹).

St. Wolfgang: Zwischen Spittal und Seeboden liegt der Wolfsberg. Kleine romanische Kirche und zwei größere, empfehlenswerte Gasthöfe. Von hier aus führt ein Wanderweg den Bergrücken entlang beispielsweise zum idyllischen Egelsee, zur markanten Erhebung Lug-ins-Land (Siedlungsspuren reichen in das 3. Jahrtausend v. Chr., heute sind noch Überreste einer spätantiken Wehranlage zu sehen – zum Glück kann man im Gegensatz zu diesen das Gasthaus nicht übersehen) oder zum Hochgosch, wo im Frühmittelalter eine der eindrucksvollsten Befestigungsanlagen Kärntens stand.

Freizeittipp:

Teurnia/St. Peter im Holz (Gemeinde Lendorf): Ausgrabungen einer keltisch-römischen Stadt, deren Wurzeln aufgrund der günstigen Lage noch weiter zurückreichen: Der Siedlungshügel war gut zu verteidigen und bot eine Wasserquelle. Römische Provinzhauptstadt, im 5. und 6. Jahrhundert Bischofssitz. Mit der Einwanderung der Slawen am Ende des 6. Jahrhunderts Verfall von Stadt und Kirchenanlage. Außerhalb der ehemaligen Stadtmauern kunsthistorisch bedeutsame sogenannte Friedhofskirche mit Bodenmosaik (um 500 n. Chr.). Römermuseum.

Molzbichl: Hier befand sich im 8. Jahrhundert ein karolingisches Kloster als Stützpunkt der baierischen Mission. Archäologische Funde von diesem ältesten Kloster Kärntens werden im Frühmittelaltermuseum Carantana im Pfarrhofsalettl ausgestellt.

Kajakfahrer wissen die Lieser zwischen Gmünd und Spittal zu schätzen.

74 **Ossiacher See**, nordöstlich von Villach. Schifffahrt.
Freizeittipps:
Gerlitzen: Am Nordufer des Sees (Annenheim) geht es mit der Kanzelbahn rauf in das Wander- und Schigebiet. Gut geeignet für Paragleiter und Modellflieger. Bei der Mittelstation gibt es einen eigenen kleinen Funpark, der u. a. eine Downhill-Gokartbahn umfasst, entsprechend gibt es im Winter für Freestyler einen Funpark.

Landskron: Burgruine mit Restaurant und Ritteressen. Greifvogelwarte und Flugschau. Der Affenberg, ein Freigehege für Makaken, darf aus Sicherheitsgründen nur im Rahmen einer Führung besucht werden.

75 **Stift Ossiach**: Um 1000 n. Chr. begründetes und damit ältestes Benediktinerstift Kärntens. Im Kern romanisch wurde das Kloster in den nachfolgenden Jahrhunderten erst gotisch umgestaltet und dann

barockisiert. Bemerkenswert sind die Wand- und Deckengemälde von Josef Ferdinand Fromiller in Kirche und Stiftsgebäude. 1783 fiel auch Ossiach der Welle der Klosteraufhebungen unter Joseph II. zum Opfer. Das Klostergebäude wurde später u. a. als Pferdegestüt verwendet.

Freizeittipp:

Carinthischer Sommer: Das Stift Ossiach ist eine der Spielstätten des Musikfestivals im Juli und August.

76 **Baldramsdorf**: Haufendorf südlich von Spittal an der Drau am Fuße des Goldecks (und damit im Schatten des Berges) gelegen. Auch wenn Sonnenanbeter hier nicht immer auf ihre Kosten kommen, lohnt sich ein Ausflug, z. B. zum Handwerkermuseum im ›Paternschloss‹.

77 **Stiftskirche**: Auf das 11. Jahrhundert zurückgehender Bau, der im Laufe der Zeit immer wieder umgestaltet wurde. Wand- und Deckenmalereien von Joseph Ferdinand Fromiller. Hochaltar aus dem 17. Jahrhundert mit Opfergangportalen. Spätgotischer Flügelaltar in der Taufkapelle.

78 **Feldkirchen**: Zentral in Mittelkärnten gelegene Bezirksstadt mit schöner Innenstadt. Kleine Badeseen in der Umgebung. Nordöstlich davon liegt das Schigebiet Simonhöhe.

79 Insider wissen natürlich, dass es in Kärnten **Schweinsbraten** heißt. Am besten ist er mit Sauerkraut und Semmelknödeln, aber auch mit im Ofen

mitgebratenen Kartoffeln schmeckt er gut. Fragen Sie sicherheitshalber, von welchem Teil er ist: Der Bauch ist sehr fett, vom Schopf ist er magerer, aber dennoch saftig.

80 **Bamberger Amthof**: Im Mittelalter erhielt das Bistum Bamberg (Bayern) in Kärnten reichen Besitz, u. a. das Gebiet des heutigen Feldkirchen. Aus dieser Zeit stammt der Kern dieses Amtsgebäudes, das heute ein Museum beherbergt und als Kulturzentrum dient.

81 **Stadtpfarrkirche Maria im Dorn**: Die Basilika wurde vermutlich wie viele andere Wehrkirchen aufgrund von Türkeneinfällen im 15. Jahrhundert befestigt.

82 **Glantal**: Wer Burgruinen liebt, wird im Glantal zwischen Feldkirchen und St. Veit fündig, wo beispielsweise die Überreste von Burg Glanegg und Liebenfels warten.

83 **Althofen**: Idyllisch auf einem Höhenkamm gelegener, im Mittelalter befestigter Ort, wobei im Gebiet des Oberen Marktes urgeschichtliche und römische Funde auf eine ältere Besiedlung schließen lassen. Die Pfarrkirche ist ein spätgotischer Bau, der nach der Barockisierung im 18. Jahrhundert zu Beginn des 20. Jahrhunderts regotisiert wurde. Die Kirche ist keinem für Kärnten typischen Heiligen geweiht, sondern dem hl. Thomas (Becket, Lordkanzler und Erzbischof) von Canterbury, der im 12. Jahrhundert

von Parteigängern des englischen Königs in seiner Kathedrale ermordet wurde.

84 **Dr. Carl Auer von Welsbach** (1858 – 1929): Erfindungsreicher österreichischer Chemiker, Forscher und Entdecker, der Unternehmen wie die Treibacher Industrie AG und OSRAM gründete. Seine Auer-Osmiumlampe löste die Kohlefadenlampe von Edison ab, da sie weniger als die Hälfte an Strom verbrauchte und zugleich helleres Licht spendete.

85 **Schloss Pöckstein**: Repräsentativer Barockbau des Salzburger Architekten Johann Georg Hagenauer aus dem ausgehenden 18. Jahrhundert, der von den Gurker Bischöfen als Sommerresidenz genutzt wurde. Prunkräume im Stil des Rokoko und Empire, Ornamente und exotische Landschaftsmalereien. Heute Privatbesitz.

86 **Parkanlage**: Sehenswerter Schlosspark mit Elementen des Rokoko und Frühklassizismus, Kegelbahn und tempelartiger Gartenpavillon.

87 **Metnitz**: Tief im gleichnamigen Tal gelegener kleiner Ort, deren Hauptattraktion das Totentanzfresko (um 1500) an den Außenwänden des Karners der Pfarrkirche ist. Totentanzmuseum. Metnitzer Totentanzspiel (Aufführungen im Juli und August). Im revitalisierten Gemeindehaus Brauchtumsmuseum ›Bei uns daham‹.

88 **Flattnitzer Höhe**: Almregion, Wander- und Schigebiet. Im Dorf Flattnitz kleine Wehrkirche.

89 **Gurktal**: Parallel zum Metnitztal verlaufendes Tal.
Freizeittipp:
Der *Markt Weitensfeld* bietet nicht nur Sehenswürdigkeiten wie die wehrhafte Pfarrkirche des Heiligen Johannes mit beachtlichen Fresken, sondern auch sehr viel Action: Im 16. Jahrhundert soll der Sage nach auch in Weitensfeld die Pest gewütet und nur ein Edelfräulein und drei Bürgersöhne von Weitensfeld verschont haben. Die (junge?) Dame forderte die drei nun zum Wettlauf um ihre Hand auf – offenkundig war sie attraktiv genug, dass diese nicht in die entgegengesetzte Richtung liefen. Daher finden alljährlich zu Pfingsten hier das traditionelle *Kranzlreiten* sowie der Wettlauf um den Kuss der Steinernen Jungfrau statt.

90 **Glödnitz**: Pfarrkirche aus dem 11. Jahrhundert, auf Hemma von Gurk zurückgehend, in einem nahezu quadratischen Wehrkirchhof aus dem 15. Jahrhundert. Auch das oberste Geschoss des Karners diente als Wehrgeschoss. An die Türkenüberfälle erinnert zudem eine jährliche Prozession zum Hanserkirchlein.

91 **Gurker Dom**: Eine der bedeutendsten romanischen Baudenkmäler Kärntens, um 1220 war der Bau vollendet. Die (verkehrstechnisch) abgeschiedene Lage Gurks führte jedoch dazu, dass der Bischof lieber in Straßburg und Pöckstein residierte, bevor er 1787

nach Klagenfurt umzog, wo der dortige Dom an Bedeutung gewann. Gut für den Gurker Dom und Liebhaber romanischer Baukunst: Denn durch die Übersiedlung des Bischofs sowie die geringe Bestiftung des Bistums (Geld war knapp) wurden größere Umbauten und modische Neuerungen wie eine Barockisierung verhindert. Eindrucksvoll ist die ›hundertsäulige‹ Krypta. In der Fastenzeit kann man das älteste erhalten gebliebene Kärntner *Fastentuch* (Mitte 15. Jahrhundert) bewundern.

92 **Zwergenpark**: Kleiner Park mit – no na net – zahlreichen Gartenzwergen. Tschu-tschu-Bahn als Fahrattraktion für Kinder, den Park hat man aber auch zu Fuß schnell durch. Für kleine Kinder und Liebhaber.

93 **Lieding**: 1 (sehenswerte, spätgotische) Kirche, 1 Pfarrhof und 1 Bauernhof = 1 Kärntner Dorf. Gut, so typisch ist das nun auch wieder nicht, denn ein wesentliches Element fehlt. Was? Natürlich das Gasthaus.

94 **Straßburg**: Weithin sichtbar ist das aus dem 12. Jahrhundert stammende Burgschloss, das den Gurker Bischöfen als Residenz diente und in den folgenden Epochen weiter ausgebaut wurde (Arkadenhof), bis es ein Erdbeben 1767 unbewohnbar machte. Nach aufwendiger Sanierung nach 1955 beherbergt es heute u. a. ein Volkskundemuseum und Wechselausstellungen, zudem dient es als Veranstaltungsort. Restaurant.

95 **Friesach**: Die älteste Stadt Kärntens profitierte schon in der Römerzeit von ihrer verkehrsgünstigen Lage (Nord-Süd-Verbindung). Touristisch setzt man hier ganz auf das Mittelalter, was auch Sinn ergibt bei all den mehr oder weniger erhalten gebliebenen Bauwerken aus jener fernen, aber gar nicht so finsteren Zeit: Reste der Burgmauer, romanische Stadtpfarrkirche, frühgotische Dominikanerkirche (dieser Bettelorden errichtete im 13. Jahrhundert die größte Kirche Kärntens) und gleich mehreren Burgruinen. Im Sommer Mittelalterfest Spectaculum.

Seltsam, dass Max Fresacher am Tag zuvor auf der Fahrt von Pöckstein nach Friesach nicht laut aufschrie: Denn der Reisebus fuhr doch glatt an der Ortschaft *Hirt* mit ihrer bekannten Brauerei vorbei.

96 **Petersberg, Burgruine**: Stadtmuseum im Wohnturm. Friesacher Burghofspiele. Restaurant und Übernachtungsmöglichkeit.

97 **Virgilienberg**: Malerische Kirchenruine auf einer Anhöhe im Süden der Stadt.

98 **Burgenbau Friesach**: Hier wird unter wissenschaftlicher Leitung mit mittelalterlichen Methoden eine Burg erbaut. Gearbeitet wird offensichtlich nach dem Kärntner Motto: Nur net hudln!

99 **Hüttenberg**: Schaubergwerk, Tibetzentrum, Lingkor (in eine Felswand gebauter tibetischer Pilgerpfad) und Heinrich-Harrer-Museum.

DAS MONSTER VOM KEUTSCHACHER SEE

REGION UNTERKÄRNTEN/4 SEENTAL/ KEUTSCHACH

Dorothea Böhme

Der Stau begann an der Abzweigung zum Pyramidenkogel 100. Einige Todesmutige bewältigten den Berg tatsächlich mit Mountainbikes, Irene hatte es bisher nur mit dem Auto zum Restaurant Karawankenblick auf halber Höhe gebracht und natürlich die Sprengung des ehemaligen Aussichtsturms von der anderen Seite des Wörthersees aus bei Kaffee und Zigarette beobachtet. Jetzt aber mussten Irene Weratschnig und ihr Kollege Fritz zu einem dringenden Polizeieinsatz in Keutschach 101 und nichts ging mehr. Irene bremste und drückte fluchend auf die Hupe.

»Das ist ja schlimmer als beim GTI-Treffen 102!«

»Reg di net auf.« Fritz lehnte sich im Beifahrersitz zurück. »Das ist halt der Renner. Hast du schon mal ein echtes Monster gesehen?«

»*Das Monster vom Keutschacher See* 103, dass ich nicht lache.« Irene kurbelte ihr Fenster herunter und zündete sich eine Zigarette an. Vor drei Wochen war das verpixelte Foto eines großen, grauen Etwas im See erschienen, das von einem Ast über eine Luftmatratze bis zu einem Hund alles sein konnte. Seitdem berichteten die Zeitungen von nichts anderem mehr. Sommerloch hin oder her, Irene hatte die Nase voll davon. Ein Monster! Im Keutschacher See!

Das war doch wieder eine Schlange oder vielleicht eine Schnappschildkröte. Und Einheimische, Touristen und die Presse stürzten sich gleichermaßen darauf so wie damals auf das angebliche Krokodil in der Drau bei Spittal oben.

»Das ist ein Dienstwagen. Mach die Kippe aus.« Dass Fritz auch immer so ein Spielverderber sein musste.

»Der Chef hat uns verdonnert, Streife zu gehen, sämtliche Touristen Kärntens sind auf Monsterjagd und du lässt meinen Nerven nicht einmal ein letztes bisserl Trost?« Trotzdem warf sie ihre Zigarette aus dem Fenster.

Es dauerte eine geschlagene halbe Stunde, bis sie endlich auf den Parkplatz des Keutschacher Gemeindestrandbads einbiegen konnte. Der Chef der Sondereinheit, mit dem sie zusammenarbeiten sollten, und der örtliche Touristikmanager empfingen sie.

»Frau Weratschnig! Wir sind uns auf dem Polizeikommando doch schon einmal begegnet, Michael Hufschmied der Name.«

Irene schüttelte ihm die Hand, stellte auch Fritz vor, konnte sich aber beim besten Willen nicht erinnern, den kleinen untersetzten Polizisten mit seinem Dauergrinsen schon einmal gesehen zu haben. Das lag möglicherweise daran, dass Irene – wie Fritz immer sagte – mit Tunnelblick durch die Gegend lief und nur Leute kannte, von denen sie eine Zigarette schnorren konnte. Fritz jedenfalls begrüßte Hufschmied freundlich und wandte sich danach an Leitner, den Touristikmanager. »Sie haben ja nun alle Hände voll zu tun.«

Leitner, genauso groß und auch fast so schlank wie Fritz, schüttelte lachend den Kopf. »Wem sagen S' des! So viele Besucher hatten wir in den letzten zehn Jahren zusammen gnommen. Hier in Keutschach herrscht Ausnahmezustand. Aber so lange unser Monster niemandem etwas zuleide tut, soll es mir recht sein.«

Irene sah etwas zweifelnd vom Tourismusverantwortlichen zu dem Chaos auf der Hauptstraße. »Drum kümmern müssen ja sowieso wir uns«, murmelte sie Fritz zu, als Leitner und Hufschmied sie zum Café des Strandbads führten.

»Wir brauchen Präsenz«, sagte Hufschmied ihnen, nachdem sich Irene eine weitere Zigarette angezündet und Fritz ihr erneut einen missbilligenden Blick zugeworfen hatte. Sie fand ja selbst, dass sie es heute übertrieb, aber dieser Einsatz war ohne Nikotin nicht zu überstehen. Sie hätte jede Wasserleiche gegen ›Präsenz‹ unter tausenden monsterbegeisterten Touristen eingetauscht.

»Ich habe einen Schichtplan gemacht«, erklärte Hufschmied. »Einsatzorte, Zeiten, Routen.« Er drückte Fritz ein eng bedrucktes Faltblatt in die Hand.

Irene hustete. »Routen? Wir sollen also wirklich Patrouille gehen?«

»Es ist einfach unglaublich, wie viele Leute nach Keutschach kommen, da muss jemand für Ruhe und Ordnung sorgen. Das Monster schlägt schon genug Wellen.« Leitner zwinkerte ihr zu. »Wetten, dass es in Velden [104] und Pörtschach [105] komplett ausgestorben ist? Wer will schon den Wörthersee [106], wenn er das Keutschacher Monster haben kann!«

Der Typ war nicht mehr ganz dicht, befand Irene und konzentrierte sich wieder auf den Kollegen Hufschmied. Immerhin hatte der den Anstand, betreten dreinzublicken. »Wenn unsere Pläne mit Ihrem kriminalpolizeilichen Dienst kollidieren sollten, werde ich Sie natürlich sofort freistellen.«

»Das Monster!«, schrie plötzlich jemand hinter ihnen. Eine Frau kreischte auf, etwa hundert Menschen stürzten zum Wasser, Irene wurde beinahe niedergerannt, die Zigarette fiel ihr vor Schreck aus der Hand. Noch nie im Leben hatte sie sich eine Leiche gewünscht. Bis jetzt.

»Also, ich seh nix«, erklärte Fritz, der mit seinen 1,98 Meter auch aus der Entfernung aufs Wasser blicken konnte.

Eine Gruppe Jugendlicher, fünf etwa 16-jährige Burschen, von denen einer den Schrei ausgestoßen hatte, lachte sich am Ufer kaputt. Einer filmte das Wasser und die Menschen, ein anderer sprang kurz vor die Kamera und nuschelte mit tiefer Stimme: »Das Monster ist gesichtet worden. Wird es einen der arglosen Menschen hier in seinen eiskalten Tod ziehen?«

Eiskalt bezweifelte Irene stark, der See hatte inzwischen sicher 21 Grad.

»Holen S' mir doch mal einen Kaffee«, bat sie den Touristikmanager, auch wenn sie lieber etwas Stärkeres gehabt hätte.

Nach einer knappen Stunde hatten sie mit Hufschmied ihren Einsatzplan besprochen, mit harter Verhandlungstaktik hatte Irene ihn auf vier Stunden pro Tag heruntergehandelt. Ob ihrem Chef Wiesing das gefallen würde, war ihr egal, acht Stunden auf Streife in einem Touristenparadies wäre ihr Ende. Das würde schon allein ihre Lunge nicht mitmachen.

»Dann bis morgen«, verabschiedete sie sich von Hufschmied und dem selig die Menschenmassen betrachtenden Leitner.

»Ich kann's kaum erwarten«, stöhnte sie, als sie mit Fritz zurück nach Klagenfurt fuhr.

»Sieh's als Abenteuer im Sommerloch. Was du Tina abends immer erzählen kannst!«

Irene lächelte schwach. Tina, ihre kleine Tochter, fragte tatsächlich jeden Tag aufgeregt nach dem Monster vom Keutschacher See, sie hatte sogar Max überredet, mit ihr auf die Suche zu gehen.

»Stell dir vor, du erlegst das Vieh, deinen Superheldinnen-Status hast sicher.«

»Vermutlich ist es eh eine Schildkröte oder eine Ente. Da hält mir Tina eher eine Standpauke, wie ich so ein armes Tier erschrecken kann.«

Fritz grinste. »Früh übt sich, was ein Greenpeace-Mitglied werden will.«

Irene fuhr an einem weiteren Touristenschwarm vorbei, den Rest des Tages verbrachte sie damit, Wiesing aus dem Weg zu gehen und lange liegen gebliebenen Papierkram zu erledigen.

Am nächsten Tag kam Fritz viel zu früh in ihr Büro, um ihren Streifendienst in Keutschach zu beginnen. Er ließ eine Uniform vor ihrer Nase baumeln. Wenn das ihre alte war, würde die sicher nicht mehr passen.

»Wir haben noch fast eine Stunde!«, jammerte Irene.

»Bei dem Verkehr brauchen wir eine Stunde.«

Seufzend erhob sie sich, doch bevor sie in die Uniform schlüpfen konnte, klingelte ihr Handy.

»Ein Notfall! Frau Weratschnig, wir brauchen Sie und Ihren Kollegen am FKK-Campingplatz 107! Das Monster hat zugeschlagen!«

Irene ließ das Telefon sinken und schloss die Augen.

»Schlechte Nachrichten?«, fragte Fritz.

»Dieses verdammte Mistviech. Am FKK-Camping ist unser Monster gesichtet worden.«

»Sollen wir ihm nicht langsam mal einen Namen geben? Unserem Kuschelmonster?«

»Wir könnten es Fritz nennen.«

Um zum FKK-Campingplatz zu kommen, mussten sie halb um den See herum fahren. Der Keutschacher See war fast überall naturbelassen, im Gegensatz zum Wörthersee waren im Vier-Seen-Tal die Ufer nicht zugebaut, sodass man, wenn man von der Seite des FKK-Campings ins Wasser sprang, sich an unberührter Natur ringsum erfreuen konnte.

Eine Gruppe Menschen erwartete sie schon, ein, zwei Nackerte befanden sich darunter, zu Irenes Glück waren die meisten jedoch bekleidet, so auch der Kollege Hufschmied, der sie hinüberwinkte.

»Hier, der Tatort ist hier drüben!«

Tatort? Beim Näherkommen konnte Irene sogar Kriminaltechniker sehen, die mit Absperrband eine Fläche rund um ein blaues Zelt freihielten.

»Das Monster hat Jagd auf zeltende Jugendliche gemacht!«, erklärte Hufschmied ihnen, während er sie hinübergeleitete.

»Wenn das nicht doch mal Nessie ist.« Fritz grinste.

Irene ignorierte ihn. Beim Näherkommen stellten sich die Jugendlichen als die Gruppe 16-jähriger Burschen heraus, die schon am Nachmittag zuvor im Strandbad Wellen geschlagen hatte mit ihrem »Monster«-Ruf und dem Video. Diesmal waren sogar zwei Madeln dabei. Die sieben hatten an der Grenze zum FKK-Camping wild gezeltet und dann Meldung bei der Polizei gemacht.

»Ihr habt das Monster gesehen?«, fragte Irene. Diesen Teenagern würde sie kein Wort glauben. Unvoreingenommenheit hin oder her.

»Ganz furchtbar war's!«, rief eines der Madeln. »Es hat so schreckliche Geräusche gemacht.«

»Bellend«, ergänzte ein blonder Bersch mit Grübchen in den Wangen.

»Keuchend«, sagte die andere.

»Ganz und gar gruselig«, fuhr das erste Madel fort, während alle anderen nickten.

»Ich hab's gefilmt!« Der Dunkelhaarige, der auch im Strandbad seine Kamera dabei gehabt hatte, hielt diese stolz in die Höhe. »Blair Witch Project made in Keutschach.«

»Zeig amal.« Irene wollte nach der Kamera greifen, doch der Frechdachs zog sie zurück.

»Das muss erst auf YouTube. Unser Kanal hat schon über 1.000 Zugriffe, und das sind brandheiße Nachrichten. Wir sind schneller als die Presseheinis.«

»Ihr werdet berühmt«, sagte Fritz trocken und nahm ihm die Kamera ab.

»Die ist beschlagnahmt«, erklärte Irene dem protestierenden Burschen.

Sie überließen die schmollenden Jugendlichen einem uniformierten Keutschacher Kollegen.

»Können Reptilien bellen?«, fragte Irene.

»Vermutlich war's ein entlaufener Köter, ein Igel, eine streunende Katze«, sagte Fritz. »Aber in der momentanen Aufregung ist alles gleich das Monster vom Keutschacher See.«

»Die haben doch echt alle einen Klescher.« Irene zog eine Chesterfield aus der Packung, dann hielt sie inne. »Blair Witch Project, dass ich nicht lache.« Sie schnaubte, dann musste sie husten.

Fritz zog die Augenbrauen hoch.

»Jaja, in Dreiherrgottsnamen, ich hör bald mit dem Rauchen auf!«

»Wer's glaubt …«

»Mach dich lieber an die Zeugenbefragung der übrigen Camper.« Ein Blick auf die Masse der Anwesenden genügte Irene, um ihrer ohnehin schon schlechten Laune einen weiteren Dämpfer zu verpassen. Sie stellte sich auf einen Nachmittag mit vielen, vielen Beruhigungszigaretten ein. An Aufhören war erst mal nicht zu denken. Fehlte nur noch ausreichend Kaffee.

Ergebnis der Befragung war wie nicht anders zu vermuten: Niemand hatte etwas gesehen. Aber nachdem die Jugendlichen eine Interpretation der unheimlichen Geräusche gegeben hatten, gab es kein Halten mehr. Von da an war jeder überzeugt, nur knapp dem Monster und damit dem sicheren Tod entgangen zu sein.

»Wir sollten die alle wegen Irreführung und Behinderung polizeilicher Ermittlungen einsperren«, murmelte Irene Fritz zwischen zwei Befragungen zu. Andererseits hätte sie dann eine ganze Menge Papierkram am Hals.

Den restlichen Tag verbrachten sie auf dem Polizeikommando vor dem Computer. Der YouTube-Kanal der Keutschach-Gang, wie Fritz sie getauft hatte, wies fünf Videos auf, inzwischen sogar schon das von der beschlagnahmten Kamera. Vermutlich hatte der Dunkelhaarige eine Kopie auf einer Speicherkarte.

»Die sind echt gut«, kommentierte Fritz den Auftritt der Keutschach-Gang. »Das werden die Kärntner Geisterjäger.«

»Monsterjäger.« Irene schloss den Browser und läutete den Feierabend ein. Ihr Mann hatte versprochen zu kochen, Spaghetti Bolognese, Tinas Leibgericht.

Ihre Laune hielt bis zum nächsten Morgen. *Das Monster vom Keutschacher See – jetzt macht es Jagd auf unsere Jugend!*, titelte die Krone. Fritz hatte sie fürsorglich auf ihren Schreibtisch gelegt. Jetzt lehnte er grinsend im Türrahmen ihres Büros und hielt ihr eine Kaffeetasse hin. »Zur Versöhnung«, sagte er.

Irene trank einen Schluck, es war der gute Kaffee, der aus der Teeküche im dritten Stock, der von der Herrscherin über alle Teetassen gehütet wurde wie ein Schatz. Misstrauisch setzte Irene das Häferl ab. »Noch mehr Hiobsbotschaften?«

»Schau dir mal das neueste YouTube-Video der Keutschach-Gang an.«

Tatsächlich, die Jugendlichen hatten einen schlecht belichteten, grünstichigen Film hochgeladen, der so stark wackelte, dass Irene beim Zusehen beinahe schlecht wurde. Der Dunkelhaarige schien wieder zu filmen, der Blonde kommentierte mit heiserem Flüstern. Man hörte Zweige knacken, Geraschel im Gebüsch, eines der Madeln quiekte und dann bewegte sich etwas hinter einem Busch.

»Das Monster!«, schrie der Blonde. »Draufhalten!«

Die Kamera schwenkte, es war unmöglich etwas zu erkennen, außer einer sich schnell fortbewegenden – tierischen? menschlichen? – Gestalt in einiger Entfernung.

»Hochgeladen vor zwei Stunden, 2.500 Klicks bisher.« Irene ließ den Kopf in ihre Arme sinken. »Wenn das so weitergeht, müssen wir uns noch den restlichen Sommer mit diesem Monster herumschlagen. Womit haben wir das verdient?«

»Du rauchst zu viel und begehst ansonsten ebenfalls fast alle Todsünden, die es so gibt.« Fritz zuckte mit den

Schultern und ließ dann die Autoschlüssel vor ihrer Nase baumeln. »Wir müssen los. Unser Streifendienst ist ausgeweitet worden.«

Irene stöhnte, folgte jedoch Fritz zum Parkplatz. »Du fährst.« Normalerweise gab sie das Steuer nicht gern aus der Hand, aber eine halbe Stunde Stop-and-go zwischen Viktring 108 und Keutschach bei ihrem ersten Besuch hatten ihr genügt.

Wie schon damals war Keutschach auch jetzt hoffnungslos überlaufen, wie schon beim ersten Mal wurden sie auch jetzt von Hufschmied und Leitner in Empfang genommen.

Eine junge Frau mit Bauchladen lief an ihnen vorbei. »Ein Souvenir gefällig?« Sie schwenkte ein Kaffeehäferl mit einem grünen Drachen – der verdächtig an den Klagenfurter Lindwurm erinnerte – und der Aufschrift ›Das Monster vom Keutschacher See‹.

»Ja, sind die alle deppat geworden?« Irene suchte nach ihren Zigaretten.

Auch Fritz konnte sich ein ungläubiges Lachen nicht verkneifen, was ihn aber nicht davon abhielt, bei der jungen Frau eine Tasse zu kaufen.

»Das sind keine Spesen«, warnte Irene ihn und nahm sich vor, den Becher bei der erstbesten Gelegenheit vom Schreibtisch zu schupfn.

Nachdem sie einmal die Souvenirstände bemerkt hatte, fielen Irene immer mehr T-Shirts, Sonnenhüte und sogar Handtücher mit dem bedruckten Drachenmotiv auf. »Nicht zu fassen«, murmelte sie, während Fritz sich im Strandbad-Buffet stolz sein Cola ins neue Häferl goss.

»Du solltest Tina auch eins mitbringen«, sagte er. »Zumindest einen Lutscher mit dem kleinen Drachen.«

»Gibt's auch Bier? Das wäre das Einzige, was ich mir noch überlegen würde.«

»Na, aber Sie wollen in Klagenfurt doch sicher eine kleine Erinnerung an unser waschechtes Monster«, warf Leitner ein. »Nicht nur so ein Wollnashorn 109.« Er zwinkerte ihr zu.

Irene schüttelte den Kopf und versuchte nicht an Tina zu denken, wie sie beim Abendessen mit leuchtenden Augen nach dem Monster gefragt hatte.

»Ach, dann geben S' mir halt a so anen Becher.« Sie hielt die junge Frau fest, von der Fritz sein Häferl gekauft hatte. Das Souvenir war völlig überteuert, aber solange es Tina glücklich machte, daraus ihren Kakao zu schlürfen, würde Irene sich nicht beschweren.

Über die nächsten Tage hielt sich das Chaos in Keutschach, und sie hatten alle Mühe, der Touristenmassen Herr zu werden. Immer wieder kamen ihnen dabei die »Dokumentarfilmer«, wie sich die Keutschach-Gang nun nannte, in die Quere. Und auch der von den Menschenströmen angetane Leitner machte ihnen das Leben nicht einfacher, schickte er Journalisten nicht zur Hölle, sondern verwickelte sie in Interviews und rückte bereitwillig sämtliche Informationen heraus, derer er habhaft werden konnte.

»Spinner«, sagte Irene, als sie sich mit Fritz eine Pause im Café gönnte. Sie hatte gerade für Fritz und sich zwei-Leberkassemmel gekauft, da klingelte ihr Telefon. Sie drückte Fritz seine Semmel in die Hand, schaffte es aber dennoch nicht rechtzeitig, den Anruf anzunehmen. Keine zehn Sekunden später klingelte es bei Fritz.

»Scheint wichtig zu sein.« Noch mit vollem Mund

nuschelte Fritz ein »Servas«, dann schluckte er schnell hinunter. »Was? Wann? Wo?«

Seinem Gesichtsausdruck nach zu urteilen war es ernst. Das hieß, sie wurden das vermaledeite Monster endlich los.

»Unser Monster ist wieder aufgetaucht«, zerschlug er ihre Hoffnung jedoch sofort. »Und diesmal gibt es eine Leiche.«

Beinahe hätte Irene sich an ihrem Bissen verschluckt. Wie sollte eine Schnappschildkröte jemanden umbringen?

»Herzanfall?«, fragte sie.

Fritz schüttelte den Kopf. »Wir wissen noch nichts Genaues, die Gerichtsmedizin ist vor Ort. Keine Zeugen. Spaziergänger haben die Leiche am Westufer gefunden. Sie ist wohl ziemlich übel zugerichtet.«

Irene stöhnte. Die Schlagzeilen mochte sie sich gar nicht vorstellen. Bis sie die Todesursache vollständig geklärt hatten, würde es heißen, das Monster habe jemanden umgebracht.

Am Fundort der Leiche wurden sie wie üblich von Hufschmied und Leitner erwartet.

»Da wird die Fête Blanche 110 aber einpacken können.« Der Touristikmanager rieb sich die Hände. Bedachte man, dass keine fünf Meter hinter ihm eine männliche – soweit Irene das beurteilen konnte – Leiche mit deutlichen Bissspuren lag, fand sie seine Begeisterung alles andere als angemessen.

Sie ignorierte ihn und sprach stattdessen ihre Kollegen von der Spurensicherung an. »Könnt ihr schon was sagen?« Sie drehte sich zur Gerichtsmedizinerin Dr. Kalic um. »Sieht schon älter aus, oder?«

»Richtig, ein paar Tage ist er auf jeden Fall schon tot.«

»Und er ist irgendwo anders gestorben.« Einer der Kriminaltechniker deutete auf plattgedrücktes Gras in der Umgebung. »Da hier auch kein Blut zu sehen ist, obwohl bei den Verletzungen eine ganze Menge davon zu finden sein müsste, ist das ziemlich offensichtlich.« Irene fuhr sich durch die kurzen Haare. »Irgendeine Ahnung, wer er ist?«

Allgemeines Schulterzucken.

»Die Leiche war nackt, also auch keine Papiere. Sie ist männlich, ungefähr Mitte 50. Mehr, wenn ich einen Zahnabgleich machen kann«, antwortete die Gerichtsmedizinerin schließlich.

»Was hat ihn so zugerichtet?« Fritz schaute Irene über die Schulter.

»Ein Tier, vielleicht ein Hund, das kann ich noch nicht mit Sicherheit sagen.«

»Ein Tier? Vielleicht das Monster vom Keutschacher See?«, rief jemand hinter ihnen. Der Blonde senkte seine Stimme um eine weitere Oktave, als er vor der Kamera seines dunkelhaarigen Freundes weiterfragte: »Was verheimlicht uns die Polizei? Genmanipulation? Strahlenverseuchung? Einen Atomunfall? Stehen wir hier der Geburt Godzillas gegenüber?«

»Kamera beschlagnahmen!«, rief Irene. »Und dann verlassen die Buben hier auf der Stelle den Tatort, wenn sie nicht wollen, dass ich ein ernstes Gespräch mit ihren Eltern führe!«

»Sie wollen also net mit der Bevölkerung sprechen?«, mischte sich in diesem Augenblick auch noch ein Journalist ein. »Frau Kriminalinspektorin, wovor haben S' Angst? Was glauben S', was wir herausfinden könnten?«

Mit ausgebreiteten Armen ging Fritz auf den Reporter zu. »Warten S' bitte bis zur Pressekonferenz. Aber Godzilla kann ich jetzt schon ausschließen.« Er fasste den Mann an der einen Schulter, Hufschmied an der anderen, dann führten sie ihn mit sanftem Druck vom Tatort weg. Irene konnte ihn weitere Fragen rufen hören, doch sie achtete nicht mehr darauf. Aus den Augenwinkeln sah sie, wie Leitner ihm hinterherlief. »Vielleicht kann i Ihnen behilflich sein!«

Die Jugendlichen drückten sich nach wie vor hinter einigen Bäumen herum, aber Irene vertraute darauf, dass die uniformierten Kollegen sie in Schach hielten. Sie schüttelte den Kopf und wandte sich wieder an die Kriminaltechniker, die ihr so schnell wie möglich die Ergebnisse versprachen.

Die Spaziergänger, die den Toten gefunden hatten, warteten immer noch, Fritz nahm gerade ihre Personalien auf, er hatte ihnen etwas zu trinken angeboten. Solche Nettigkeiten vergaß Irene grundsätzlich, glücklicherweise hatte sie dafür ja ihren Kollegen.

»Sie waren also spazieren?«, fragte sie das ältere Ehepaar, dessen Yorkshire-Terrier aufgeregt an Irenes Beinen hochsprang. Kurz stutzte Irene, dann rief sie sich die Bisswunden des Toten in Erinnerung; die konnten niemals von so einem kleinen Hund stammen, das musste mindestens ein Schäferhund gewesen sein.

»Wir wohnen in der Pension Seeblick«, erklärte die Frau. Sie hatte rötliches, kurz geschnittenes Haar und war komplett mit Kleidung von The NorthFace ausgestattet. So sportlich sah sie zwar nicht aus, aber Irene, die nicht einmal in der Lage war einen halben Kilometer zu joggen, wollte sich kein Urteil erlauben. »Am frühen Nachmittag wollten wir einen etwas ausgedehnteren Spaziergang machen. So weit können wir natürlich nicht, wegen Felix«, Irene nahm an, das war der Hund, »aber ein bisschen am Seeufer, das kam uns romantisch vor.«

Ein Blick auf ihren Mann sagte Irene deutlich, wer von den beiden für Romantik zuständig war. Lehrer, schätzte sie, und ganz und gar ohne Humor.

»Um 13.55 fing Felix auf einmal aufgeregt an zu bellen und an der Leine zu zerren«, teilte er ihr mit. Oha, ihr Eindruck schien richtig gewesen zu sein. Er setzte seine Brille ab, putzte sie kurz mit dem Jackenärmel und sah daraufhin prüfend zum Seeufer. »Die Leiche haben wir dann gleich entdeckt und natürlich sofort die Polizei verständigt.«

Irene nickte. »Ist Ihnen sonst etwas aufgefallen? Ein Auto vielleicht, andere Spaziergänger?«

Die beiden sahen sich an und schüttelten den Kopf. »Nein. Da war niemand. Wir haben auch nichts gehört.«

»Vielen Dank.« Irene entließ die beiden und winkte der Psychologin, die gerade angetrabt kam. Der aufmerksame Hufschmied musste sie gerufen haben. Das Ehepaar hatte zwar alles andere als verstört gewirkt, aber schaden konnte es nie, wenn die Psychologin die Lehrer genauer durchcheckte.

»Dann werden wir mal die Vermisstenanzeigen durchsehen.« Fritz winkte mit einem Polaroid-Bild des Toten.

»So a Schaas. Ich sag' Hufschmied dann, dass wir trotz des erwarteten Touristenansturms leider net mehr für Streifendienst zur Verfügung stehen können.« Es war zwar makaber, aber Irene war dem Toten regelrecht dankbar.

Die nächsten Stunden verbrachten sie vor dem Rechner. Zunächst versuchten sie es mit vermissten Kärntnern, dann Österreichern. Schließlich schlossen sie sich mit

Kollegen der Nachbarländer kurz, aber auch das brachte keine Ergebnisse.

»Unsere Leich' wird noch nicht vermisst«, berichtete Irene Wiesing am frühen Abend. »Vielleicht meldet sich im Laufe des Tages noch eine besorgte Ehefrau. Oder Dr. Kalic bekommt über die Zahnärzte einen Treffer.«

»Dann lassen Sie uns auf eins davon hoffen. Und geben S' um Gottes willen so schnell wie möglich eine Pressekonferenz, was glauben S', wie viele Anrufe ich heute Nachmittag bekommen habe?!«

»Journalisten?«

»Und besorgte Bürger, die wissen wollen, wie groß die Gefahr wirklich ist! Auf YouTube ist ein Video aufgetaucht …« Er brauchte nicht mehr weiterzusprechen. Irene und Fritz stöhnten laut auf. »Die Keutschach-Gang!«

»Die Gemeinde hat ein Badeverbot verhängt«, sagte Wiesing. »Das schürt natürlich zusätzlich Gerüchte.«

»Wenn jetzt jemand auf die Idee kommt, eine Bank zu überfallen, hat er gute Karten«, seufzte Irene. Alle verfügbaren Einsatzkräfte waren in Keutschach, es herrschte beinahe Ausnahmezustand. Und Wiesing wirkte müder, als Irene ihn kannte. Sie lächelte ihm aufmunternd zu. »Morgen kriegen wir raus, um wen es sich handelt. Und in ein paar Tagen geht wieder alles seinen geregelten Gang.«

»Wollen wir's hoffen.« Wiesing stützte den Kopf in die Hände. »Und jetzt ab nach Hause mit Ihnen. Heute lässt sich ohnehin nichts mehr tun. Morgen früh dann in alter Frische!«

Irene verabschiedete sich und stellte sich auf einen langen Abend mit Max und Tina ein. Sie musste Tina schonend auf den Toten vorbereiten. Sicher würden die Zeitungen eine Schlagzeile nach der anderen über die Leiche bringen, das würde selbst ihre Tochter mitbekommen, die das Monster heiß und innig liebte und nur noch aus ihrem Drachen-Häferl trank. Irene seufzte. Wie überbrachte Max schlechte Nachrichten immer? Ach ja. Irene hielt schnell beim nächsten Spar und kaufte eine Packung Wassereis.

Der Abend gestaltete sich überraschend gut, Tina fand es nur natürlich, dass ein Monster früher oder später jemanden fressen würde, und Irene war glücklich über Max' hervorragende Bratkartoffeln.

Am nächsten Morgen erwartete Fritz sie mit der nächsten Hiobsbotschaft: »Wenn wir es irgendwie schaffen, müssen wir nach Keutschach, da ist der Teufel los.« Irene nahm sich vor, es garantiert nicht zu schaffen, sie hatte schließlich eine Leiche am Hals.

Der Anruf kam, als sie vor dem Kaffeeautomaten stand und mit sich selbst debattierte, die Brühe zu kaufen oder Fritz zum Bäcker zu schicken. Es war die Gerichtsmedizinerin. »Frau Weratschnig, die Kollegen haben den Anruf sofort an mich weitergeleitet, damit ich es überprüfe. Und nachdem ich einen Abgleich mit den Akten von einem Zahnarzt in Reifnitz 111 machen konnte, muss ich Ihnen mitteilen, dass die Anruferin, Frau Mühlfellner, tatsächlich nicht halluzinierte, wie Ihr Kollege glaubte.« Sie machte eine Pause, in der Irene ungeduldig auf den Knopf des Kaffeeautomaten drückte. Was sprach die Frau da für ein wirres Zeug?

»Welche Anruferin?«, fragte sie schließlich, als Dr. Kalic beharrlich schwieg.

»Frau Mühlfellner. Es geht um die Leiche.«

»Ja und?« Musste sie dieser Person denn wirklich alles aus der Nase ziehen? Und der Kaffee roch wie immer ungenießbar. Fritz musste unbedingt im dritten Stock seinen Charme einsetzen.

»Nun ja. Es ist … wir haben die Leiche eines Toten.«

An dem dünnen Plastikbecher verbrühte Irene sich fast die Finger, als sie ihn zurück in ihr Büro balancierte. »Leichen sind immer tot. Nun sagen S' schon, wer er ist.«

»Walter Mühlfellner, 54 aus Reifnitz, seit einer Woche tot, gestorben an einem Herzinfarkt, nachdem sein Schäferhund-Mischling ihm mehrere Bisswunden zugefügt hatte, vermutlich am Schock. Der Hausarzt hat das Attest ausgestellt, die Familie hat ihn vorgestern einäschern lassen. Oder hat ihn einäschern lassen wollen. Nun liegt er ja bei mir.«

»Was?« Jetzt verstand Irene, was die Ärztin ihr hatte sagen wollen. Sie winkte Fritz von seinem Schreibtisch zu sich hinüber und stellte das Handy auf Lautsprecher. »Können S' das noch amal für meinen Kollegen wiederholen?«

Fritz hörte genauso ungläubig zu wie Irene einige Momente zuvor.

»Das ist doch nicht wahr!«

»Leider doch«, antwortete die Gerichtsmedizinerin. »Die Einäscherung hätte in Klagenfurt stattfinden sollen, ich geb Ihnen kurz die Nummer des Bestattungsinstituts durch.«

Irene schrieb mit, bedankte sich und rief sofort beim Beerdigungsunternehmen an. »Das muss denen doch aufgefallen sein, dass eine Leiche fehlt!«, flüsterte sie Fritz zu, der nur mit den Schultern zuckte.

Es war ihnen tatsächlich *nicht* aufgefallen. Der Geschäftsführer reagierte zunächst ablehnend, schließlich gab er jedoch zu, dass die Särge, waren sie einmal verschlossen, nicht mehr kontrolliert wurden.

»Wer rechnet denn damit, dass jemand eine Leiche entwendet?«, fragte er.

»Da hat er recht«, flüsterte Fritz.

»Haben S' denn immer abgesperrt? Kann jemand bei Ihnen eingedrungen sein, ohne dass Sie es bemerkt haben?«

Der arme Mann verneinte entsetzt und versprach Irene schließlich, ihr eine Liste mit den Namen aller Mitarbeiter zu geben. »Obwohl ich für jeden einzelnen die Hand ins Feuer legen würde. Da stiehlt keiner eine Leiche!«

»I waß aber, wer eine Leiche fladern würde«, sagte Irene grimmig, nachdem sie aufgelegt hatte.

Fritz zog die Augenbrauen hoch.

»Komm, wir fahren nach Keutschach. Wer ist die einzige Person, der dieses verdammte Monster je genützt hat?«

»Die Keutschach-Gang?«

»Ach, geh, das sind harmlose Teenager. Wir haben mit dem Leitner ein Hühnchen zu rupfen.«

Sie trafen den Touristikmanager in der Buschenschank, wo er gerade mit einer Gruppe junger Männer anstieß. Unter anderem erkannte Irene den aufdringlichen Journalisten vom Tag zuvor, und der ein oder andere war ihr bei früheren Fällen über den Weg gelaufen. Leitner wollte der Presse also wieder neueste Geschichtln vom Monster vom Keutschacher See einedrücken.

»Nun halten Sie sich mal etwas zurück.« Irene nahm ihm sein Glas aus der Hand, während Fritz die Reporter verscheuchte. »Wir würden mit dem Herrn Leitner ganz gern allein reden. Aber ich verspreche Ihnen, Sie bekommen danach eine tolle Story.«

»Ja, aber was ist denn los?« Leitner schaute verwirrt von Irene zu Fritz. »Haben S' das Monster gefunden?«

»Das könnte man so sagen, Herr Leitner.« Irene ließ sich ihm gegenüber am Tisch nieder. »Was haben Sie sich nur dabei gedacht?«

»Ich glaube, ich verstehe nicht ganz …«

»Sie redet von der Geschichte mit der Leiche. Ganz zu schweigen von Irreführung der Behörden.« Jetzt setzte sich auch Fritz, direkt neben Leitner, eine Hand schon bereit, ihn am Arm zu packen.

»Sie glauben doch nicht etwa …« Der Touristiker schien nur noch in Halbsätzen sprechen zu können.

»Wir glauben nicht, Herr Leitner, wir wissen.« Irene hatte keine Lust mehr, um den heißen Brei herumzureden. »Sie waren neidisch, das war's. Der Keutschacher See ist beliebt, aber er ist naturbelassen. Sie wollten die High Society vom Wörthersee. Wo steht das Schlosshotel, wo gibt es ein Casino? In Velden. Wo sind die teuersten Restaurants? In Velden und Pörtschach. Wo gibt es Modenschauen, die Fête Blanche? Wo kosten die Motorbootlizenzen ein Vermögen? Am Wörthersee. Sie wollten auftrumpfen, sie wollten etwas haben, was es am Wörthersee sicher nicht gibt. Wie Sie nun auf den Gedanken gekommen sind, dass ausgerechnet ein Monster das Richtige ist, kann ich mir nicht erklären, aber dass Sie sich das Monster ausgedacht haben, das steht außer Frage. Fritz«, sie drehte sich zu ihrem Kollegen um, »hast du schon die Namensliste vom Bestattungsinstitut? Dort finden wir doch sicher eine Verwandte oder einen guten Freund von Ihnen, Herr Leitner, richtig?«

Der große Mann saß zusammengesunken vor Irene

und wirkte kleiner als sie. »Ich wollte doch niemandem schaden«, sagte er leise.

Irene dachte an die Zigaretten, die sie in den letzten Tagen geraucht hatte. Es war sicher eine Packung mehr als unter normalen Umständen im gleichen Zeitraum.

»Immerhin haben S' niemanden ernsthaft verletzt«, versuchte Fritz Leitner aufzumuntern. »Wobei Leichendiebstahl schon eine haarige Angelegenheit ist.«

»Ich wär doch nie auf die Idee gekommen«, gab Leitner zu, »aber dann hat meine Cousine von dem Mann mit den Bisswunden gesprochen, und es passte einfach zu gut zu unserem Monster.« Er seufzte.

Irene dachte an Tina und ihre Monstertasse. »Na, so schnell wird das Merchandising sicher nicht eingestellt werden.« Sie klopfte ihm auf die Schulter. »Und innovative Touristikmanager sind sicher auch gefragt. Wenn der Prozess vorüber ist, können Sie sich ein neues Projekt ausdenken. Was halten S' denn von etwas weniger Aufregendem wie Ponyreiten?« Ein Kaffeehäferl mit einem Pferdchen würde doch sicher auch seine Abnehmer finden.

100 **Pyramidenkogel**: 850 Meter hoher Bergrücken zwischen Wörthersee und Keutschacher See mit hölzernem Aussichtsturm. Wenn der Lift mal wieder ausfallen sollte, gibt es für die fleißigen Treppensteiger zumindest eine Preisermäßigung. Runter geht es schneller: mit der Rutsche.

101 **Keutschach**: Tourismusort im Vier-Seental. Die *prähistorischen Pfahlbauten* auf einer inselartig aufragenden ovalen Untiefe inmitten des Keutschacher Sees gehören zum UNESCO-Welterbe. Nachbauten und ein Museum sind im Gespräch, um auch touristisch Nutzen aus den Funden zu ziehen.
Ausflugsziel:
Zauberwald: Großer Abenteuerspielplatz im Wald westlich des Rauschelesees mit Indianern, Rittern, Hexen, Märchenfiguren und so weiter. Angenehm schattig an heißen Sommertagen – und danach ab ins Wasser.

102 **GTI-Treffen in Reifnitz am Wörthersee:** Ende Mai wird es rund um den Wörthersee und auch im Seental laut. Wer sich nicht ins wilde Treiben stürzen möchte, sollte Verkehrsbehinderungen berücksichtigen und weiträumig ausweichen.

103 **Keutschacher See:** Keutschacher, Rauschele-, Hafner und Baßgeigensee geben dem Vier-Seental (Feuchtmoorgebiet unter Naturschutz) seinen

Namen. Die Seen zählen zu den wärmsten und damit beliebtesten Badeseen Kärntens.

104 **Velden**: Mondäner Urlaubsort. Schlosshotel, bekannt durch die Fernsehserie ›Ein Schloss am Wörthersee‹ mit Roy Black. Auf der Partymeile mit beliebten Szenelokalen und Bars tummelt sich die Schickeria. Casino mit ausgezeichneter Küche (mit vollem Magen verliert es sich angeblich gelassener).
Ausflüge und Freizeittipps:
Forstsee: Kleiner See nördlich des Wörthersees mitten im Wald, wo Badegäste gerne der Freikörperkultur huldigen.

Das *Schloss Rosegg* verströmt italienisches Flair, wurde es doch um 1770 vom Fürsten Orsini-Rosenberg für seine italienische Geliebte erbaut. Die Räume werden von lebensgroßen Wachsfiguren bewohnt. Im Schlosspark größtes Gartenlabyrinth Österreichs.

Der *Tierpark Rosegg* mit einheimischen und fremdartigen Tieren (wie Bisons) wurde als Rundwanderweg um einen Hügel mit der Burgruine Altrosegg angelegt. Jausenstation, Spielplatz und Streichelzoo.

Keltenwelt, Freilichtmuseum Frög-Rosegg: Ausgrabungen eines Hügelgräberfeldes (Rundgang), Museum. Spezielle Führungen für Kinder und Sonderveranstaltungen.

105 **Pörtschach**: Badeort mit reizvollen Wörthersee-Villen, der (touristisch) im Schatten Veldens steht, obwohl er auch über ein romantisches Schlosshotel

(Leonstain) verfügt und dank der Bars am Monte Carlo Platz zu einem aktiven Nachtleben verführt. Austragungsort von Tennisturnieren (z. B. European Senior Open).

Ausflugstipp:

Wanderung zur *Burgruine Leonstein* im Landschaftsschutzgebiet. Der Burg- und Museumsverein bietet auch Führungen an.

106 Der **Wörthersee** wurde nach der Eröffnung der Südbahn in der zweiten Hälfte des 19. Jahrhunderts zu einem bevorzugten Ziel für Sommerfrischler. Bei einer *Radtour* rund um den See oder bei einer *Schifffahrt* kann man die zahlreichen alten Villen als Denkmäler der Wörthersee-Architektur um 1900 am besten bewundern.

Bei Krumpendorf steht der weithin sichtbare, aber baufällige *Schrottenturm* (Anfang des 19. Jahrhundert zur Schroterzeugung errichtet), das dazugehörige Terrassencafé war in den 60er-Jahren ein beliebtes Ausflugsziel, bevor es 1970 geschlossen und dem Verfall preisgegeben wurde.

Wanderrundweg um den See mit dem Maskottchen ›Wörthersee-Mandl‹, Informationstafeln und schönen Rastplätzen.

107 **Keutschacher See**: Auf der Südseite des Keutschacher Sees befindet sich Europas größtes FKK-Gelände an einem Binnensee.

108 **Klagenfurt-Viktring**: Bezirk der Landeshauptstadt Klagenfurt und beliebte Wohngegend. Im

12. Jahrhundert Gründung eines Zisterzienserstiftes, das ebenso wie das Stift Ossiach unter Kaiser Joseph II. aufgehoben wurde. Bis 1967 bestand hier eine Tuchfabrik, ab 1977 Gymnasium mit Schwerpunkt Musik und Bildnerischer Erziehung. Die Stiftskirche besitzt u. a. eindrucksvolle Deckenfresken in der Bernhardkapelle aus dem 15. Jahrhundert, kunsthistorisch bedeutsam sind auch die Glasfenster.

109 Siehe Lindwurm, Endnote 3 der Geschichte »Oh du selige«. Der Schädel des Wollnashorns, der die Lindwurm-Sage im Nachhinein untermauerte, ist heute noch im Landesmuseum Kärnten in Klagenfurt zu besichtigen.

110 **Fête Blanche**: Szeneevent am Wörthersee (Discothek FABRIK in Saag), das auf immer mehr Lokalitäten ausgeweitet wird. Velden versuchte 2013 erstmals, die Party auf drei Tage auszudehnen und eine eigene Marke zu schaffen (›White Nights 2013‹). Bei der Fête Blanche sollte man den Dresscode beachten – sonst ist man das schwarze Schaf.

111 **Reifnitz**: Am Südufer des Wörthersees gelegener Urlaubsort. Schloss »Klein Miramar«, späthistorischer Bau aus dem ausgehenden 19. Jahrhundert, der in den letzten Jahren vor allem durch seinen Verkauf für Schlagzeilen sorgte.
Freizeittipp:
Es lohnt sich die Wanderung zur Filialkirche St.

Margarethen, die sich in den Ruinen der Burg Reifnitz befindet. Schöner Ausblick.

Östlich von Reifnitz befindet sich der Wallfahrtsort *Maria Wörth*, der dem See seinen Namen gab. Auf der kleinen Halbinsel befinden sich gleich zwei bedeutende Kirchenanlagen. Die Pfarrkirche der Heiligen Primus und Felician wurde bereits Ende des 9. Jahrhunderts urkundlich erwähnt und diente als Freisinger Missionszentrum in Kärnten. Spätromanischer Karner.

Etwas tiefer gelegene Winterkirche (Rosenkranzkirche) mit schönen Wandmalereien. Glasgemälde Maria mit Kind (um 1420/1430).

FUCHS IM HÜHNERSTALL

REGION UNTERKÄRNTEN/LAVANTTAL/ST. PAUL

Alexandra Bleyer

»Die Herta ist auf Kur, da dachte ich mir, du magst vielleicht mitfahren«, schlug Susanne vor. Sie saßen auf der Terrasse des Schlosscafés Porcia 112 in Spittal und Hahn beobachtete, wie Susanne den Schlagbatzen auf ihrem Kaffee durch hektisches Rühren auflöste. »Allein mag ich nicht. Aber wenn man schon eine Reise gewinnt …«

»Gern«, freute sich Hahn. »Nach Unterkärnten kommt man ja nicht so oft. Ich weiß gar nicht, wann ich das letzte Mal dort war. Ich glaub, das war kurz nach meiner Pensionierung, da sind wir zu einem Konzert im Stift Eberndorf 113 gefahren.«

Seit Danjelas Tante Dragica vor drei Wochen in das ehemalige Kinderzimmer vom Marko eingezogen war, war Hahn jede Gelegenheit recht, aus dem Haus rauszukommen. Die Dragica war a richtige Gschaftlhuaberin und stellte Haus und Garten auf den Kopf. Nicht einmal in seiner Wohnung im ersten Stock hatte er Ruhe, so a laute Stimme hatte sie. Normal reden konnte sie nicht, immer nur schreien. Südländisches Temperament, hatte Danjela entschuldigend gemeint. Ha!

Am Samstag pünktlich um halb sieben holte Hahn Susanne in Radenthein ab, um neun mussten sie beim Treffpunkt in Villach sein, von wo die Reise losgehen sollte. Gemütlich zuckelten sie durch das Gegendtal 114.

»Dass die es alle so eilig haben«, bemerkte Susanne verwundert, da sie ständig überholt wurden.

Hahn sah auf den Tacho: Knapp 60 Stundenkilometer. Passt.

Als ein besonders ungeduldiger Drängler, der aufgrund der Kurven lange nicht vorbeikam, beim Überholen verärgert hupte, lüpfte Hahn freundlich grüßend seinen Hut. Er war viel zu gut aufgelegt, um sich den Tag verderben zu lassen. Nachdem ihn Susanne davon überzeugen konnte, doch nach dem Weg zu fragen – in den letzten Jahren hatte sich hier enorm viel verändert! –, fand er auch den Treffpunkt beim Villacher Einkaufszentrum in der Nähe der Autobahnauffahrt Villach Ossiachersee.

»Grias eich, grias eich, ich bin der Schacher Rudi, sagt lei Rudi zu mir, kemma eh per Du sein, oder?« Der Rudi schüttelte jedem eifrig die Hand und grinste breit. Seine dunklen Schmalzlocken reichten ihm bis zum Kragen seines farbenfroh karierten Hemdes.

»Der schaut a bisserl aus wie der Andy Borg vom Musikantenstadl«, flüsterte Susanne ihm zu. »A so a fescher Mann.«

Der Busfahrer, der die Gewinnertickets einsammelte, war das genaue Gegenteil: Hager und mit einem grimmigen Zug um den Mund begnügte er sich mit einem Nicken als Antwort auf die ihm entgegengebrachten Grüße.

»So«, klatschte Rudi ein paar Mal in die Hände. »Alles einsteigen, bitte, der Zug fährt ab, ha ha. Ist natürlich ein Bus.«

Schon nach einer halben Stunde sehnte sich Hahn nach Matthias zurück, der als Reiseleiter einiges unaufdringlicher war, viel wusste, aber während der Busfahrt nur auf die wichtigsten Sehenswürdigkeiten aufmerksam machte. Rudi hingegen redete ohne Punkt und Komma – und anscheinend, ohne Luft holen zu müssen. Und meistens an Blödsinn, so wie viele Moderaten im Morgenradio. Das schaltete er schon gar nicht mehr ein, sondern freute sich, wenn er in Ruhe seine Zeitung genießen konnte, eh nur mehr selten, weil auch Dragica eine Frühaufsteherin war.

Wenigstens ging es zügig voran, da mittlerweile auch das letzte Teilstück der Südautobahn zwischen Klagenfurt und Völkermarkt fertiggestellt war. Vor St. Andrä [115] fuhr der Bus ab und weiter Richtung St. Paul im Lavanttal [116].

»Und dort hinten bauen's den Koralmtunnel. Ich sag ja immer: Was Gott durch Berge getrennt hat, soll der Mensch nicht durch Tunnel verbinden. Schon gar nicht Kärnten und die Steiermark. Kennt's den Witz schon? A Kärntna und a Steira treffen sich …«

Hahn zählte ganze acht Steirerwitze, dann erreichten sie endlich ihr Ziel: Das Benediktinerstift [117]. Das Erste, was Hahn dort tat, nein, eigentlich das Zweite, weil als Erstes liefen alle aufs WC, war Susanne bei der Hand zu nehmen und sich von dem unerträglichen Reiseleiter zu lösen. Der Rudi hätte ihnen sonst auch noch die Sonderausstellung verhaun.

»Jetzt hab ich aber ein besonderes Schmankerl für euch«, erhöhte Rudi die Spannung, als alle wieder im Bus saßen. »Wir fahren rauf auf den Johannesberg [118].«

Im Gasthof Johannesmesner hatte Rudi den Speisesaal für die Gruppe reserviert. »Aber schaut's rein in die Lobisserstuben [119]!«

Der Busfahrer, den das ständige Gequatsche anscheinend auch anzipfte – er war ja noch ärmer dran, wenn er öfters mit dem Rudi eingeteilt war –, zog sich an die Theke der Gaststube zurück, während Rudi am Kopf der Tafel Platz nahm. »Na, hier oben müssen wir schon einen Most trinken. Wir sind ja bei den Lamoschä. Ga, das klingt Französisch. Aber die Lamoschä, das sind die Lavantaler Mostschädeln. Ha ha. So sagt man bei uns in Villach. Esst's lei nit zu viel, weil ihr wisst's ja – das Abendessen im Hotel ist im Gewinn inkludiert.«

Hahn bestellte für Susanne und sich einen Kaffee und dazu, da es Produkte aus eigener Herstellung gab, eine kleine Brettljausn, die sie sich teilten.

»Morgen fahren wir dann das Lavanttal hinauf«, pries Rudi den weiteren Reiseverlauf an, biss von seinem Schweinsbratenbrot ab und sprach kauend weiter: »Des ist a richtig schöne Strecke, landschaftlich sehr schön. Kennt wer von euch die Leonhardikirche 120? Na? Keiner? Da habt's was versamt.«

»Du, Rudi, wir müssen langsam weiter«, rief ihm der Busfahrer zu, der in der offenen Tür stehen geblieben war und demonstrativ auf seine Armbanduhr blickte. »Es ist schon bald fünfe.«

»Ah, der Kurt, der murrt«, rief Rudi hinter vorgehaltener Hand den Reisenden zu, laut genug, dass es Kurt hören konnte. »Da werden wir lei müssen. Er hat ja den Schlüssel vom Bus. Wer sich das Kirchl 121 noch anschauen möchte, muss sich tummeln. Wir fahren in 15 Minuten.«

Hahn und Susanne waren die letzten, die von der Kirche zum Parkplatz hasteten, die anderen saßen schon im Bus.

»Pass auf, was machst«, hörten sie Kurt nicht murren, sondern eher knurren.

Außer Sichtweite des Busses standen sie hinter dem Stadl, und Rudi sah gar nicht mehr so lustig und jovial drein, sondern richtig böse.

»Du hast mir gar nichts zu sagen. Mach dei Arbeit und halt's Maul.«

»Ich warne dich! Ich lass mir das von dir nicht gfallen«, drohte Kurt, bemerkte dann die beiden Nachzügler und trat hastig einen Schritt von Rudi zurück. Der brauchte einen Moment, sich zu fangen und seinen Dauergrinser aufzusetzen.

»So, weiter geht's.«

Die schmale Bergstraße hinunter entlockte den am Fenster zum Abhang Sitzenden den einen oder anderen erschrockenen Seufzer. »Wer Angst hat, macht einfach die Augen zu«, quatschte Rudi ins Mikrofon. »Das macht der Kurt hier vorne auch! Ha ha.«

Um sechs waren sie endlich im Hotel, das etwas abgelegen auf einer Anhöhe lag. Der Ausblick über das Lavanttal war schön, der Anblick des abgewohnten Gebäudes weniger.

»So, bevor jetzt der Rummel mit dem Einchecken losgeht, möchte ich euch in den Saal hier bitten. Ich hab ja noch was Tolles für euch! Kurt, mach du das mit dem Beamer«, wies Rudi den Busfahrer an und trat in die Mitte zwischen den U-förmig angeordneten Tischen.

»So, samma alle beisammen? Ja? Gut.«

Und dann stürzte er sich in einen Monolog, in dem er – unterstützt von an die Wand projizierten Fotos und Anschauungsobjekten, die von Hand zu Hand weiter gereicht wurden – die unschätzbaren gesundheitlichen Vorteile von magnetisierenden Bettunterlagen darlegte.

»Wie die Forschung beweist, wird das durchschnittliche Lebensalter um zehn Jahre erhöht. Zehn Jahre.«

Das durchschnittliche Alter der Anwesenden lag bei 70.

»Hat aner von euch Hüftprobleme?« No na. »Oder habt's es mit den Knien? Das ist a super Gschicht. Wer erst einmal ein paar Wochen mit der Magnetunterlag gschlafen hat, der gibt sie nicht mehr her. Da springst am Morgen richtig aus dem Bett, fit und munter«, pries er und hielt der älteren Dame mit dem Rollator eine Stoffprobe unter die Nase.

Hahn stand auf und wollte auch Susanne zum Gehen auffordern, als Kurt ihm von hinten die Hand auf die Schulter legte.

»Setzen Sie sich, der Vortrag gehört dazu. Das haben S' mit der Gewinnkarte unterschrieben.«

»Sie können mich nicht zwingen …«

»Wenn Sie gehen wollen, gerne, aber damit brechen Sie die Reise ab, und die Übernachtung und die Heimfahrt werden hinfällig«, warnte Kurt mit gedämpfter Stimme.

Susanne zupfte an seiner Hand. »Anhören können wir es uns ja«, flüsterte sie verlegen über die Aufmerksamkeit, die Hahn erregte. Ihr zuliebe gab er nach.

Beinahe zwei Stunden später sah man den Teilnehmern ihre Erschöpfung an. Sie schienen sich nach nichts anderem als ihrem Abendessen und einem Bett zu sehnen. Rudi war längst zur Einzelbehandlung übergegangen. Er klapperte einen nach dem anderen ab und rückte mit seinem Stuhl meist erst dann weiter, wenn er eine Unterschrift herbeigeredet hatte. Sein Grinsen wirkte gar nicht mehr freundlich, sondern verschlagen, fand Hahn, der sich standhaft weigerte.

»Na ja, so schlecht wird es nicht sein«, wisperte Susanne, nachdem Rudi keine fünf Minuten auf sie eingeredet hatte.

»Unterschreib's nicht!«, warnte Hahn, aber Susanne knickte ein.

»So günstig wie heute kriegst die Magnetunterlag nicht mehr, nur heute gilt der Sonderpreis, minus 20 Prozent. Das ist schon was, oder?«, lobte Rudi, als sie nach dem Kuli griff.

»Was hätte ich denn tun sollen?«, klagte Susanne später beim Abendessen, das keineswegs zu einem Dreisternehotel passte, sondern unterstes Kantinenniveau hatte. Auf den Nachtisch konnte Hahn gut und gerne verzichten, so grauenvoll wie schon die wässrige Kürbissuppe und das flaksige Ragout gewesen waren.

»Sie haben uns immerhin die Reise gschenkt.« Susanne war nicht die Einzige, die sich mit diesem Gedanken zu trösten versuchte. Das Abendessen verlief sehr ruhig. Ein paar der Pensionisten hatten gar darauf verzichtet, so erschöpft waren sie von den vorangegangenen Stunden. Rudi ließ sich nicht blicken. Er hatte ja auch keinen Grund mehr, die Gruppe bei Laune zu halten, dachte Hahn ergrimmt. Im Seminarraum hatte er sein wahres Gesicht gezeigt.

»Mei, Franz-Josef. Was soll ich denn tun? 480 Euro sind schon a Menge Geld. Ich hab ja nur a kleine Pension von meinem verstorbenen Mann.«

Zuerst auf ihn hören hätte sie sollen. Hintennach reitet die alte Urschel!

»Kannst denn nichts tun? Du bist doch Jurist.«

»Beim Konsumentenschutz könnten wir nachfragen, ob die vielleicht was tun können.«

»Echt, geht das?«, wollte nun auch noch die Dame mit

dem Rollator wissen, die neben ihm saß. »Habt's ghört? Konsumentenschutz!«

In Nullkommajosef fand sich Hahn von greisen Rebellen umgeben. Aufgeregt scharten sich die anderen um seinen Tisch.

»Können wir die Bestellkarten nicht einfach zurückfordern?«, schlug ein schmächtiger Villacher vor, der gleich für drei Magnetunterlagen unterschrieben hatte.

»Rudi wird sie nicht herausgeben. Der Konsumentenschutz …«

»Wenn er die Karten nicht freiwillig aussaruckt, müss ma ihn dazu zwingen«, zischte Hahns Sitznachbarin.

»Genau!«

»Mit dem nassen Fetzen gehören die verjagt«, schimpfte ein anderer.

Jetzt konnte sich Hahn vorstellen, wie es in Paris 1789 bei der Französischen Revolution zugegangen war. Die Senioren waren bereit zum Barrikadenkampf. Dazu passte, dass zwei glatzkopferte Männer die Tür zum Speisesaal mit einem Tisch verstellten, vermutlich hatte der Busfahrer vorhin sehr erfolgreich Angst und Schrecken verbreitet.

»Ich bin dafür, dass wir ihn zur Rede stellen!«, rückte die alte Dame neben ihm an die Spitze des radikalen Flügels. Ächzend stand sie auf. »Was soll der Rudi schon machen, wenn wir alle zsammhalten?«

»Bitte, Frau …«

»Müller, die Resl Müller bin ich«, erhob sie ihre Stimme. »Und ich sage: Wir lassen uns das nicht gefallen!« Ihre Augen funkelten kriegslustig – soweit man das bei den dicken Brillengläsern beurteilen konnte.

»Wenn wir unsere Unterschriften zurückbekommen würden, bräuchten wir nicht auf den Konsumentenschutz zu hoffen und wären aus dem Schneider«, meinte der eine Glatzkopf bedächtig.

»Ja, aber der Rudi hat gsagt, dass sie uns nicht mehr heimbringen und wir auch nicht da im Hotel schlafen können, wenn wir den Vertrag brechen …«

»Wieso, dem Vortrag haben wir ja zugehört, mehr war nicht verlangt.«

»Geh, wir kriegen den Kurt schon dazu, dass er uns heimbringt. Andere entführen ganze Flugzeuge, da werden wir doch wohl einen Bus …«

»Der ist mir nicht ganz geheuer, vor dem hätt ich Angst«, warf eine Endsechzigerin mit bläulich-grau gefärbten Haaren ein.

»Moment«, rief Hahn laut und versuchte, den Sturm auf die Bastille abzublasen. »Beruhigen wir uns wieder. Wir sind ja nicht bei den Hottentotten.«

»Was schlagen Sie vor, Dr. Hahn?«

»Wir sollten erst einmal im Guten mit dem Rudi reden. Wenn das nicht hilft, können wir immer noch andere Mittel versuchen.«

»Pfff«, schnaubte Frau Müller verächtlich. »Der versteht nur eine Sprache!« Drohend rüttelte sie ihren Rollator.

»Wenn er nicht mit sich reden lässt, können wir uns immer noch etwas anderes überlegen«, versuchte Hahn sie zu besänftigen.

»Dann machen wir ihn fertig!«

»Dann ziehen wir ihm eine über!«

»Dann brechen wir ihm die Beine!«

»Ja, ja, da fällt uns dann schon was ein«, beeilte sich Hahn zu sagen.

Der Glatzkopf – Bertl hieß er – war bereit, Hahn zu begleiten.

»Zweimal kurz und einmal lang klopfen«, erklärte der zweite Haarlose, »dann lassen wir euch wieder herein.« Belagerungszustand. Na fein.

»Du bist ein Schatz, Franz-Josef«, rief Susanne ihm aufmunternd nach.

An der Bar war Rudi nicht, und im Seminarraum war nur der Kurt pfeifend damit beschäftigt, die Sachen einzupacken.

»Der sollte uns nicht in die Quere kommen«, flüsterte Hahn und drehte den Schlüssel um, der praktischerweise von außen in der Tür steckte, bevor sie in die Eingangshalle gingen und bei der ältlichen Rezeptionistin ganz höflich nach der Zimmernummer vom Rudi Schacher fragten.

Eh klar, dass es im zweiten Stock sein musste und der Lift hin war. Grantig und entsprechend heftig pochte Hahn an die Tür.

»Schacher! Mach auf, ich weiß, dass du da bist«, rief er, und als der feige Hund nicht reagierte, drückte er die Klinke hinunter. Die Tür war nicht abgeschlossen.

Anscheinend ging Bertl der Mut aus, denn er blieb zappelig im Flur zurück, Schmiere stehen, wie er flüsterte. Er wischte sich mit der Hand den Schweiß von der Stirn.

Mit dem Rücken zu Hahn saß Rudi in einem abgewetzten Fauteuil, der Fernseher lief.

»Rudi!«, sprach ihn Hahn scharf an und versetzte seiner Schulter einen harten Stoß. So hart, dass Schacher, er musste eingeschlafen sein, vornüber auf den Boden kippte.

»'tschuldigung«, murmelte Hahn, aber als er ihn auf den Rücken drehte, war klar, dass der Rudi nicht mehr aufwachen würde. Reflexartig wischte er sich die blutigen Hände an der Hose ab. So a pickiges Zeug. Der war tot.

»Der ist ja tot«, stellte Bertl überflüssigerweise fest, als er sich doch traute und ins Zimmer nachkam. »Schau, da liegen unsere Bestellkarten.« Rasch klaubte er die Karten zusammen und schob sie sich in die Innentasche seines Sakkos.

»Was machen S' da drin?«, erklang Kurts wutschnaubende Stimme vom Flur. Hinter ihm schob sich die Rezeptionistin ins Zimmer. Schneller als Kurt sah sie, was los war.

Für ihr Alter hatte sie eine kräftige Stimme, vielleicht lag es daran, dass sie den Körperbau einer Opernsängerin hatte. Hahn fand, dass sie wie eine Sau kreischte, die grad abgestochen wurde – vielleicht nicht ganz der passende Vergleich, wo doch Rudi offensichtlich …

»Also, nur damit's kein Missverständnis gibt: Ich war's nicht«, fiel Hahn endlich ein, seine Unschuld zu deklarieren.

»Klar«, bestätigte Bertl und zwinkerte ihm auffällig unauffällig zu.

»Na, wirklich nicht. Der war schon tot.«

Eigentlich war es typisch, dachte Hahn eine Stunde später erbittert. Nach dem Florian und dem Andreas hatte kein Mensch je gefragt. Wochenlang hatte er im Frühjahr in panischer Angst gelebt, das Klingeln des Briefträgers hatte schon gereicht, um sein Herz zum Rasen zu bringen. Jeden Tag fürchtete er, verhaftet zu werden. Nix. Und auch auf dem Petersberg in Friesach war keinem eingefallen, dass auch Hahn ein paar Minuten draußen war, um den Fresacher und den Ortner zu suchen. Aber kaum war er einmal wirklich unschuldig, wurde er des Mordes verdächtigt!

Die beiden Polizisten waren ganz aus dem Häuschen, dass im faden Lavanttal endlich mal was Aufregendes passierte. Ein Mord. Kein Zweifel.

»Ich war's net«, beteuerte Hahn.

»Das werden wir schon sehen. Blutspuren, Fingerabdrücke, heutzutage kann man das ganz leicht feststellen.« So wie der etwa 40-jährige Polizist dastand, die Hände in die Hüften gestemmt und mit einem komischen Schnauzbart, erinnerte er Hahn an die ersten Folgen von Polizeimajor Kottan, bevor dieser, na, wie hieß er, der Kabarettist, die Figur gespielt hatte.

Der andere, etliche Jahre jünger, versuchte offensichtlich, mit Empathie sein Vertrauen zu gewinnen.

»Haben S' vielleicht so im Affekt? Dafür habe ich Verständnis, ich kann das verstehen.« Bei dem war ganz offensichtlich eine psychologische Schulung etwas schiefgelaufen.

»Ich war es nicht! Wie ich beim Zimmer hereinkam, war er schon tot. Ich hab ihn aus Versehen vom Sessel gschupft. Und dabei hab ich mir mein Gewand versaut.«

Endlich durfte er, natürlich vom jüngeren Polizisten begleitet, der sich eifrig Notizen machte, in den Speisesaal zurückkehren. Frau Müller schob sich an ihn heran, warf einen prüfenden Blick auf den abgelenkten Hüter des Gesetzes und wisperte: »Gut gemacht!«

»Ich war's nicht!«

»Schon klar.« Sollte das ein Blinzeln sein, das er hinter den Brillengläsern sah?

»Was passiert jetzt?«, wollte Bertl wissen.

»Wir warten auf die Kollegen vom Landeskriminalamt, die kommen aus Klagenfurt.«

»Da müssen wir ja nicht alle da sitzen wie bestellt und nicht abgeholt«, maulte die Blauhaarige genervt. »Wir sind alle schon so müde.«

»A bisserl Geduld müssen S' schon noch haben.«

»Das ist ja wie in einem Agatha-Christie-Film!«, meinte eine andere. »Alle sind im Hotel und einer muss der Mörder sein.« Sie sah Hahn an und zwinkerte.

»Na, wie bei so einem Abendessen mit einem Theater dabei, wo sie einen Krimi spielen, und die Gäste sind Zuschauer und Teilnehmer zugleich«, warf der Bertl ein, der an einem der hinteren Tische saß und damit beschäftigt war, die Bestellkarten in kleine Stücke zu reißen. Der andere Glatzkopf hatte sich einen Aschenbecher besorgt und verheizte die Überreste. Sicher war sicher.

Nur der Busfahrer Kurt saß abseits, schaute grimmig drein und schwieg.

Schließlich hatte das Kottan-Double ein Einsehen und entließ alle außer Kurt, Hahn und Bertl in ihre Zimmer. Nur die Rezeptionistin blieb wie festgepickt sitzen und verfolgte mit großen Augen die Geschehnisse.

»Wir sagen nix«, flüsterte Frau Müller Hahn beim Hinausgehen zu. »Wir decken Sie!«

Susanne sagte auch nichts und sah ihm nicht einmal ins Gesicht, als sie aus dem Speisesaal hastete.

Hahn wusste nicht, wie spät es war, als endlich die zuständigen Beamten aus Klagenfurt eintrafen, eine sportlich wirkende Frau um die 40 mit kurzen dunklen Haaren, die diesen Eindruck aber sofort durch einen Hustenanfall zunichte machte, und ihr jüngerer Kollege, ein langer Lakel um die 30. Sie stellten sich als Irene Weratschnig und Fritz Anheuser vor und schienen auf Zack zu sein. Hoffentlich. Denn immerhin:

»Ich war's nicht.«

»Das sagen alle«, erwiderte die Chefinspektorin.

Hahn schluckte.

Sie verließ kurz mit Kottan den Saal, um sich über die Lage zu informieren. Als die beiden zurückkamen, versuchte Bertl die Lage zu retten. »Der Dr. Hahn ist unschuldig«, schoss es aus ihm heraus. »Ich war ja bei ihm, ich kann das bezeugen.«

»Uns haben S' gsagt, dass S' im Flur gwartet haben und der Schacher schon tot war, wie Sie ins Zimmer kamen«, klatschte Kottan die Lüge sofort auf.

Die Chefinspektorin musterte Hahn eindringlich, entschied sich dann dafür, zuerst Kurt im Seminarraum zu verhören.

Das Schweigen lastete schwer auf Hahn. Er fühlte sich hilflos wie nie zuvor in seinem Leben. Dann kam der jüngere Streifenpolizist in den Saal gehetzt, um seinem älteren Kollegen etwas zuzuflüstern. Anscheinend wollten die beiden Dorfgendarmen die Angelegenheit nicht dem LKA überlassen. Da konnte nichts Gutes herauskommen, befürchtete Hahn. »Ah so?«, lächelte dieser fies.

»Wir haben a Zeugin, Herr Hahn, die ausgesagt hat, dass Sie ganz zornig auf den Schacher waren und ihn zur Rede stellen wollten, weil er Ihnen diese Heizdecken« – »Magnetunterlagen!«, korrigierte ihn sein Kollege – »wuarscht! Also, weil er Ihnen diese Dinger angedreht hat. Sie wollten unbedingt die Bestellkarten zurückhaben, hat die Zeugin gesagt, wenn nicht im Guten, dann halt mit Gewalt. Da hat der Schacher sie wohl nicht hergeben wollen, oder?« Seine Stimme klang finster und drohend. »Also, wie war das? Sie sind rauf zum Schacher, um ihn wegen diesem Glumpat zur Rede zu stellen? Hatten S' da das Messer eingesteckt oder …«

»Ich war's doch nicht, glauben Sie mir!«, beschwor Hahn zunehmend verzweifelt.

»Glauben tu ich Ihnen kein Wort!«, donnerte der Gruppeninspektor und drehte sich zu seinem Kollegen um, dessen Adamsapfel auf und ab hüpfte: »Hol die beiden vom LKA, ich hab deren Fall gelöst!«

Hahn schluckte. So schuldbewusst, wie Bertl neben ihm auf dem Stuhl hockte, spürte er fast, wie sich ihm eine Schlinge um den Hals legte.

»Was gibt's denn so Dringendes?«, fragte die Chefinspektorin, deren Kollege nach ihr herein schlenderte. Im Gegensatz zu den Dorfpolizisten verbreiteten die beiden alles, nur keine Hektik. Sie erspähte den Aschenbecher mit den verkohlten Papierresten und hob eine Augenbraue. Der lange Fritz legte den Kopf schräg.

»Beweismittel?«, fragte der junge Landpolizist und stürzte sich auf den Aschenbecher.

»Keine Ahnung. Darf hier drin graucht werden?«

»Ja, das ist nicht so eng bei uns mit den Rauchern und Nichtrauchern bei den gschlossenen Gesellschaften«, klärte die Rezeptionistin sie auf.

Die Chefinspektorin zündete sich sofort eine Zigarette an, wobei sie den Seufzer ihres Kollegen ignorierte.

»Also, was haben Sie so Wichtiges?«

»Das ist der Mörder«, deutete der ältere Dorfpolizist mit ausgestrecktem Finger auf Hahn. Sein Schnurrbart zitterte. »Motiv. Beweise. Alles da.« Der jüngere Streifenpolizist stand neben ihm und nickte eifrig bei der Aufzählung.

»Ein Geständnis auch?«

»Noch nicht«, antworteten gleich beide Uniformierte auf einmal.

Irene Weratschnig zog kräftig an ihrer Zigarette und blies mit leicht abgewandtem Gesicht den Rauch aus, während sie Hahn betrachtete.

»Ich war es wirklich nicht«, stöhnte Hahn und rieb sich mit beiden Händen über das Gesicht.

»Ich weiß. Der Busfahrer, der Kurt Puntigamer, der war's.«

»Ja, aber der war doch im Seminarraum eingesperrt«, keuchte die Rezeptionistin dazwischen. Hahn hätte sie am liebsten erwürgt, aber das hätten ihm die Polizisten wohl auch wieder angekreidet.

»Ich hab ihn selbst herausgelassen.«

»Und in der Stunde davor, haben Sie ihn da im Seminarraum gesehen?« Sie drückte ihre Zigarette aus. »Er hat schon gestanden. Und er hat auch ein Motiv, nämlich Geld. Über das hat er sich mit seinem Partner gestritten. Das Messer gehört übrigens auch dem Puntigamer. Und in der Mülltonne hinterm Hotel hat Fritz, also mein Kollege Anheuser, blutige Kleidungsstücke gefunden, das wären dann weitere Beweise.« Sie klatschte in die Hände. »So, ich glaube, wir sind hier fertig. Kann ich an Kaffee bekommen? Und für den Fritz an Latte, bitte.«

Bertl saß ganz verdattert da. Die beiden Uniformierten sahen ihr nicht weniger verdutzt nach, als sie von der Rezeptionistin an die Bar geführt wurde. So schnell ging die Aufklärung eines Verbrechens ja nicht einmal im Vorabendprogramm!

Danach gab es keine Diskussion darüber, ob die Reiseteilnehmer im Hotel übernachten durften oder nicht. Nur die Heimreise, die mussten sie selbst organisieren.

Obwohl es schon spät war, rief Hahn seinen Mieter, den Mirko, an und bat ihn ganz kleinlaut, ob er ihn nicht vielleicht am nächsten Tag abholen könnte. Er solle ruhig seinen Mercedes nehmen.

Susanne war beim Frühstück sehr schweigsam und begnügte sich mit Kaffee. Hahn versuchte sie aufzumuntern, vergebens.

»War das echt der Busfahrer?«, wollte Frau Müller wissen, die sich, umständlich mit ihrem Rollator hantierend, schließlich auf den freien Stuhl setzte.

»Wer sonst?«

»Mir können S' es ja sagen«, flüsterte sie und lachte gackernd.

»Ich war es nicht. Ehrlich.«

»Hmm-hmm.«

Heftiger als notwendig klopfte Hahn auf sein Frühstücksei. »Wie war das übrigens mit dem Zusammenhalten und Nichts-Verraten?«, konnte er seine Neugierde, oder war es Verärgerung?, nicht bezwingen.

»Das müssen S' mit der Frau Maierhofer hier klären.«

Susanne fiel vor Schreck der Kaffeelöffel aus der Hand.

»Du?«, konnte Hahn sie nur anstarren. »Du hast der Polizei gsagt, ich hätt ein Motiv und …« Er brach seinen Satz ab, erstaunt und enttäuscht. Hahn hätte sich doch gar nicht einmischen müssen, er hatte ja nichts bestellt! Nur ihr zuliebe war er bereit gewesen, mit Schacher zu reden, um ihr zu helfen, wegen der 480 Euro. War das der Dank dafür?

»Ach, Franz-Josef, das musst verstehen«, jammerte sie. »Ich hab wirklich geglaubt … Ich mein, erst das mit dem Maxl auf dem Petersberg und der Friedrich unter Mordverdacht. Und jetzt das! Wie dann der Polizist gfragt hat, hab ich mir gedacht, du warst so wütend, und so entschlossen, und könntest tatsächlich dazu fähig sein, jemanden umzubringen … Ich weiß ja, dass das Blödsinn ist.« Sie lachte nervös. »Warst du es wirklich nicht?«

»Nein«, versicherte ihr Hahn, und ehrlich, wie er im Grunde seines Herzens war, fügte er hinzu: »Mit dem Rudi habe ich nichts zu tun.«

Bald darauf stand Hahn mit seinem kleinen Handkoffer vor dem Hotel und wartete auf Mirko. Susanne war bereits mit dem Taxi zum nächsten Bahnhof gefahren, nach ihrer Verdächtigung hatte Hahn nicht mehr die rechte Lust gehabt, ihr die Rückreise in seinem Auto anzubieten. Er seufzte.

Hupend und mit quietschenden Reifen kam der weiße Mercedes neben ihm zu stehen.

»Na, warten Sie auf Taxi, da ist es!«

Gequält schloss Hahn die Augen. Dragica saß hinter dem Lenkrad und hupte noch einmal. Wie sie erklärte, waren Mirko und Danjela heute zu einer Geburtstagsfeier eingeladen, hatten aber absagen wollen, um Hahn abzuholen.

»Aber ich habe Führerschein. Da ich habe gesagt, Dragica fährt und Mirko und Danjela gehen feiern.«

Hahn hatte keine Wahl, ebenso wenig sein armer Mercedes, den sie mit 140, hundertvierzig!, über die Autobahn jagte.

»Was ist denn geschehen?«

Die Fahrt heim nach Millstatt war lang. Und so berichtete Hahn ihr vom Mordfall und wie er als Täter verdächtigt worden war. Dragica schüttelte sich vor Lachen. »Als ob Sie können Fliege was tun.«

FREIZEITTIPPS:

112 **Renaissanceschloss Porcia**: Museum für Volkskultur, Veranstaltungsort. In den Sommermonaten im Arkadenhof Komödienspiele. Schlosspark mit schönem Kinderspielplatz, im Winter Christkindlmarkt und – sofern es die Temperaturen zulassen – kleiner Eislaufplatz. Gelegentliche Ausstellungen und Veranstaltungen im kleinen Parkschlössl.

113 **Stift Eberndorf**: Ehemaliges Augustiner-Chorherren-Stift, heute beherbergt es u. a. das Gemeindeamt und dient als Veranstaltungsort und Schauplatz der Südkärntner Sommerspiele.
Ausflugsziele und Freizeittipps:
Klopeiner See: Der gewöhnlich wärmste Badesee Österreichs und beliebte Tourismusregion. Hoch hinaus geht es in der Walderlebniswelt. Golfplatz.

Dank Model-Castingshow und Dschungelcamp (2014) ist St. Kanzian als Heimatort von Larissa Marolt kurzfristig einem breiteren Publikum bekannt geworden. Kommen Sie trotzdem.

Turner See: Ruhiger, kleiner und naturbelassener als der Nachbarsee. Vogelpark.

Naturpark Neudensteiner Auen und Sablatnig-Moor, ein Vogelparadies, zudem wachsen hier zahlreiche Orchideenarten. Führungen möglich.

Wer gutes Essen mit einer schönen Aussicht verbinden möchte, ist im *Panoramarestaurant Rosenheim* in Obernarrach (St. Primus) richtig.

Archäologische Ausgrabungsstätten am *Gra-*

carca-Hügel mit urzeitlichen und mittelalterlichen Siedlungsspuren.

Hemma-Berg: Frühchristlicher Wallfahrtsort und Rosaliengrotte. Ausgrabungsstätte und archäologisches Museum. Meditationspfad.

Bad Eisenkappel, wie der Name schon verrät einst ein blühender Bergwerks- und Industrieort, lockt als Kurort mit seinen kohlensäurehaltigen Mineralquellen. Pfarrkirche hl. Michael mit reliefierten Glasscheiben von Valentin Oman (2000), Wallfahrtskirche Maria Dorn. Wanderrouten durch Naturschutzgebiete wie die Trögener Klamm (diese ist auch befahrbar), der Aufstieg zur Bergkirche wird mit einem Blick über die Klamm und zum Koschutamassiv belohnt.

Einen Ausflug wert ist auch die *Obir-Tropfsteinhöhle* mit Schaubergwerk (Zubringerbus ab Bad Eisenkappel).

In *Bleiburg* widmet sich ein eigenes Museum dem Maler und Holzschnitzer Werner Berg. Bekannt ist der Ort vor allem für seinen traditionellen Wiesenmarkt Ende August/Anfang September, der auf eine über 600-jährige Geschichte zurückblicken kann. Hier geht es nicht nur auf diversen Karussells rund. Schigebiet Petzen.

114 **Gegendtal**: Zwischen Radenthein und Treffen.
Ausflugsziele und Freizeittipps:
Feldsee und *Afritzer See* laden im Sommer zum Baden und im Winter – so das Wetter will – zum Eislaufen ein.

Alpenwildpark Feld am See: Wildgatter, Zoo und

großer Stadl mit einheimischen und exotischen, nicht mehr ganz so lebendigen Tieren.

Puppenwelt Elli Riehl: Museum individueller Stoffpuppen mit Szenen aus dem ländlichen Leben.

Die Straße vom Gegendtal über die *Innerteuchen* nach Himmelsberg ist landschaftlich sehr schön. In der Nähe von Arriach befindet sich der geografische Mittelpunkt Kärntens. Der Wurzelpark Arriach-Gerlitze lädt mit zahlreichen Gestalten aus der Märchen- und Tierwelt zu einer Erkundungswanderung ein, die Buschenschenke zur Stärkung.

115 **St. Andrä:** Einer der ältesten Orte Kärntens. Sehenswert sind die einstige Domkirche St. Andreas, eine gotische Basilika mit barocker Umgestaltung, die auf eine Kirchengründung im späten 8. Jahrhundert zurückgehen dürfte, sowie die Wallfahrtskirche Maria Loretto. Direkt am Lavantradweg gelegen befindet sich ein frei zugänglicher, ein Kilometer langer Kneippwanderweg.

116 **St. Paul im Lavanttal:** Hauptort im unteren Lavanttal. Im unteren Lavanttal gibt es zahlreiche familienfreundliche Wanderwege und ein weitläufiges *Radwegenetz* (z. B. an der Lavant entlang). Empfehlenswerte Buschenschenken.

Ausflugsziele und Freizeittipps:

Das Lavanttal ist bekannt für seinen Obstanbau, Most und hochprozentigere Köstlichkeiten. Im Mai findet am *Zogglhof* die internationale Fachmesse ›Mostbarkeiten – Kostbarkeiten rund ums Obst‹

statt, wo man die heimischen Produkte probieren kann. Hier gibt es zudem ein Obstbau-Museum.

Wander- und Schigebiet *Saualpe* und *Koralpe*. Der höchste Gipfel der Koralpe trägt eine ›Goldhaube‹ (Radarstation zur Luftraumüberwachung). Beliebt ist die Koralpe auch bei Paragleitern und Drachenfliegern.

Nördlich von Völkermarkt befindet sich der Sonnenort *Diex* mit einer eindrucksvollen Wehrkirche. Wandergebiet.

117 **Benediktinerstift St. Paul im Lavanttal**: Im 11. Jahrhundert gegründet, lockt das Stift mit jährlich wechselnden Ausstellungen (Mai bis November) und gilt mit seinen Kunstschätzen als »Schatzhaus Kärntens«. Weitläufige barocke Klosteranlage, romanische Basilika mit Fresken. Stiftsbibliothek, großes Museum in den Prunkräumen, Gemäldegalerie mit Werken von Rubens, van Dyck, Holbein oder Leonardo da Vinci sowie dem österreichischen Barockmaler Kremser Schmidt. Gegenüber dem Stift befindet sich der Meierhof.

118 **Johannesberg**: Südlich des Stiftes gelegen. Hier oben befindet sich der Gasthof Johannesmesner, der mit Produkten aus der eigenen Landwirtschaft, vom Brot bis hin zu Edelbränden, überzeugt.

119 **Lobisserstube**: Der Maler und Holzschnitzer Switbert Lobisser (1878–1943) war ein Benediktinermönch, Priester und Kunstlehrer im Stift St. Paul. Er kehrte öfters im Gasthaus hier oben ein und erwies

sich als Zechbruder. Wenn ihm die klingende Münze ausging, bezahlte er mit seinen Werken. Der Liebe wegen verließ er das Stift, nach der Geburt seiner Tochter wurde er in den Laienstand versetzt.

120 **Bad St. Leonhard**: Bereits in der Römerzeit dürfte es hier eine Ansiedlung gegeben haben, die Blütezeit der Stadt lag aufgrund des Gold- und Silberreichtums des oberen Lavanttales im Mittelalter. Reste der Stadtmauer, Burgruine Gomarn und Ruine der Wasserburg Painburg. Kurort und Heilbad (Schwefelquelle).

Ausflugsziele und Freizeittipps:

Pfarr- und Wallfahrtskirche St. Leonhard: Spätgotische Basilika östlich der Stadt auf einem Hügel gelegen, berühmt für ihre 139 gotischen Glasfenster (um 1340/50 bzw. 1400 entstanden), spätgotischer Flügelaltar. Bemerkenswert sind auch Hunderte von Votivgaben aus Eisen.

Wolfsberg: Bezirkshauptstadt. Zu Beginn der Neuzeit wirtschaftliche Blütezeit (Verhüttung von Eisenerz aus dem oberen Lavanttal). Altstadt mit Rathaus und schönen Bürgerhäusern. Stadtpfarrkirche des hl. Markus, Pfeilerbasilika aus dem 13. Jahrhundert, gotische und frühbarocke Um- und Zubauten. Altarbild des Barockmalers Kremser Schmidt. Nordöstlich der Pfarrkirche befindet sich die Annakapelle mit spätgotischem Flügelaltar. Schloss Bayerhofen im Süden der Stadt erhielt seine heutige Gestalt mit dem Arkadenhof im 16. Jahrhundert. Das Museum im Lavanthaus widmet sich der Regionalgeschichte.

Schloss Wolfsberg: In der zweiten Hälfte des 19. Jahrhundert im neugotischen Tudorstil umgestaltet. Schloss-Restaurant. Kultur- und Veranstaltungszentrum.

Griffen: Der steile Felsen bei Griffen hat gleich zwei Attraktionen zu bieten, oben eine Burgruine, im Inneren eine Tropfsteinhöhle. Günstig und reichlich essen kann man bei der Griffenrast (Mochoritsch – bei der Autobahnabfahrt Griffen), wobei Familien eine Einkehr in der warmen Jahreszeit empfohlen sei: Der große Spielplatz mit einem Riesentrampolin ist für Kinder ein Hit.

Klippitztörl: Sommerrodelbahn, Schi- und Wandergebiet.

121 **Johannesbergkirche**: Ursprünglich gotischer, dann barockisierter Bau mit Fresken von Lobisser.

SCHIFOAN

REGION OBERKÄRNTEN/HERMAGOR/NASSFELD

Dorothea Böhme

»Verdammt, muss das so schneien!« Entnervt zog Irene Weratschnig ihre Kapuze tief ins Gesicht, während sie die paar Meter vom Auto zur Pension stapfte. Schnee war eine Erfindung des Teufels. Er nahm ihr beim Autofahren die Sicht, war kalt, nass und ungemütlich und sorgte dafür, dass sich Erwachsene und Kinder gleichermaßen wie die letzten Idioten aufführten. Natürlich gab es ausgerechnet im Hotel Wulfenia 122 am Nassfeld 123 eine Leiche, und das zur Hochsaison. Für Wintersport hatte sie noch nie etwas übrig gehabt. Ganz im Gegensatz zu ihrem Mann Max, der ein richtiger Bergfex war und seinen ›Kärntner Schipass‹ so ausnützte, dass er jedes Schigebiet von der Koralpe bis zum Nassfeld kannte und neuerdings auch Tina auf der Gerlitzen das Schifahren beibrachte.

»Wir sollten an unserem Betriebsausflug Schifahren gehen.« Fritz neben ihr war viel zu gut gelaunt. »Da bringen wir sogar dir bei, wie man einen Schneepflug macht.«

Glücklicherweise blieb keine Zeit für weitere Witze, vor der Rezeption wurden sie von zwei Kollegen begrüßt, die sie in ein Hotelzimmer führten. Auf dem Bett lag eine junge Frau, Irene schätzte sie um die 30, ohne sichtbare Verletzungen. Bis auf ein schwarzes Negligé war sie unbekleidet.

»Marguerite Fabière, 31 Jahre alt, Französin aus Grenoble«, informierte sie der uniformierte Beamte.

»Todeszeitpunkt vermutlich gestern Abend gegen 23 Uhr. Sie wurde meiner Einschätzung nach mit einem Kissen erstickt«, ergänzte die Gerichtsmedizinerin. Einer der beiden Forensiker hielt das riesige weiße Hotelkopfkissen in die Höhe.

»Wohnte sie hier im Hotel?«

»Das ist ihr Zimmer. Sie hat zwei Wochen Schiurlaub gebucht«, erklärte der Kollege.

»Allein?«

»Sie hat an einem Schikurs teilgenommen, und nach ersten Informationen dort Kontakt zu zwei weiteren Mitgliedern aus der Gruppe gefunden. Sie haben oft gemeinsam zu Abend gegessen.«

»Haben wir die hier?«

»Warten unten im Restaurant, genauso wie zur Sicherheit der ganze Rest der Gruppe. Der Schilehrer Harald Dobrasch ist ebenfalls informiert, augenblicklich aber noch auf der Piste.«

Das war gut mitgedacht, obwohl Irene sich wirklich nicht auf die Massenbefragung freute. Sie nickte Dr. Kalic zu. »Bericht morgen?«

»Vermutlich eher übermorgen, ich habe im Augenblick viel zu tun.«

Auch damit konnte Irene leben. Die Forensiker versprachen ihr erste Ergebnisse für den nächsten Tag, sodass sie sich mit Fritz auf den Weg ins Erdgeschoss machte.

»Du übernimmst die Frauen, ich die Männer«, teilte sie ihm mit, als sie sah, dass die Schigruppe ungefähr gleich gemischt war. »Und das Personal übernimmst du dann auch noch.«

»Ach, und was machst du in der Zeit?«

»Eine rauchen.«

Fritz schüttelte den Kopf, widersprach ihr aber nicht. Dafür würde sie ihm später einen Kaffee, einen richtigen, guten, keinen aus dem Automaten, spendieren.

Im Hotelrestaurant setzte sie sich auf eine Eckbank, die Zeugen nahmen ihr gegenüber Platz. Wie erwartet verliefen die ersten drei Befragungen ergebnislos. Ja, man kannte Marguerite, nein, man hatte sie gestern Abend nicht gesehen. Ob sie beim Abendessen gewesen war, ja, vermutlich. Aber in der Bar später nicht mehr. Man hatte auch nicht mit ihr gesprochen, kannte sie nicht näher.

Bei Fritz schien es nicht besser zu laufen, wenn sie nach dem frustrierten Blick urteilte, den er ihr zuwarf.

Doch dann öffnete sich die Tür zur Terrasse, ein Schwall kalter Luft kam herein, und mit ihm ein junger Mann, der trotz dicker Schikleidung, an der überall noch Schnee hing, aussah wie direkt einem Modemagazin entstiegen. Jede Mr.-Kärnten-Wahl hätte er mit wehenden Fahnen gewonnen. Seine Schibrille hatte er in die strubbeligen dunklen Haare geschoben, die Wangen gerötet, schritt er schnell auf Irene zu.

»I hab's grad eben ghört, da bin i glei kummen. Harald Dobrasch, Schilehrer«, stellte er sich vor.

Irene musste sich erst von seinen schokofarbenen Augen und dem sinnlichen Blick losreißen, bevor sie sich räusperte und antworten konnte. »Danke, dass Sie nun hier sind, nehmen S' bitte Platz.« Sie deutete auf den gerade frei gewordenen Sessel ihr gegenüber und dachte an ihren Ehemann Max. Dieser Jungspund-Schilehrer war viel zu jung für sie. Aber dann senkte er die ohnehin schon tiefe Stimme noch um ein paar Töne, als er sie fragte, was denn nun passiert sei, und jeder Gedanke an

Max' langweilige Augen und die etwas zu schmalen Lippen waren wie weggeblasen.

»Kannten S' Marguerite Fabière? Sie soll bei Ihnen einen Schikurs besucht haben.«

»Marguerite!« Seine wunder-, wunderschönen Augen weiteten sich erschrocken.

Nun reiß dich zusammen, schalt Irene sich innerlich.

Harald fuhr sich mit der Hand durch die Haare, er wirkte ernsthaft unglücklich. »Sie war in der Anfängergruppe, immer gut drauf, nie angfressen, auch wenn sie gestürzt ist. Hat mir erzählt, dass es eine Schande sei, nicht Schifahren zu können, wo sie doch aus Grenoble stammt. Deshalb hat sie heuer unser Inklusivpaket gebucht.«

»Hatten S' näheren Kontakt zu ihr?«

»I versuch, mit allen meinen Schülern zu sprechen, ihnen das Gefühl zu geben, gut aufgehoben zu sein bei mir. Aber näheren Kontakt … nein.« Er schüttelte den Kopf.

»Haben Sie sie gestern Abend gesehen?«

Er überlegte, kniff die Augenbrauen zusammen, wobei eine sympathische Falte auf seiner Stirn erschien, und sagte schließlich zögerlich. »I glab, i hab sie in der Bar gsehen. Mit an Haberer? Oder einer Frau? Allan jedenfalls net.« Er machte eine kurze Pause. »Na, es war definitiv a Mann. I mein, er war blond.« An weitere Details konnte Harald Dobrasch sich nicht erinnern, nicht einmal daran, wie groß der Unbekannte war, da er gesessen hatte.

»Um wie viel Uhr war das?«

Er biss sich auf die Lippe. »Etwa gegen neun, denk i. Ja, um neun. Um zehn bin i heimgangen, da war sie schon weg.«

»Allein?« Reine Routinefrage, Irene, reine Routinefrage.

Harald nickte. »Macht mi das jetzan verdächtig?« Seine Schokoaugen sahen sie treuherzig an.

»Reine Routinefrage.« Ha! »Wissen S', ob Marguerite mit jemandem aus dem Kurs enger befreundet war?«

Wieder überlegte er einen Augenblick, um ihr dann die beiden Namen zu nennen, die sie auch vom uniformierten Kollegen bereits bekommen hatte. Marguerite Fabière war in ihrer Freizeit oft mit den beiden Deutschen Gerhard Müller und Melanie Berger gesehen worden. Um Melanie musste sich Fritz kümmern, Gerhard knöpfte sich Irene sofort vor.

»Sie hatten sich mit Marguerite angefreundet?«, fragte sie den knapp 60-jährigen Schwaben aus Stuttgart.

»Des war a ganz nettes Mädle«, erklärte er ihr. »Mein Schulfranzösisch isch net's Beschte, aber mit Melanies Hilfe hat's scho klappt.« Er gestikulierte zu der dicklichen älteren Frau, mit der Fritz gerade sprach.

»Marguerite war ein ganzes Stück jünger als Sie beide. Wie kam es zu dieser ungewöhnlichen Freundschaft?«

»Ungewöhnlich!« Gerhard lachte. »Von denen anderen spricht kaum einer Französisch, und am erschten Abend hen mir zufällig am gleichen Tisch g'sesse und uns gut verstande.«

»Und gestern Abend, waren S' da auch mit Marguerite zusammen?«

»Geschtern hen mir gemeinsam zu Abend gesse, aber dann hab i so einen Muskelkater ghabt, da wollt ich nur ins Bett. Melanie isch glei mitkomme, wege de Kopfschmerze, aber die Marguerite wollte noch in die Bar.

Ich weiß nette, ob sie noch gange isch.« Er zuckte mit den Schultern.

Das war so ziemlich das Gleiche, was sie auch von Harald und den übrigen Teilnehmern des Schikurses gehört hatte. Die letzten Befragungen, die keine neuen Informationen brachten, hielt Irene kurz. Während Fritz sich auf den Weg in die Hotellobby machte, um mit dem Personal zu sprechen, stellte sie sich mit einer Zigarette auf die Terrasse. An einigen Tischen saßen Leute in dicker Schikleidung und ließen sich die Sonne, die inzwischen herausgekommen war, ins Gesicht scheinen.

»Ah, Sie sollten aber net rauchen!« Die angenehm tiefe Stimme Harald Dobraschs erklang neben ihr, als er schwungvoll mit seinen Schiern vor der Terrasse zum Stehen kam.

Zu jung, Irene, viel zu jung, ermahnte sie sich.

»Ein Laster kann man mir doch gönnen, oder?«

»Oh, aber das is net das richtige Laster bei einer schönen Frau wie Ihnen! Da würd mir a wesentlich interessanteres einfalln!« Er zwinkerte ihr zu und war schon wieder die Piste hinunter verschwunden. Hatte der gerade … hatte der gerade mit ihr geflirtet? Und dann auch noch so frech? Irene versuchte, sich zu empören und gleichzeitig ihren rasenden Puls zu beruhigen. Ein tiefer Zug an der Zigarette half. Unglaublich, dieser Schilehrer.

Bis Fritz mit der Befragung des letzten Angestellten fertig war, genoss Irene die Sonne etwas und rauchte eine weitere Zigarette.

»Kann i Ihnen vielleicht an Kaffee bringen?«, fragte schließlich eine Kellnerin.

Sie bestellte gleich zwei Latte Macchiato, Fritz hatte sich seine Belohnung verdient. Dankbar schlürfte er ihn, nachdem er ihr berichtet hatte, dass das Personal alle Angaben bestätigt hatte: Marguerite Fabière hatte in Gesellschaft von Melanie Berger und Gerhard Müller zu Abend gegessen, anschließend war sie zunächst allein an der Hotelbar gesessen, bis sie ein fremder Mann angesprochen hatte. Dessen Identität war weder dem Barkeeper noch den anderen Gästen bekannt.

»Es hat sich also jemand eingeschlichen. Ein Triebtäter?«

Fritz stöhnte. »Himmel hilf, bitte nicht.«

»Wir warten den Obduktionsbericht ab.« Irene konnte die Schlagzeilen schon vor ihrem inneren Auge sehen. Zur Beruhigung zündete sie sich die nächste Zigarette an. Natürlich fing es genau in diesem Moment wieder an zu schneien. Um nicht eingeschneit zu enden wie die Armen, die im Lesachtal 124 wohnten, zahlte sie schnell. Sie drückte die Zigarette aus und zog sich auf dem Rückweg zum Auto die Kapuze tief ins Gesicht. Einen Aufruf, um diesen Unbekannten zu finden, würden sie noch nicht starten, dazu bräuchten sie zuerst weitere Ergebnisse der Gerichtsmedizin oder der Spurensicherung. Für heute hieß es nur noch, die französische Polizei zu kontaktieren, damit sie Marguerites Angehörige benachrichtigten. Dann konnte der verdiente Feierabend, vielleicht mit einem Glühwein oder mindestens einem heißen Kakao vor dem Fernseher, kommen.

So angenehm ihr Abend mit Max gewesen war, so unangenehm war die Überraschung, die sie am nächsten Morgen erwartete.

Mit »Es gibt a zweite Leich'« begrüßte Fritz sie auf dem Gang vor dem Kaffeeautomaten im Präsidium.

»Doch ein Triebtäter.« Dann waren die Journalisten

sicher bald zur Stelle, und das war das Letzte, was Irene gebrauchen konnte.

»Wir wissen noch nicht, ob es einen Zusammenhang gibt. Die Tote …«

»*Die* Tote? Also wieder eine Frau.«

»Die Tote wurde zwar ebenfalls im Schigebiet Nassfeld gefunden«, fuhr Fritz fort, ohne auf ihren Einwand einzugehen, »dieses Mal jedoch etwas abseits der Schipiste im Wald, der Modus Operandi scheint völlig anders zu sein, sie wurde auch nicht erstickt. Alter und Aussehen passen ebenfalls nicht.«

»Es ist eine Frau.«

»Trotzdem«, beharrte Fritz. »Bisher gibt es keine Hinweise, dass es sich um einen Serienmörder handelt. Es kann reiner Zufall sein.«

Ob es nun besser war, nach einem unbekannten Wiederholungstäter zu fahnden oder zwei Mörder zu suchen, konnte Irene nicht entscheiden.

Die Tote lag in einem kleinen Waldstück in der Nähe der Lärchenbodenabfahrt, der Trubel der Piste war deutlich zu hören, wenn auch durch Schnee und Nadelbäume gedämpft. Irenes Straßenschuhe waren für den hohen Schnee nicht geeignet, denn bevor sie den Tatort erreicht hatten, hatte sie nasse Füße.

»Hervorragend, eine Erkältung hol ich mir auch noch«, murmelte sie, während sie mit der Packung Zigaretten in ihrer Jackentasche spielte.

»Trinkst halt gleich einen Glühwein, und i fahr uns zurück.« Es hatte schon seinen Grund, weshalb Fritz der einzige Partner war, mit dem sie es länger als ein Jahr ausgehalten hatte.

»Was haben wir denn?«, fragte Irene die Gerichtsmedizinerin, als sie endlich die Kiefer erreicht hatten, unter deren Stamm die Tote von einem Pistenarbeiter gefunden worden war.

»Weibliche Leiche, etwa 55 Jahre alt, mit tödlichen Verletzungen am Hinterkopf. Dem Blut am Stamm nach zu urteilen, muss jemand ihren Kopf wiederholt gegen den Baum geschlagen haben, mit Sicherheit kann ich das natürlich erst nach der Obduktion sagen.«

»Natürlich.«

»Den Todeszeitpunkt kann ich aufgrund der Kälte auch erst im Institut bestimmen, aber ich vermute, dass sie schon die Nacht über hier liegt.«

Irene wandte sich an die Forensiker. »Was könnt ihr mir sagen?«

»Wir schätzen den Todeszeitpunkt ebenfalls auf gestern Abend, das geben die Schneeverwehungen her«, erklärte der eine. Der andere ergänzte: »Wir haben zwei Paar Fußspuren, es hat leicht drüber geschneit, aber das eine Paar stammt eindeutig von der Toten. Das andere von Schistiefeln, vermutlich ein Mann oder eine große Frau.«

»Ihre Identität?«

Fritz hielt ein Plastiksackerl mit einem Führerschein in die Höhe. »Elisabeth Wilke, geboren am 15.11.1959, wohnhaft in Wien.«

»Also ebenfalls eine Touristin. Hat sich schon jemand um die Hotels in der Nähe gekümmert?«

Fritz schüttelte den Kopf, das musste als Erstes geklärt werden. Irene zückte ihr Handy und gab die Führerscheindaten an die Kollegen im Präsidium weiter, die nun in den Hotels der Umgebung nachfragen würden. Anschließend kniete sie sich vor die Leiche. »Die Jacke der Frau ist geöffnet, der Pullover leicht verschoben«, bemerkte sie. »Ist sie vergewaltigt worden?«

Dr. Kalic legte den Kopf schräg. »Ich denke nicht. Mit Sicherheit kann ich es natürlich …«

»Erst morgen sagen, ja, ja, danke.«

Auch wenn sie nicht vergewaltigt worden war, schloss das den Versuch natürlich nicht aus. Möglicherweise hatte Elisabeth sich zu stark gewehrt, unter Umständen war ihr Tod auch ein Unfall gewesen, der Täter hatte sie vielleicht in Angst versetzen oder ruhigstellen wollen. Die geöffnete Jacke und der hochgeschobene Pullover waren auf jeden Fall ein wertvolles Indiz, Fotos davon waren wichtig.

»Du denkst an einen Triebtäter?«, fragte Fritz, als sie zurück zum Auto stapften.

»Ich hoffe nicht.« Sie kniff die Lippen zusammen. Bei einer Mordrate von einer Frau pro Nacht wäre ein Triebtäter ein Albtraum. Wie viele Frauenleichen würden sie noch finden? Das Klingeln ihres Handys riss Irene aus diesen deprimierenden Gedanken. Die Kollegen hatten den Aufenthaltsort Elisabeth Wilkes geklärt, sie machte seit zwei Wochen Urlaub im Hotel Gartnerkofel 125, ganz in der Nähe des Hotels Wulfenia. Es konnte also gut ein und derselbe Täter sein. Nachdem sie Fritz auf den neuesten Stand gebracht hatte, setzte sie sich hinters Steuer.

»Warme Füße müssen eben noch warten.« Bei der Befragung im Hotel würde sie einen heißen Kaffee trinken.

Das Personal des Gartnerkofels war entsetzt und traurig, ließ Irene und Fritz aber anstandslos in Elisabeth Wilkes Zimmer.

»Ich fürchte nur, die Zimmermädchen waren heute Vormittag schon zum Putzen da«, erklärte der Manager.

»Das ist in Ordnung«, beruhigte Irene den Mann, »der Tatort ist ohnehin nicht hier. Nur sorgen S' bitte dafür, dass ab jetzt niemand mehr das Zimmer betritt.«

Er nickte und versprach ihr auch, das Personal ins Restaurant zu bitten, um Fritz Rede und Antwort zu stehen, während Irene sich im Zimmer umsah.

Wie schon Marguerite Fabière war auch Elisabeth Wilke allein gereist. Wenn das nicht von Bedeutung war. Vorsichtig, um keine eventuellen Spuren zu hinterlassen, öffnete Irene den Schrank. Elisabeth Wilke hatte ihre Kleidung säuberlich geordnet, fast akkurat abgezirkelt lagen Pullover und Hosen in den Fächern, sogar die Unterwäsche war gefaltet. Apropos Unterwäsche. Irene rief Fritz an. »Frag bitte nach, ob jemand unsere Tote mit einem Mann – oder einer Frau – gesehen hat. Ob sie einen Liebhaber hatte. Ihre Unterwäsche ist komplett schwarz, rot und pink, viel Spitze und hauchdünn. Definitiv nicht das, was ich mit in den Schiurlaub nehmen würde.«

Der Rest des Zimmers war uninteressant, es gab keinen Laptop, kein Notizbuch, ein einzelnes Buch lag auf dem Nachttisch, ein Liebesroman, bei dem das Lesezeichen aber auf Seite zwölf eingesteckt war. Vermutlich hatte Elisabeth Wilke eher ferngesehen. Oder war anderen Aktivitäten nachgegangen.

Als die Kollegen von der Spurensicherung kamen, verließ Irene das Zimmer. Sie suchte in dem riesigen Hotel den Weg nach draußen und zündete sich schließlich vor dem Haus eine Zigarette an. Der Parkplatz war fast komplett voll, das Hotel schien ausgebucht zu sein. Einen Moment hing Irene ihren Gedanken nach, bis ein Auto hielt, dessen Fahrer ihr bekannt vorkam. Einen Augenblick später, als der junge Mann ausstieg, bekam sie weiche Knie und musste das Lächeln bekämpfen, das sich unfreiwillig auf ihre Lippen legte.

»Servas, Frau Chefinspektorin.« In Jeans, die seine muskulösen Beine betonten, sah Harald Dobrasch noch besser aus als in der verhüllenden Schikleidung von gestern. Er trug eine Lederjacke, die eigentlich viel zu kalt war für das Wetter, aber Irene ertappte sich dabei, wie sie sich wünschte, ihre Hände darunter zu legen.

»Herr Dobrasch.« Sie nickte ihm zu, äußerst professionell, wie sie fand. »Was machen S' denn hier?«

»Nächste Woche startet ein Schikurs mit Gästen vom Gartnerkofel, da muss i noch die letzten Einzelheiten ausreden.«

»Ach, Sie haben Schüler aus unterschiedlichen Hotels?«

»Ja freili!« Harald lachte. »I geb Kurse für die Schischul, da melden sich dann meist Kärntner an, oder auch Urlauber, die individuell anreisen. A die Hotels bieten Kurse an, so als Service für die Touris.«

»Kennen S' da eine Elisabeth Wilke?«

Er schürzte die Lippen und steckte seine Hände in die Jackentasche. »Da klingelt bei mir nix. Können S' mir vielleicht sagen, wie sie aussieht? Macht sie einen Schikurs bei mir? Eigentlich merk i mir meine Pappenheimer alle …« Seine Schokoaugen blickten Irene entschuldigend an.

»Na, na, ich dachte nur.« Sie winkte ab. »Frau Wilke hat hier im Hotel gewohnt.«

»Und was wollen S' von ihr?« Plötzlich weitete sich sein Blick. »Jessasmaria, sagen S' net, dass sie a tot ist?«

»Leider.« Irene zuckte mit den Schultern.

»Ist hier ein Serienmörder unterwegs?«

Glaubte man Film, Funk und Fernsehen, stellten Serienmorde den Großteil aller Verbrechen dar. Irene selbst war allerdings in ihrer gesamten Karriere noch keiner untergekommen. Nun ja. Hier spielte sie tatsächlich mit dem Gedanken. Trotzdem wiegelte sie ab. Was sie befürchtete, musste weder die Presse noch die Bevölkerung wissen.

Plötzlich hob Harald eine Hand und fuhr ihr leicht über die linke Wange. »Sie haben da …« Irene hielt den Atem an. Seine Finger waren kalt, und so unglaublich zärtlich.

»Eine Wimper.« Er lächelte und hielt ihr den Zeigefinger vor den Mund. »Pusten S'. Dann geht a Wunsch in Erfüllung.«

»Ach Gott, dieser Aberglaube!«, rief Irene, blies aber gehorsam ihre Wimper herunter. »Dann wünsche ich mir …«

»Psst.« Er legte seinen kalten – so kalt, und so zärtlich! – Finger auf ihre Lippen. »Net verraten. Sonst geht er nicht in Erfüllung.« Er flüsterte fast. »Und i würd' mir sehr wünschen, dass er in Erfüllung geht.« Dann lächelte er noch einmal und verschwand im Hotel.

Als Irene zwei Minuten später wieder normal atmen konnte, erschien Fritz mit einem Notizblock in der Hand im Hoteleingang.

»Kein Liebhaber«, informierte er Irene, die bei dem Wort *Liebhaber* zusammenzuckte. »Aber sie saß auffällig oft an der Bar, und eine Kellnerin meint, sie hätte Ausschau gehalten. Sie ist sich sicher, dass Elisabeth Wilke jemand Bestimmten treffen wollte.«

»Und auf den hat sie zwei Wochen gewartet?« Was Leute sich immer einbildeten, wenn man sie in einem Mordfall befragte.

»Vielleicht der unbekannte blonde Mann aus dem Hotel Wulfenia«, schlug Fritz vor.

Irene überlegte. »Gute Theorie. Aber wie sollen wir dem auf die Schliche kommen? Hast du sonst was Brauchbares? Kannte Elisabeth jemanden hier? Hatte sie Kontakt zu jemandem?«

»Gar nichts.« Fritz schüttelte den Kopf. »Nur dass sie im letzten Winter schon einmal hier war, gleiches Hotel, gleiche Zeit.«

»Vielleicht hat sie da jemanden kennengelernt. Den blonden Unbekannten zum Beispiel.« Nur hätte sie dann wohl auch Kontakt zu ihm aufgenommen und wäre mit ihm gesehen worden. Frustriert stieß Irene Luft aus. Es gab keine Spur, keine Hinweise, gar nichts.

»Lass uns zurück ins Präsidium fahren«, sagte sie. »Vielleicht hat die Gerichtsmedizin oder die Kriminaltechnik etwas gefunden.«

Sie hatten tatsächlich etwas gefunden, wenn auch nicht viel. In der dünnen Akte stand, dass weder Marguerite Fabière noch Elisabeth Wilke vergewaltigt worden waren. Als möglichen Hinweis auf den Täter hatte man bei der Französin ein Haar entdeckt, das nicht von ihr stammte.

»Also kein Triebtäter«, überlegte Irene, während sie sich in ihrem Schreibtischstuhl zurücklehnte.

»Außer natürlich, es geht ihm überhaupt nicht um Sex, sondern nur ums Töten«, warf Fritz ein.

»Dann würde er aber auf die gleiche Art töten, dann wäre es eine Art Ritual, eine Vorliebe für eine bestimmte Tötungsweise, die …« Irene brach ab. Profiling war nicht ihr Ding. Fakten und Indizien, damit konnte sie arbeiten, nicht mit der Psyche eines Mörders. »Gut.« Sie klappte den Bericht zu. »Für einen Massengentest werden wir keine richterliche Anordnung bekommen. Wir müssen den Täter also anders ermitteln. Oder die Täter.« Sie stützte das Kinn auf ihre Hände. »Wir schießen uns gerade auf einen Serienmörder ein. Wie können wir ausschließen, dass es nicht doch zwei sind?«

Fritz setzte sich in den Sessel vor Irenes Schreibtisch. »Marguerite Fabière war zum ersten Mal in Österreich, zum ersten Mal Schilaufen. Ihre einzigen Bekannten waren die Mitschüler im Kurs, sie hatte keinen Besuch, es gab keine Auffälligkeiten, die einzige Person, die wir in Verdacht haben, ist ein unbekannter blonder Mann, mit dem sie kurz vor ihrem Tod gesprochen hat. Das klingt nicht nach einem von langer Hand geplanten Mord.«

Irene tippte sich mit einem Kugelschreiber ans Kinn. »Trotzdem. Wir sollten herausfinden, ob sie Feinde hatte und ob jemand aus ihrem Umfeld im fraglichen Zeitraum nach Österreich gereist ist. Es hieß zwar, sie habe keine Kontakte gehabt, aber wer weiß, vielleicht hat ihr jemand von daheim aufgelauert.«

»Ich setze die französischen Kollegen darauf an«, versprach Fritz.

»Und ihr Freund Gerhard Müller hat auch nur ein schwaches Alibi«, überlegte Irene weiter. »Nimm noch einmal diese Melanie in die Zange, ob sie uns etwas über das Verhältnis zwischen Gerhard und Marguerite sagen kann. Was ist, wenn er in Marguerite verliebt war, sie hat den Mann abblitzen lassen und er ist ausgerastet?«

Fritz nickte.

Bei Elisabeth Wilke hingegen lag der Fall anders. Sie war nicht nur im letzten Jahr in Kärnten gewesen, sie hatte auch im gleichen Hotel übernachtet. Möglicherweise gab es Bekannte, von denen sie bisher nichts erfahren hatten. Die Wiener Kollegen mussten sich um Elisabeths Verwandte und Freunde kümmern und diesbezüglich Nachforschungen anstellen. Bis sie die Ergebnisse hatten, blieb ihnen wohl nichts anderes übrig, als zu warten.

Während sie am nächsten Tag noch einmal beim Hotel Wulfenia vorbeifuhren, ertappte Irene sich dabei, wie sie Ausschau nach dunklen Strubbelhaaren hielt. *Du bist 42 und verheiratet*, schalt sie sich. Etwas enttäuscht, sowohl von der Tatsache, dass ihre Befragung nichts ergeben hatte, als auch davon, dass Harald Dobrasch nicht auftauchte, schlürfte sie mit Fritz einen Kaffee auf der Hotelterrasse. Immerhin spielte das Wetter mit. Doch ein weiterer Rückschlag folgte: Melanie Berger konnte sich nicht vorstellen, dass Gerhard Müller hinter Marguerite her gewesen war. Auch Gerhard Müllers Reaktion auf ihre Frage war nicht wie erwartet ausgefallen. »Ha noi, die Marguerite war doch erscht 30! Was soll ich denn mit so einem jungen Mädle?« Dabei blinzelte er so verliebt in Richtung Melanie Berger, dass Irene ihre Theorie von ihm als Mörder begrub.

»Dann heißt es jetzt, auf die Ergebnisse der Wiener und Franzosen warten«, sagte sie, während sie sich eine Zigarette anzündete. Fritz wedelte den Rauch von sich fort.

»Kannst du nicht einmal die frische Luft genießen, ohne sie zu verpesten?«, fragte er.

»Das hilft mir beim Nachdenken. Und das können wir weiß Gott gebrauchen.«

Selbst Fritz musste das zugeben, und so durfte sie anschließend sogar ohne einen missbilligenden Blick eine zweite rauchen.

»So lässt sich's leben«, seufzte Irene und streckte die Beine von sich. Fritz hob sein Latte-Macchiato-Glas.

Unterbrochen wurde ihr Idyll durch ein lautes »Servas, Tantchen!«.

Robert, der Sohn ihrer älteren Schwester und ihres nichtsnutzigen, seit einem Jahrzehnt verschwundenen Ehemannes, ließ sich in den Sessel neben Irene plumpsen und boxte sie spielerisch in den Arm. »Hart am Hackeln, ja?«

Der freche Bersch. Irene musste grinsen. »Was machst du denn da? Legst keine Fliesen mehr von Spittal bis Heiligenblut?«

»Aber sicher. Nur muss ich mir hin und wieder freinehmen zum Schifahren und dacht', ich geh mir mal wie dein Max ganz Kärnten anschauen.« Robert lachte. »Nächstes Jahr würd ich a gern Schikurse leiten, weißt eh, die Madeln stehen total auf Schilehrer, da kannst di net retten.«

»Ach.« Irene zog die Augenbrauen hoch. »Ich dachte, bei dir gibt's nur eine? Ich hab gehört, du hast die Eva im Herbst endlich erweichen können?«

Roberts ohnehin von der Kälte gerötete Wangen wurden noch eine Spur dunkler. »Woher weißt denn du das schon wieder?«

Irene lachte, zwinkerte ihm zu und zahlte ihren und Fritz' Kaffee.

»Grüß schön daheim«, rief sie zum Abschied.

Der nächste Morgen brachte einen seitenlangen Bericht der Wiener Kollegen, und noch schlimmer, einen aus Frankreich. Offenbar hatten sie niemanden dort, der des Englischen mächtig war, also musste Irene versuchen, mithilfe eines Wörterbuchs und angestaubter Kenntnisse aus dem Gymnasium den ungefähren Inhalt zu verstehen.

»Kruzitürken, haben wir denn nicht irgendwo einen Polizeianwärter, der Französisch kann?«, wetterte sie nach einer guten Stunde, in der sie es geschafft hatte, die ersten drei Sätze zu entziffern.

»Na, aber eine neue Leiche«, antwortete Fritz, der gerade den Kopf zur Tür hereinstreckte. »Es sieht tatsächlich ganz nach einem Serienmörder aus«, fuhr er fort. »Eine Putzfrau hat in einer der WC-Kabinen der Après-Schi-Bar im Hotel Sonnenalpe eine weibliche Leiche gefunden.«

Irene pfefferte den Kugelschreiber auf den Schreibtisch, schnappte sich die Jacke und folgte Fritz zum Auto.

»Das Hotel Sonnenalpe ist recht berühmt für seine Après-Schi-Partys«, erklärte Fritz auf dem Weg.

»Da war es sicher nicht schwierig für unseren blonden Unbekannten, eine Frau zu finden«, mutmaßte Irene.

Unterstützt wurde die Triebtäter-Theorie durch die Tatsache, dass auch die Tote Nummer drei, eine hübsche Blondine um die 40, mit geöffneter Bluse und hochgeschobenem Rock aufgefunden worden war. Blaue Würgemale am Hals zeigten deutlich an, wie sie gestorben sein musste.

»Ihr Lippenstift ist verschmiert, möglicherweise hat sie ihren Mörder geküsst?«, fragte Irene an Dr. Kalic gewandt. »Wir könnten Speichelspuren finden.«

»Hilft uns auch nicht mehr als das Haar, das wir ohnehin schon haben«, grummelte Fritz.

Die Spurensicherung bat Irene und Fritz, im engen WC etwas Platz zu machen, und so räumten sie wohl oder übel das Feld, um sich mit dem Hotelpersonal zu beschäftigen.

Der Manager war ganz verstört, so ein Unglück, und dann in ihrem Hotel, und noch dazu so eine hübsche

Frau, er hatte doch erst gestern noch … Irene überließ Fritz den Zeugen und ging nach draußen, um eine Zigarette zu rauchen. Sie hatte gerade ihr Feuerzeug herausgeholt, da sah sie bekannte dunkle Strubbelhaare und ihr Herz machte einen Sprung.

»Küss die Hand, Frau Kriminalinspektor.« Harald Dobrasch lächelte sie an, seine Augen – wieso dachte sie jetzt wieder an Milka Noisette? – leuchteten warm, wie er da auf sie zu schlenderte.

»Was machen Sie denn hier? Auch wieder Schikurse?«

»Freili, i bin a sehr gfragter Mann!« Er zwinkerte ihr zu. »I muss dann auch, aber es war mir wie immer ein besonderes Vergnügen.« Kurz neigte er den Kopf, als er an ihr vorbei zum Hoteleingang ging.

Irene unterdrückte den Impuls, ihm nachzustarren. Stattdessen zog sie an ihrer Zigarette und blickte ihm nach. Fluchend hielt sie ihn auf, bevor er in der Lobby verschwand.

»Die Madeln stehen total auf Schilehrer«, sagte sie. »Ich bin doch eine hormongesteuerte Idiotin.«

»Was?«

»Das wissen S' ganz genau.« Sie winkte Fritz, der gerade die Lobby betreten hatte, durch die offene Eingangstür hektisch zu sich. »Herr Dobrasch, ich verhafte Sie wegen der Morde an Marguerite Fabière, Elisabeth Wilke und …«

»Henriette Bauer«, ergänzte Fritz und legte Harald Handschellen an.

»Aber i bin unschuldig!« Schokobraune Augen schauten Irene an.

»Sie sind die einzige Verbindung zwischen den Opfern. Die betreffenden jungen und nicht mehr ganz so jungen Frauen hatten sich in Sie verliebt, den gut aussehenden Schilehrer. Marguerite Fabière, halb nackt, sind Sie auf ihr Zimmer gefolgt. Elisabeth Wilke kannte Sie noch vom letzten Jahr, wo sie über das Hotel Gartnerkofel einen Schikurs bei Ihnen besucht hatte. Henriette …«

»Bauer«, ergänzte Fritz.

»Henriette Bauer haben S' gestern Abend beim Après-Schi überwältigt.«

»Nein, nein!« Harald schüttelte heftig den Kopf. »So war's net! I kann wirkli nix dafür!«

»Wie war es dann?«

»Notwehr!«

Fritz zog die Augenbrauen hoch, Irene nickte spöttisch.

»Wirkli, das müssen S' mir glauben! Frau Chefinspektorin! I wollt' nur mehr heim, i war den ganzen Tag auf Schiern unterwegs und hab Anfängern bremsen beigebracht. Abends in der Bar ein, zwei Glaserln, und in der Lobby hat sie mi auf amal überfallen, erst in den Lift gedrängt und dann in ihr Zimmer gezogen. I wollt' sie net, die Marguerite, i wollt' heim, aber sie hat ka Ruh' geben, mich geküsst, überall angefasst, da hab i ihr irgendwann das Kissen aufs Gsicht gedrückt. Aber wirklich nur, damit sie endlich a Ruh gibt!«

»Und Elisabeth Wilke?«

»Die alte Schachtel! Jeden Abend an der Bar im Gartnerkofel hat sie auf mi gwartet, deshalb bin i ja ins Wulfenia ausgewichen. Aber dann hat sie mich auf der Piste erwischt. In den Wald gezerrt hat sie mich, Harald hier, Harald dort, auf amal hatt' i ihre kalten Händ' …« Er brach ab.

»Und da haben S' ihren Kopf an den Baumstamm geschlagen.«

Harald nickte.

»Und Henriette?«

»Das war die Schlimmste. Die hat mich gestern keine Sekund' in Ruh' glassen! I wollt doch nur mei Bier trinken. Andauernd hat sie mi abgebusselt. Dann wollt i aufs Klo und auf amal steht sie vor mir, ihre Arme und Hände und Lippen überall, und die Tür hinter mir verschlossen. Da wusst i mir net zu helfen …«

Irene und Fritz sahen sich an. Sie zuckte mit den Schultern. »Die Leiden eines Frauenschwarms.«

122 Benannt nach der **Kärntner Wulfenie** (Wulfenia carinthiaca), auch Kuhtritt genannt, aus der Familie der Wegerichgewächse, die Franz Xaver Freiherr von Wulfen 1779 auf dem Gartnerkofel entdeckte. Die Pflanze kommt nur in dieser Region vor.

123 **Nassfeld**: Im Sommer beliebtes Wander- und Bergsteigergebiet. Sommerrodelbahn Pendolino. Im Winter großes Schigebiet.
Ausflugsziele und Freizeittipps:
Hochseilgarten, Klettersteige und Flying-Fox-Meile (damit man sich von Baum zu Baum schwingen und den Tarzanschrei brüllen kann) auf der *Tressdorfer Alm* am Nassfeld.

Pressegger See: Erlebnispark direkt am Badesee.

Hermagor: Bezirkshauptstadt. Pfarrkirche der Heiligen Hermagoras und Fortunat, wobei der Vorgängerbau nach einem Türkeneinfall im 15. Jahrhundert erneuert wurde. Wand- und Gewölbemalereien. Spätbarocker Hochaltar, in der Südkapelle gotischer Flügelaltar aus der älteren Villacher Werkstätte. In kulinarischer Hinsicht ist das Gailtaler Speckfest ein Erlebnis.

Schloss Möderndorf (südlich von Hermagor): Der viergeschossige Bau mit steilem Walm- und Krüppeldach besitzt eine interessante Bauform. Heute beherbergt das Schloss das Gailtaler Heimatmuseum.

In *Dellach im Gailtal* werden Lama-Trekkingtouren angeboten.

Kötschach-Mauthen: Im Rathaus ist ein sehenswertes Museum zum Ersten Weltkrieg eingerichtet, das den Krieg zwischen Österreich-Ungarn und Italien 1915–1918 thematisiert. Das Schicksal der einzelnen Soldaten im Stellungskrieg wird hier sowie im weitläufigen Freilichtmuseum am Plöckenpass und in dessen naher Umgebung (be)greifbar.

124 **Lesachtal**: Von hier aus geht es weiter ins abgelegene Lesachtal, wo man im Winter gerne mal eingeschneit ist. Auch heute noch beliebter Wallfahrtsort Maria Luggau mit der barocken Kirche Maria Schnee. Wandergebiet. Mühlenweg entlang des Trattenbaches.

125 **Gartnerkofel**: Ohne Kletterausrüstung zu erwandern, allerdings ist auf einem schmalen Pfad, der Geröllhalden entlang führt, Vorsicht geboten. Ein kleiner Schubser ... Wer es nach oben geschafft hat und wem das Wetter hold ist, der kann im Süden bis zur Adria und im Norden bis zum Großglockner sehen (okay, ein Fernglas wäre dabei nicht schlecht).

Das Neueste aus der Gmeiner-Bibliothek

Unsere Lesermagazine

Bestellen Sie das kostenlose KrimiJournal in Ihrer Buchhandlung oder unter www.gmeiner-verlag.de

Informieren Sie sich ...

www ... auf unserer Homepage:
www.gmeiner-verlag.de

@ ... über unseren Newsletter:
Melden Sie sich für unseren Newsletter an unter www.gmeiner-verlag.de/newsletter

f ... werden Sie Fan auf Facebook:
www.facebook.com/gmeiner.verlag

Mitmachen und gewinnen!

Schicken Sie uns Ihre Meinung zu unseren Büchern per Mail an gewinnspiel@gmeiner-verlag.de und nehmen Sie automatisch an unserem Jahresgewinnspiel mit »mörderisch guten« Preisen teil!

GMEINER SPANNUNG

WWW.GMEINER-VERLAG.DE
Wir machen's spannend